# 玫瑰心結

*The Mother-in-Law*

綺莉思 著

# 自序

在文學的世界裡，我們書寫親情，稱揚友情，歌頌愛情，卻鮮少有文學作品帶我們細細領略婚姻裡的婆媳關係，於是，我透支了神魂，傾盡了才智而創作出這部長篇小說《玫瑰心結》。小說敘事的時光前後穿梭不同時代，從清末民初的腐敗、日劇時代的省籍議題，來到加拿大蒙特婁的移民社會，中間穿夾巴拿馬政商勾結的社會黑暗面等歷史元素。

如果你單身，請讀一讀這部小說，因為他山之石可以攻錯，婚姻這回事不能等踏入婚姻後，才開始探索理解。

如果你走入了婚姻，「大小姑、大伯、公婆、親家母、丈人」等親戚詞彙，或許讓你心有戚戚焉，勾起你層層的系列回憶。

如果你走出了婚姻，或許故事裡的某些情節，能觸動你當年那些曾經隱密的情緒。人生短促，能活出自己的樣貌已屬不易，希望這部小說能給每位讀者帶來一些人生收穫與生命啟發。

（本故事情節純屬虛構，如有雷同，純屬巧合）

# 目次

# 第一章　暗夜進行曲

陰暗朦朧的街燈下，形單影隻的長髮女子形色匆匆地在高級住宅區飛步疾行，她拚了命、一味低頭向前行，視線裡只剩因一路狂行而晃動的人行道磚，腦海中不斷浮現那一家人的嘴臉，他們的過分，他們的囂張，都像在嘲笑她的自尊，她的存在。

沿路一幢幢美麗優雅的獨棟樓房隨著她的大步邁開，像在黑暗通道中為她開路。漆黑的樓幢像要吞噬她一般，她一無所懼地踏進暗夜的齜牙咧嘴裡，最好把她整個人撕裂扯毀、吞噬殆盡，終至蕩然無存。她多希望這個世界能在此刻把她遺忘，好讓她徹底大哭一場。

凌晨三點鐘的街道只剩呼嘯的風聲和偶爾駛過街道的車聲滑進女子的耳中，她拖拉行李箱的滾輪聲在寧靜的巷道裡顯得突兀與驚悚。

九月中的加拿大夜晚，輕拂上身的微風捎來初秋的涼意，吹得女子的烏黑長髮微微飄動。女子暗自神傷：「真想一路狂奔，飛速閃離這個傷心地！」想到這，稍稍平復的心情又激動起來。「孕婦不能跑的，不是嗎？」她不禁悲從中來，「是啊！我都懷孕三個月了，還要被他們這樣欺負，真是欺人太甚！那個家是待不住了，真待不住了！」

女子眼中燃燒著紛亂的憤慨，思緒像湧泉般汩汩冒流，她腦海裡滿滿都是今晚的衝突畫面。夏光任氣急敗壞的罵喊迴盪在偌大的客廳內：「你們要搬，今天搬、明天搬、後天搬，隨時都可以！要滾就快點滾！」

婉清梨花帶淚，不甘心地大叫：「好啊！我們馬上就搬！」她轉身直衝上樓，丈夫承軒不爽地一腳踢飛腳邊的椅凳，火速急衝，追趕妻子的背影。張曼昭未料到兒子會有這番激烈舉動，目瞪口呆地震驚原地，不知該如何收拾殘局。

女子一個分神，被眼前的一塊小石頭絆住了腳，倏地往前撲倒。她先是一驚，顧不得懷孕又摔倒的狼狽模樣，她踉踉蹌蹌起身，一心想盡快逃離這地方！

走投無路的陰鬱錮籠著女子的孤獨身影，她邊想著那家人是如何惡劣，邊思索得搭末班車到城中，找間旅館先住下。總不能就這樣回台灣吧？就算要回台灣，也得等住進旅館，明早再預訂機票。想到台灣的家人，她百感交集，糾結纏亂的思緒截不住她盈眶的淚水。她止不住嗚咽，停不了啜泣，憑什麼她要如此委屈？憑什麼！

到底，究竟，為什麼要忍耐？忍耐只是換來更多的欺壓。她忍了多久了？事情改善過嗎？還不是讓他們得寸進尺！

等候公車的空檔裡，女子恍恍惚惚地跌進對蒙特婁最初始的記憶裡，Trudeau（杜魯道）機場。當年她正沉浸在新婚的喜悅之中，與丈夫承軒在日本度完蜜月，搭機返抵蒙特婁Trudeau（杜魯道）機場時，此時天空下起那年冬季的第一場雪。她百無聊賴地望著機場窗外的雪景，眼神發亮地盯著每一片雪花從空中輕盈落下、一路義無反顧地墜跌在人行道上。短短幾秒內，白皚皚的雪花生死交錯，葬身灰撲撲的舊雪堆中。

婉清寧靜端詳雪花在這短短幾秒內的生死交錯，想著：「這地方就是我未來的家嗎？」

記憶是驚人的東西，能在瞬間串聯起過去和未來，婉清的心神被記憶牽引回十四歲那一年。

「哇，下雪了！看起來就像明信片的風景照！」在瑞士的阿爾卑斯山，婉清第一回見到棉花糖似的雪花。

首次賞雪讓她激動得久久不能自已，忍不住驚呼：「這該不會是夢吧？」在那樣的情景裡，東跑西跳地環顧四景，她彷彿化身為玻璃圓球裡的音樂娃娃，周身是永不褪色、永不銳減的飛雪。即便事隔將近十二年，她未曾忘卻那雪景環繞的悸動，它就像浮水印般，深深淺淺地留在婉清的心頭。

在瑞士之後，婉清成為加拿大的留學生。當她再次置身大學校園的雪景中，卻有些麻痺，常在漫天飛雪裡，馱著沉重的背包、捧著一大本厚重的原文書，撇開一切浪漫情懷，快步飛走。畫面裡已無悠遊的想望，獨剩異鄉遊子孤軍奮戰的刻苦辛勤。

「我第一次看到雪，還在雪堆裡打滾、抓雪來吃呢！」承軒正推回兩台行李推車。他愛笑的眼眸裡，正映照著妻子婉清的容顏。婉清含笑，她很懂此刻丈夫的心情。

「現在看到雪都麻痺了！」婉清舒朗地聽著丈夫這席話。倘若有一日，她也對雪景麻痺，人生豈不少了一個令人感動的景色？

從機場到家，不過二十分鐘的計程車程，沿途景致單調卻不乏味。新婚的甜蜜似乎能把冷凝的白雪都融化，這對新人呼出的氣息充滿甜膩的軟香，他倆在計程車的後座，十指輕握，多麼安寧謐靜！

當婉清夫婦在日本度蜜月時，公婆正在加州大哥家探訪。婆婆是潮州人，常說：「潮州人最在意長子和長孫，這是潮州人的家族傳統。」無巧不成書，婉清新婚時，恰巧大嫂的第二胎臨盆，婆婆得知是個長孫後，飛也似地去加州看孫子，打算多待一段時日。

婆婆在越洋電話上最常對婉清說的口頭禪就是：「妳韓國大嫂米蘭達太喜歡我了！常常挽著我的手，談天說笑，逛街購物。每次我從加州離開，她和兩個孩子都好黏我！叫我別那麼早走，應該住久一點，她還要帶我們去夏威夷旅遊呢！」

這一切不都在在說明，婆婆在加州既受媳婦歡迎，又能享受天倫之樂，為何公婆僅匆匆待兩週，便提早回蒙特婁？

女人的直覺高呼著：有異狀！她把這層疑心高高懸掛於心坎上，就像暗戀的曖昧情愫，情深意濃卻不敢輕易透露給外人知道。畢竟剛嫁入夏家門，很多親族情況尚不熟悉，無法驟下判斷。婉清與大嫂素未謀面，更別提親眼目睹大嫂和婆婆相處的景況，如果從婉清嘴裡傳出關於大嫂與婆婆的流言蜚語，恐怕會得罪許多人，「明哲保身」才是新嫁娘的生存王道。

與丈夫度過一陣子甜蜜的二人世界後，婉清並不知道尾隨在後的婆媳生活，將會給她的人生帶來許多波瀾和風暴。

隨著公婆回到蒙特婁，婉清開始學習扮演好媳婦的角色。婉清的公婆年長她五十多歲，當她的祖父母綽綽有餘，她誤以為年齡的差距是彼此相處的潤滑劑。婆婆在台灣的時候看起來多麼和藹可親啊！應該不會像惡婆婆一般吧？所以每當朋友提醒她，婆媳同住會有許多摩擦和不愉快，她還忍不住為婆婆辯護：「她應該會像婚前看到的那樣親切、好相處吧？」

同住初期，婉清謹記母親的訓示：要多討婆婆歡心。於是她像個二愣子，常繞著公婆轉，噓寒問暖，更不忘出門前、回家後的請安、問候。但是婆婆扣掉睡覺時間，其餘時光都在對媳婦聒噪叨念，這點令婉清很不自在。

「聽婆婆說話」這件事情甚至剝奪婉清的休息時間。婉清每日的例行工作便是花整天的時間聽婆婆「憶從前」、「讚兒女」、「誇自己」等等，差別只是換個地點，有時在餐桌前，有時在沙發上。婆婆從日出到日落、從早講到晚，直到婉清準備晚飯時，婆婆居然還能屹立不搖、毫無倦容地在一旁講個不停。

婉清真拿出極大的意志力在苦撐著，盡量裝作對聽過兩萬遍的話題興致勃勃，盡力掩飾不耐煩的神情，盡可能恭敬地給婆婆一些回應。婆婆並未體諒婉清的付出，適得其反，這一切的努力不偏不倚正中婆婆下懷，她全然不在意談話對方的反應和意願，只要對方乖乖「聽」即可，簡直太專制了！

承軒白天上班時，婆婆總等媳婦一起吃午飯。有時婉清推託想晚點吃，請婆婆先行用餐，婆婆卻熱情地說：「沒關係，我也不是很餓，我等妳吧！」婉清見這招不管用，她便意會到「是福不是禍，是禍躲不過」的道理，只好認命地和婆婆共進午餐。

用餐時，婉清一坐定，婆婆便抓著她拚命講述以前的豐功偉業，從前在巴拿馬進出口的生意做得多好，員工曾多達幾百人，倉庫高達三個，店面高達四間。婉清尚能接受婆婆事業上的誇耀，畢竟這些無關人身攻擊、無關利益糾葛，聽起來不痛不癢。

最受不了的是婆婆的指桑罵槐，婆婆和婉清同住，常常意有所指地比較婉清和大嫂的差別，表面口氣是鼓勵婉清要向大嫂看齊，實則是暗指婉清比不上大嫂的孝順能幹。這些話聽久了，任誰都不是滋味。婆婆的話常讓婉清覺得：「她既然這麼喜歡大嫂米蘭達，何必和我住？為什麼不和她住？如此一來，皆大歡喜啊！」可是礙於對方是長輩級的婆婆人物，同住一個屋簷下的拘謹和尷尬，婉清不好翻臉，常常累積一陣子的脾氣沒處發，私底下唯有和承軒抱怨好幾回。妙就妙在，受到西方思想洗腦的承軒，始終用西方人的天真思維來理解東方老太太的陰暗心機。

與公婆同住的磨合期似乎無限長，適應完一件瑣事，又會有另一個難題出現。例如，婆婆愛乾淨，囑咐婉清：「每次煮完飯，妳得趁爐子的電熱板還燙著，立刻拿沾滿冷水的濕抹布擦拭乾淨，這樣電熱板上的汙垢馬上能清除，拖到隔天才洗，那就難清囉！」

以上的話語不會惹人嫌，令人不耐的是尾隨在後的補充說明：「我這電爐用了二十多年依舊像新的，來我家的朋友都以為我請傭人打掃呢！我哪捨得請傭人，我都親力親為，打掃功力不輸外面的清潔公司呢！」

婆婆不管講什麼話題，最後一定繞回她身上，必得對她自己上上下下、左左右右地歌功頌德一番！這還不打緊，畢竟「自我肯定」能讓老人有些成就感吧！？偏偏婆婆總是不忘打擊他人，能和她相提並論的就是她的一群親家。婉清和婆婆朝夕相處後，才發現婆婆很愛批評親家，故她暗地裡極同情這群可憐的親家們，他們大概不知道婆婆關起門來，總是義憤填膺地把他們當成假想敵在對付。

她最常品頭論足的首當大姊的婆婆吳媽媽。在一個剛用過早餐的清晨，當婆婆示範如何清潔廁所的鏡子時，表情生動逼真，唱作俱佳地在婉清耳邊刻意壓低音量，像要維護吳媽媽的名聲而不敢張揚：「吳媽媽可是出名的不愛乾淨，她家的餐桌那可是嚇死人的髒！她都用好幾層報紙鋪在餐桌上，每次吃完飯，就撕掉一張報紙，說這樣就不必擦桌子了。欸，真虧她們家想得出來！」婉清聞言，內心不寒而慄，原來她都這樣在背後嫌棄親家。

婆婆每日生活最大樂趣便是「調教媳婦」，她親自開班授課的「家務清潔課101」，學生只有婉清一個，一對一教學令學生格外不敢怠慢，深怕漏聽半個字而沒把老師的訓示做好，會惹來老人家一頓訓斥。

當婆婆講了差不多一百次重複的東西之後，婉清開始厭倦這一切，轉而將精力專注在「掩飾不耐」。她懷疑婆婆以指使自己為樂，來鞏固婆婆的地位和權威。起初婉清怕誣陷好人，特意經過一陣子的觀察後，才敢肯定她並沒有誣賴婆婆。婆婆的確是個愛玩弄權勢的女人，她的毒手不僅向外延伸，對內部親人更不曾放過。婆婆嚴格管控丈夫和兒子的戰略與手腕，婉清暗暗驚歎：「您老人家不出本相夫教子的教戰手冊，真埋沒了您的才華！」

除了基本家務打掃，洗手做羹湯是婉清每日職責。婆婆叮嚀婉清：「我對媳婦沒什麼要求，只要求得每天做飯給我兒子吃，外面的飯菜不知道加什麼調味料，還是家裡煮的比較健康安心。」婉清從不排斥烹飪，烹飪反倒是她打發時間的興趣和活動。

有一回她懷念起小時候阿姨煮的辣炒豆干，便依樣畫葫蘆做起這道菜餚。依著童年記憶如法炮製，先用鍋鏟將白色瓷盤上的辣椒末撥落鍋內，熟練地爆香辣椒末，接著一陣鍋鏟碰觸白色瓷盤的鏗鏘聲，豆干絲已然滑落鍋內，米色的豆干和赤紅色的辣椒末跳躍於鍋內，翻炒後再放上鍋蓋悶煮一會兒，味道才正宗。

上菜時，婉清仰頸企盼婆婆的表彰，沒想到婆婆才吃一口就大嚷大叫：「唉呀！妳不知道我喉嚨開過刀，不能吃辣嗎？」

婉清慌張認錯：「我不知道妳不能吃辣！……對不起！」

婆婆邊咳嗽邊嚷著：「快給我一杯水！」

婆婆吞了口水，不忘對媳婦訓話：「下次不要再煮辣的，知道嗎？」婉清覺得不可思議，婆婆真的像電視劇裡的惡婆婆，開始四處找麻煩。她眼神轉向承軒，向他發出求救訊號，希望他能說些緩頰的話，他卻若無其事地繼續吃飯。

回到房內後，婉清質問承軒：「剛剛場面那麼僵，你怎麼不幫忙講點話？」

「場面會僵嗎？媽只是說她不能吃辣，這有什麼嗎？」婉清被承軒氣得啞了一會兒，到底要如何點醒這隻呆頭鵝？難道都是自己多想，婆婆沒有半點惡意？

沒有丈夫的聲援，婉清只得自立自強。反正路不轉人轉，她有時想吃辣，便找些藉口溜到外頭的餐廳用餐。

有一回她心血來潮，特別選購外盒註明mild（指小辣）的日式咖哩，這是連小孩都適合吃的口味，毫無辛辣味。沒想到婆婆一見到那鍋咖哩，立刻在婉清身旁慎重其事地來回大聲叮嚀：「這我不能吃喔！」

婉清愣在原地，大腦急於判斷情勢：「婆婆一直煞有介事地強調『她不能吃咖哩』，是要我整鍋倒掉，重煮別的東西，還是要我另外煮一些她能吃的？」但後來又想：「不對！整鍋連湯帶料倒掉的話，依照她勤儉持家的性格，肯定又要大罵！」於是婉清採折衷路線，重新下廚多煮幾道菜，讓婆婆配白飯吃，而她和承軒則負責將那鍋咖哩吃完。

婉清終於明白為什麼許多媳婦不喜歡下廚做羹湯，因為媳婦煮一道，婆婆嫌一道，永無止境地被找麻煩！如此纏鬥下去，媳婦真的會得憂鬱症！

婆婆曾在一個夕陽斜照屋內的黃昏午後叮嚀婉清：「加拿大天氣冷，尤其冬天早上起來，沒吃早餐就出門，對身體很不好！」婉清微笑點點頭，婆婆特意囑咐自己照顧身體，真的很貼心！婆婆見婉清情緒不錯，繼續接話：「所以妳要早起幫承軒做早餐。」婉清呆在原地傻笑，原來會錯意了！

婆婆交代完早餐的事情後，轉身上樓休息，才爬上一階樓梯便回過頭對婉清說：「還有，我前幾天看到妳用烘衣機烘衣服。」

婉清疑惑反問：「國外都用烘衣機，我沒看到鄰居把衣服晾到陽台上，這有什麼奇怪嗎？」

「下次除非很急著要穿的衣服，否則別用烘衣機，用晾的就好了，省電啊！」婉清驚愣原地，實在不想配合這麼折騰人的要求。

「其實晾衣服是小case，我和妳爸養五個孩子也是手洗衣服熬過來的。我都一早五點起床手洗衣服，一路洗到六點鐘，再去開店。接著妳爸六點起床，幫我晾成堆的衣服。我們都在後院架起竹竿晾衣服，每天早上都是晾滿滿四竹竿的衣服。等妳爸五點下班到家，就幫我把後院的衣服收下來、摺好。這樣的日子我們也過了十幾年，哪有什麼苦的？」

婉清心中吶喊：「天哪！國外的家庭大部分都用烘衣機吧？不是我奇怪，是妳奇怪吧！家裡無處可晾，只有廁所能晾吧？廁所的狹小空間怎麼晾得下那麼多衣服？」

然而人在屋簷下，不得不低頭，婉清阿Q地想：「算了，別和她爭，等下她一個不痛快，連洗衣機都不准用了！假如攝氏零下三十幾度的凍溫，每件衣服都得手洗，我的手肯定破皮龜裂！」這就是媳婦和婆婆同住憋屈的地方，妳得處處遵從婆婆的旨意行事，而她是不會為妳著想的。

不祥的預感蒙上婉清心頭，噩夢竟然一步步成真，她快「變身」成「惡婆婆」了嗎？那我豈不是要淪為「悲情媳婦」了？

婆媳生活習慣不同，想當然耳，還是得媳婦適應婆婆。基於對方是長輩，婉清便隱忍不發，盡量遷就。最讓婉清不滿的是，「妾身未明」這件事情。婉清在家中毫無地位可言，她的地位比女傭高一點，因為她的不滿還能發洩在男主人（她的老公）身上，但女傭該做的事情，她都得做，清潔、打掃、料理三餐、夏季花園除草、冬季鏟雪鏟冰、灑雪鹽，這些都只是基本工作。

她深知無法與地位崇高的婆婆相比，即便婉清號稱是這棟房子未來的女主人，既有「未來」二字，表示「現在」還不是。她僅僅是個權力被架空的傀儡娃娃，這個家凡事都得聽命於皇太后的懿旨，大至家具的採買，小至衛生紙的選購，都得等皇太后批摺子。即便生活在先進國家加拿大，婉清的婆媳關係全然走「封建復古風」，像回到七〇年代一般。

婉清日復一日抑鬱打掃煮飯，人生地不熟，沒親戚，沒朋友，她悲慘的命運就此展開。她總在蒙特婁的早晨，趁台灣的午夜來臨前，和台灣的親友講越洋電話紓解思鄉之情，接著上網排遣午後時光。

# 第二章　我的極品公公

世界就是這麼不公平，當一個人倒楣的時候，好像全世界最難相處的人都會黏上他，如同婉清的遭遇，婆婆已經不好應付，沒想到公公也不好招呼。

起先，婉清以為公公再怎麼樣難相處，也不可能比婆婆難搞。婆婆愛炫耀、好虛榮、說謊成癮的性格，已經夠令人難受，無獨有偶，公公也不遑多讓，二人難搞的程度算是平分秋色。

婉清的公公是標準的「嚴以待人，寬以律己」之表率，他是「細節達人」，專注於他人做事的細節，卻認為自己該做大事。他曾對婉清說：「做大事的人是不拘小節的，明白嗎？」所以他要做大事，細節就由他人去留意。

婉清的公公常有出其不意的舉動和令人不快的要求，例如他對於該如何包裝承軒帶飯所用的湯匙，有著相當獨特的見解。

有一回他叫婉清待在餐桌邊的椅子上，仔細記住他如何一層層地包裹湯匙。

公公像購物頻道的名嘴，得意忘形地講解著，再意氣風發地示範起來，「妳先拿一張餐巾紙，將湯匙置放在餐巾紙的斜角，再一層層捲起來，」公公說到此，有意看了婉清一眼，「然後放入洗好、晾乾的牛奶袋，再把牛奶袋層層捲成條狀，接著，再將這條狀牛奶袋放入另一個夾鏈袋裡，也同樣捲成長條狀，最後再用一條橡皮筋綑綁這個長條狀。」

公公說明得很詳細：「妳包的時候，一定要邊捲邊把塑膠袋裡的空氣都壓出來，這樣才會緊實、包得漂亮，最好妳前一晚就把湯匙包好，免得早上沒時間包。」婉清聽完這番話，心都涼了！天哪！哪來這麼多規矩？中午帶便當的湯匙一定要包四五層嗎？「一定要包這麼多層，灰塵才不會汙染湯匙。」公公耳提面命著。

婉清的公公是蒙特婁不得不賞的風景之一。他有些潔癖，且對塑膠袋有莫名的鍾愛，他的物品都要用塑膠袋層層包裝，可謂名副其實的「塑膠袋狂人」。

他使用的每樣物件都至少用一個塑膠袋包裝，「至少」的意思就是有些物品可能還被包裹到六個塑膠袋。比如：公公會用一層塑膠袋包裝他的醫療卡、身分證，塑膠袋外還用橡皮筋綑綁；原子筆、螺絲起子等物件則用兩層塑膠袋包裹，當然也有橡皮筋綑綁；洗衣間的洗衣袋用三層塑膠袋包裹，外綑橡皮筋；洗潔劑則用四層塑膠袋包裹；公公視為性命的糖尿病和白內障的藥品，則用六層乾淨的塑膠袋包裝。廚房的角落常常有一大團塑膠袋，這都是公公將用過的塑膠袋洗淨晾乾後，收集而成。

年事已高的固執老人在自宅中收集一大堆二手塑膠袋無可厚非，畢竟這純屬個人自由。令人困擾的是，公公每次搭飛機時，就偏愛在行李箱和手提背包中帶上這麼多用過或全新的塑膠袋。婆婆有一次在整理行李時，就拉著婉清講起這件往事：「你們都不知道妳爸有多難搞，每次叫他不要帶那麼多塑膠袋，他從不聽，後來在溫哥華的海關就被找麻煩了。」

「怎麼找麻煩？」

「過安檢的機器時，海關看他手提袋裡什麼都沒有，只有一大堆塑膠袋，就叫他開箱檢查。海關問妳爸：『你有沒有買什麼新的東西？』妳爸被這麼一激，就用廣東話對海關大吼：『什麼是新的？什麼是舊的？昨天買的東西，算不算新的？還有，加拿大哪一條法律規定人民不能帶塑膠袋？』海關當場被這番話惹怒，立刻叫妳爸爸去旁邊的房間脫衣服檢查。」

「海關怎麼聽得懂廣東話？加拿大海關應該說英文的吧？」

「溫哥華很多廣東人，那個海關就是廣東人，妳爸那天被檢查時，看到那個海關和前一個旅客說廣東話，就故意用廣東話對他吼……。」公公被要求檢查，就擺明了要挑釁海關，還真是「威武不能屈」。

過了三天，婉清趁婆婆不在，忍不住問公公：「爸，為什麼你要隨身帶那麼多塑膠袋旅行？別的地方買不到塑膠袋嗎？」

公公回答：「這叫『居安思危』啊，要是突然在機場大廳等飛機，需要塑膠袋裝東西，臨時上哪找呢？還是自己帶著比較安心。」唉，老人的怪癖還真多啊！

婉清的公公對媳婦的管教頗多，媳婦得遵守他自訂的那將近一萬條的家規，有些規定真的讓人啼笑皆非。公公告誡婉清：「千萬不要去電影院看電影，像電影院這類的公共場合空氣不流通，病毒很多，妳要是得到病毒回來傳染給我，我都八十幾歲了，萬一治不好，怎麼辦？」

「我並不是每次看完電影都生病的。」

「妳怎麼這麼沒有醫學常識呢？那是妳年輕，抵抗力強，病毒在妳身上沒有發作，妳怎麼確定妳身上沒有帶點病毒、細菌的？這些對妳沒有殺傷力的病毒細菌轉到我身上，我如果一命嗚呼，其他哥哥姊姊也會追究責任。」當一個老年人拿他的性命做要脅時，很多事情就不得不妥協了，說到底，誰都不想揹上「殺人兇手」的罪名。

以此邏輯推斷的話，每個人都不能搭公共運輸系統，不能坐飛機，不能坐火車，不能上街，那人人都不用上班，社會運作豈不停擺？

當婉清把這段類似鬧劇的對話轉述給承軒後，承軒一派處變不驚。婉清一臉驚傻：「你怎麼不意外的樣子？」

承軒平淡無奇地說：「我爸不是對妳特別，他以前就叮嚀過我哥哥這樣的話，妳不用太在意！」

婉清這下更哭笑不得了，心中無奈地狂笑三大聲「哈哈哈」，然後才有辦法稍微回復平靜。老人家這種天馬行空的想法，置之不理就行了，可惜有件事情婉清實在忍不下去，此事就發生在一個大雪紛飛、攝氏零下二十九度的清晨。

這天婉清答應載公公出門看病，她一踏出家門，赫然發現停在路邊的紅色Toyota房車被一片冰雪覆蓋淹沒。她被眼前這鋪天蓋地的壯觀雪景給震攝住神魂，有些慌了手腳，回過神想到，氣罵著：「這個承軒昨晚居然沒把車停回車庫，看來這下得花至少二十分鐘鏟雪了。」

她隨即打起精神，到車庫拿鏟雪的雪鍬將車道的雪鏟乾淨，再用車用的雪鏟將車身的冰雪撢乾淨後，待在猶如冷凍庫的車內暖車。一切就緒後再小心翼翼地踏著冰雪，回屋內攙扶八十多歲的公公出門看病。

車子發動後，婉清怕積雪下方隱藏的冰塊會使車輪打滑，一路刻意放慢行駛速度。當她的座車緩慢經過轉彎處的綠色大廈，公公提起文珍阿姨曾住這，不過現已回台灣定居。

「這文珍阿姨有三個女兒，每個都標致俐落，追求者很多。」婉清心不在焉地聽著，大概又是另一段「歷史講古」。

「那時候，文珍阿姨非常欣賞承軒，常常叫承軒幫她載女兒出門、幫忙修電腦。當時她三個女兒都沒有男朋友，承軒也沒有女朋友。」婉清嗅到這話夾刀帶槍的，似乎不單純，他真正想傳達的意思是……？

「文珍阿姨還說，她家三個女兒，讓承軒隨便選一個。」婉清手握方向盤，眼神側掃公公，把「潛在媳婦」的事情講給「現任媳婦」聽，這是在替誰遺憾？替承軒？替婉清？還是公公本人很遺憾？

「這話我可沒有隨便亂說，妳不信的話，當時文珍阿姨當著很多人的面這樣說，他們都是證人。」婉清聽到關鍵字「文珍阿姨」和「當著很多人的面說」，便知事有蹊蹺。

「我們兩老對兒子挑媳婦這事情完全沒意見的，只要兒子喜歡就好。」公公講得開朗明白，婉清聽得豈有此理！

「就只怪承軒太老實，怕大家是鄰居，又是同一個佛門團體的人，要是最後沒結婚，怕尷尬！」公公邊講邊看著車窗，車窗上起了霧氣，視野不佳，公公用手掌心畫圈似地在玻璃窗上塗抹。

公公更加重遺憾的口吻：「不然現在文珍阿姨就是我的親家了。」車上的氣氛瞬間凝結，在那一刻，婉清覺得公公很過分，他的口氣像在嫌棄婉清的母親不配當他的親家！當時車內僅有婉清和公公二人，沒有第三者在場可做證，婉清卻不甘心被這樣欺侮。她揣想著，既然文珍阿姨的話很多人都聽過，也不差再多一個承軒，下次我就當公公的面，對承軒提起這件事情，來個開誠布公吧。

是夜，婉清忍不住向丈夫追究此事的真偽，丈夫卻說：「這根本不是真的，那時候文珍阿姨的女兒都有男友，而且我對她們從來沒有意思。」

婉清苦笑：「你對人家有沒有意思，不重要！關鍵的是，你爸對我說這些幹嘛？」她內心那股不舒服的感覺開始興風作浪，這令她的厭惡及不爽情緒沸騰翻攪著。她悄悄明白為什麼大家都說別追問這種事情，因為不論誰沒吐露實情，都令人反感。

於是她想小小調皮一下，既然承軒和公公說詞不一，就得將此事查明，就像電視劇《後宮甄嬛傳》的莞貴人所說：「必不使一人含冤！」她靈光乍現，想到個好法子回敬公公，她毫不猶疑、不動聲色地按計行事。

有一天，婉清開車帶公公出門辦完事，順路轉到承軒辦公室接他下班。承軒上車後，婉清趁關鍵人承軒在場，她首先發難：「承軒，你下次看到文珍阿姨可得禮貌一點，人家好歹差點當你的丈母娘了。」

承軒當下意識到老婆在給他提詞了，得趕緊配合把這齣戲演好。他不慌不忙地說：「這根本不是真的！她那次根本就是開玩笑亂講，誰會當真？」

「很多人當真！聽說當場很多人都聽到，而且你爸還親口告訴我這件事情，連你爸都當真，這才是最要緊的事。」

「爸，你不是說過這話嗎？」婉清即刻把球做給公公，讓他好好表現。公公尷尬地支支吾吾，婉清從後視鏡看到他臉紅、急於分辨又擠不出話語的窘樣，覺得好笑。

承軒看到父親這種反應，就肯定他確實給婉清下馬威，便嚴正地說：「爸，這種話你以後別再對婉清說，我也不想聽到。我都結婚了。人家文珍阿姨的三個女兒都還沒出嫁，這話傳出去，文珍阿姨也會不高興。」公公吃了這場敗仗，說話變得結結巴巴。

返抵家門時，承軒先下車，公公趁承軒走遠，作賊心虛地對婉清說：「婉清，這件事情以後誰都別再提了，知道嗎？」

婉清淘氣地回嘴：「好啊！我們來約定，誰都不可以再提囉！」這回合婉清總算是稍稍扳回一城。

# 第三章　主權大戰

聖誕節前夕是加拿大整體社會運作最忙碌的時段，上班族紛紛趕工，想在聖誕長假來臨前，將手邊的工作告一個段落。家庭主婦奔波於賣場和家務之間，除了採買眾多過節物品和禮品，還得進行年終大掃除。婉清就是個活生生的例子，此刻的她正在Eaton Center（伊頓中心）忙於逛商場，替丈夫選購餽贈親友的聖誕禮物。

採買禮品多少有些逛街的樂趣，至於大掃除，婉清在婆婆的安排下，分擔到的責任額還不少。一幢四層樓的獨棟房子，扣除雪季裡的前後院不需要打掃，房子內部的灑掃工作已很吃重，但最棘手的是，婆婆想「除舊布新」，將公公堆積多年的陳年雜物一一鏟除。

婆婆的計畫是把廚房的四張舊餐椅扔掉，買進一批新貨取代，再來把閣樓內三張舊鐵書桌丟棄，還原閣樓原本的潔淨亮麗。婆婆說：「每個月的第一個週五早晨，專門收大型廢棄物的垃圾車會來收垃圾，我們倆就得在週四晚上把這些要扔的都放到門口。」婉清點點頭，表示收到上級的指令。

週四傍晚，老女人和小女人合力把這些家具都搬放到門前的人行道上。婆婆年事已高，加上鐵桌太重，她一時手軟，手一滑，桌子陷入厚雪堆中。婉清費了一陣功夫才有驚無險地把桌子拉出雪堆外，繼續搬到馬路邊。

一切都順利完成，直到週五早上九點多，婉清被客廳內的一陣爭吵聲和挪動物品的鏗鏘聲吵醒，才驚覺風雲變色。

原來公公清晨五點多起床，發現門外的桌子，勃然大怒，硬把婆婆拉起床，將東西都搬回家中。即便婆婆極力勸阻，公公仍舊一意孤行。

公公大罵：「我的東西，妳們憑什麼丟掉！」

婆婆回嗆：「老夏，那些東西你說要整理，都拖多久了？已經拖了十幾年，沒看你動手處理過，今天好心幫你處理，你別不知好歹。」

「要丟也不是這樣丟，我自己會處理我的東西，妳少管！」

「你把這些東西都搬回來，家裡哪裡有空間放新桌椅，後天就要送來新桌椅，你怎麼交代？」

公公被婆婆一激，大罵：「少囉嗦！我有辦法，我就挪出空間給妳看。」八十多歲的老人動怒，會奮不顧身地做出許多瘋狂的事情，就像公公為了證明自身的能力，把家中大小物件搬得四處都是。婉清下樓想了解狀況時，樓梯口都被桌子以及雜物堵住，還得施展輕功，從桌面上跳出來。

婆婆見婉清下樓，對婉清使個眼神，示意她到廚房說話。婉清巧妙避開公公身旁，到廚房和婆婆會合。婆婆像見到救星般，拉著婉清悄聲說：「妳看那老的，一輩子都是我在替他做牛做馬，他做過什麼？」

婆婆拖著婉清走到客廳旁的走廊，像在報告敵方軍情，指著一堆洗衣精和洗衣籃說：「妳看，一早上他才搬這麼一點點，要弄到何年何月？」婉清客套地笑笑，不知道該說什麼，一邊是公公，一邊是婆婆，兩邊都不想得罪。

然後婉清明白，剛剛下樓所看到的瘋狂大搬家場景，就是公公使性子把東西都搬回家中的緣故。她領悟到「除舊」不成，反添亂子，現在雜物四散，家裡比之前還更凌亂。她想檢視災情有多慘重時，瞄到客廳角落多了一盞舊立燈、一個骯髒的兒童座椅、一把斷了條腿的椅子。她指指那些物品問婆婆：「那些東西怎麼回事？」

「今天不就是丟棄大型廢棄物的日子嘛，其他人家也把不要的東西都扔出來，妳爸早起去別人家門口巡邏，把那些還能用的大型廢棄物撿回來。」事已至此，婉清突然覺得很生氣，真是愈搞愈糟，之前大掃除的苦心都白費了，這個家是完了……

婆婆持續對婉清訴苦：「妳公公就是這麼難相處！」此刻婉清覺得和婆婆站在同一陣線，實在不能讓公公如此胡搞。她趁公公上樓換褲子的空檔，試著安撫婆婆，誠實道出內心想法：「這些東西都是人家不要的，肯定有瑕疵，家裡也擺不下，丟了吧！」婆婆一副找到知音人的模樣，臉上堆滿笑容說：「怎麼妳想得和我想的一樣！我和妳看法完全相同。」婉清有些開朗起來，雖說這陣子和婆婆同住摩擦不少，至少這件事情上英雄所見略同，她感覺和婆婆的關係開始出現一線曙光。

後來婆婆說得去樓上找塊抹布把地板擦一擦，叫婉清在客廳等她，婉清不疑有他，坐在沙發上稍做歇息。沒過一會兒，公公下樓，劈頭便指著婉清大罵：「別人不要的東西又怎樣！我喜歡撿，犯法嗎？我還在這個家的一天，什麼東西能扔，什麼東西不能扔，都是我說了算！」

婉清霎時很錯愕，剛剛沒和公公說話啊，怎麼會惹他不高興呢？

愣了幾秒鐘，她內心狂喊：「啊，我被婆婆出賣了！她剛剛是跑上樓去告狀的。」事發突然，一時間她不知道該怎麼向公公解釋這事情的前因後果，又不知道該如何申訴自己的冤屈。如果和公公說是婆婆陷害她，公公會信她嗎？

公公欲罷不能地罵著，婉清百口莫辯，急得都快哭出來了。她嚇得不知如何是好，更不知道該如何攔阻公公，只能任由公公不停破口大罵。他一鼓作氣數落媳婦的不是，婉清僵硬地佇立在廳內，大氣都不敢喘一下，淚水只能含在眼眶裡打轉。偏偏這時候承軒已經在辦公室工作，遠水救不了近火，婉清覺得世界末日來臨了！

終於等公公罵到一個段落，轉回房內，婉清聽到「砰」的關門聲後，才敢一股腦兒逃回自己的房間，心慌意亂地換上外出服，直奔家門外。

她一路狂奔，淚水潰堤，氣恨自己沒用：「連逃跑都要偷偷摸摸，不敢當他們的面，活得太委屈了吧！」情急下不知能上哪，她就衝進附近的公園坐著，愈想愈氣，愈想愈委屈，愈想愈悲哀……。她顧不得在公眾場合落淚遭人側目的尷尬，拚命大哭起來，決心要把這陣子的傷心和不如意通通哭出來。

她恨自己不該相信婆婆，不該中婆婆的圈套，悲憤慨歎：「這個家，永遠都不會是我的家。如果是我的家，為什麼我無法作主扔掉我不喜歡的家具？為什麼我要買任何家具前，都得先請示公婆？」

公公方才的那席話言猶在耳，婉清知道他的弦外之音：「他擺明在自己的領土上宣示主權，哼！還說什麼都是一家人？根本把我當成外來政權在排擠！要把我趕出這個家嗎？」

「動輒得咎」用來形容婉清岌岌可危的處境，再合適不過。她想討好婆婆，順著婆婆的意思說幾句話也被婆婆出賣。極力配合公婆不合理的要求，也沒人賞識自己的努力付出。

是夜，餐桌旁的婉清倔強地不和任何人說話。老謀深算的婆婆料到會有這等僵局，居然先下手為強，當著婉清的面對公公說：「我覺得東西不扔沒關係，可是婉清這麼辛苦幫我抬東西出門，你還是不能忘記婉清的好，我們這媳婦是很乖的。」婆婆面容鎮定、笑容偽善地與婉清四目交接，廳內瞬間殺氣沖天，婉清這回完全不閃躲婆婆的狡詐攻勢，像在宣戰著：「妳到底還想搞什麼鬼？儘管放馬過來吧！」

承軒聽她們這樣敬來敬去，嫌疑著：「為什麼媽今天對婉清特別客氣呢？」

公公對媳婦開始不好意思，內心有些慚愧：「今早火氣一來，把婉清亂罵一陣，看她眼睛紅紅腫腫，八成哭很久，得說些話緩和一下。」

隔天週六清晨，婉清準備出門時，公公正巧在廚房內用早膳，他想趁此獨處機會和媳婦化解尷尬，他自以為聰明地撿了個「外星人」的話題。

公公很拙劣地開啟話題：「婉清，妳相信外星人的存在嗎？」婉清回頭盯著公公瞧，不吐半句話。

公公舉筷夾了片肉放入碗內，繼續說：「外星人的智慧很值得人類學習，科學家發現人類歷史上許多玄妙難解的疑團，都可能是外星人所為，例如金字塔可能是外星人當年拜訪地球，遺留下來的訊號收發台。」公公看婉清不發一語地聽著，以為她聽得入迷，就口若懸河地說：「外星人是真實存在，有人看過天空中的星雲，狀似觀世音菩薩和耶穌基督在聊天，因此有人大膽推測這些神明都是外星人，他們被派來以宗教思想統治人類。」婉清彷彿聽到寰宇新知，公公竟如此推崇外星人的存在，並且對外星人的成就歌功頌德，他該不會是倪匡的忠實讀者吧？

「雖然美國政府對外宣稱還無從證實外星人是否真實存在，但他們早已從事外星人研究好多年……」

婉清決心會一會公公，她說：「既然如此，為什麼不向世人說，真的有外星人存在呢？」

公公露出「這小媳婦中毒太深」的表情看著婉清，他覺得：「可惜啊可惜，這小媳婦被世俗的資訊洗腦太深，擇日不如撞日，今日就讓我對她指點迷津一番。」公公清了清喉嚨說：「還不是怕恐怖分子和外星人取得聯繫，會攜手毀滅地球。」婉清驚呆了，真的嚇傻了，她瞠目結舌，不知該如何回話。

公公自信滿滿地說：「比如說，SARS就是外星人引起。從衛星圖來看，SARS發病的地區沒有相連性，是點狀分布，這非常有可能是外星人從外太空向地球表面散布病毒，才會像從上空灑胡椒粉一樣的，發病區域是點狀分布。」

「噹」一聲，一句話響起在婉清腦海中：「天才和瘋子僅一線之隔！」於是婉清迅速收起對外星人天馬行空的想像，不敢跟著公公的想法起舞，亦不願探究他的邏輯理路為何，免得走火入魔。

婉清客氣地對公公說：「我要去圖書館讀法文，週一還有考試。」說完一溜煙消失在門外。

# 第四章 婆婆的下馬威

來自台灣的婉清非常期待蒙特婁的聖誕節，聽說唐人街的聯邦大樓在這段期間不僅架起高大的聖誕樹，還有真人扮演的聖誕老人在精心布置的會場與排隊民眾合照。冰天雪地的聖誕節更有過節的氣氛，台灣除了高山的低溫地區能幸運地飄點雪，雪景對台灣人是奢侈的美景。

她有時在廚房內料理晚餐時，會忙裡偷閒，在落地窗前貪婪地欣賞雪景。從天而降的飄雪有種冰清玉潔的風骨，婉清常「走神」於雪花飄逸滑落的姿態，此刻有種靜謐安詳的浪漫翩然而至。

正當婉清沉浸在這美好的浪漫之中，大姊的來電突地將婉清拉回現實：「婉清，妳和爸媽說這週末來我們家吃火鍋。」

「好好好，我們準時到，謝謝！」人在無聊中泡久了，任何邀請都會激起高昂的興致。

雖說大姊家和婉清家僅隔壁之遙，承軒還是開車過去，他說：「傍晚會下一場大風雪，等我們吃完飯從大姊家離開時，積雪可能會把行人道都掩埋，到時候想走路，都找不著人行道在哪，這種情形下，開車才是上上之策。」婉清極為贊同，因為高齡的公婆的確不方便在雪地行走。

真是一眨眼的工夫就到大姊家，公婆如識途老馬，熟練地進入大姊家門。映入眼簾的是大姊夫和孩子們穿著各式的外套和大衣坐在沙發看電視，裹在羽絨衣下的大姊則在廚房準備火鍋料。

初到大姊家的婉清被大姊家凌亂的景致給震攝住了。客廳內的地毯汙漬斑斑，黏乎乎且霉氣十足，大概經年累月都沒洗過。餐桌上全部是雜物，報紙覆蓋住桌面，洗衣刷、護手霜、梳子、指甲剪、報紙等等，原該擺放在不同區域的各式生活雜物一併堆疊在書櫃上。婉清邊看得入神，琢磨著該如何掩飾自己的震驚，暗想：「婆婆不是很愛乾淨嗎？她很懂得教導媳婦清潔打掃的學問，怎麼沒把這門厲害的功夫傳授給大姊呢？」

大姊忙不迭地招呼她：「妳坐！」婉清恭敬不如從命，沒往沙發看就一屁股坐下，瞬間整個人因被尖物刺到而反彈跳起來。定睛往下一瞧，沙發上有一堆未摺的衣物，成堆的衣褲下方好像有什麼突起物。婉清趁大姊不注意時，悄悄翻開那堆衣物查看，下面居然是一組Lego（樂高）的機器人，八成是寶強的玩具。婉清什麼都不敢說。

一條腸子通到底的承軒，此時對大姊叫出聲：「好冷啊！姊，妳沒開暖氣嗎？」

大姊回：「都調到零上十度，哪裡沒開？外頭是零下三十度，要沒開暖氣的話，你們會覺得更冷！」

「大姊，妳這樣不行，這麼冷！妳要我們在室內穿大衣吃火鍋嗎？」

大姊覺得承軒很不識相，即時糾正他：「那正好，還能適應溫度。」婉清暗暗叫苦，一切都荒謬極了。

「開暖氣的電費也不貴，何苦啊？」承軒直來直往地回話。

「暖氣開弱一點能省電，而且屋內暖氣開太大，到室外就會覺得冷，身體反而受不了。」大姊說完，到廚房內端出盛著火鍋湯底的大鍋，其餘火鍋料早都安放在餐桌上。

婉清不想得罪大姊，趕緊幫忙化解僵局：「穿著羽絨衣吃火鍋，就像在北極吃飯一樣，也是種新體驗。」

大姊不領婉清的情，大聲反駁：「我們這裡比北極暖多了！北極零下幾十度，我們這裡還有零上十度。」

公婆始終沉默一旁，說不上不悅，也談不上開心。詭異的氣氛爬上婉清心頭：「這家人太奇怪了！面對大姊不合理的堅持，居然只有承軒仗義直言。」

於是在詭譎夜色的陪襯下，紅色、黑色、綠色、藍色、咖啡色，各色的羽絨衣混著火鍋料的氣味，在火鍋裊裊上升的蒸氣中被熬煮著。火鍋的熱氣依舊無法完全抵擋從四壁傳來的陣陣寒氣，婉清直打哆嗦地吃完那頓飯。

離開大姊家前，婆婆還對婉清開導一番：「妳大姊不開暖氣，就是懂得節儉之道。大家都說大姊很會理家，女人最重要的就是會理家。」婉清不敢苟同，節儉也得有道啊！

婆婆不肯罷休，繼續喋喋不休：「妳看！大姊對妳這麼好，請妳吃飯。妳以後過年過節都要請大姊一家吃飯，妳要給她娘家的溫暖！這是妳的責任……」

「莫名其妙啊！大姊年紀大我快二十歲，應該她先給我婆家的溫暖吧？為何事事都要我這小媳婦做？」婉清表面不置可否，心內卻連連暗罵。

她俯身穿好鞋後，準備拉開門閂時，回望大姊不施脂粉、不打扮的模樣，心中疑惑：加拿大的華人移民都不打扮的嗎？平時都如此樸素？在台灣請客人來家中作客，女主人多少會妝扮一下，畢竟這是種禮貌，不是嗎？

今年是婉清婚後的第一個聖誕節，既然無法隨心所欲地進行大掃除，婉清還是對自己信心喊話：「至少裝點一株夢想中的聖誕樹，映襯窗外那柔軟潔白似棉花糖的白雪，聖誕樹上搭配各式各樣、精緻小巧的吊飾那就更棒了！」

她跑遍市中心和南岸的Dollarama〈加拿大的「一元店」，因商品大多標價為一元，故得此名〉和Canadian Tire〈加拿大集汽車、五金、體育、休閒、居家為一體的零售企業〉等店，想買齊各色各樣的聖誕吊飾，等買得心滿意足後，便回家架起聖誕樹，打算隔天再細細裝飾聖誕樹。

隔天清晨，當她下樓看到聖誕樹時卻傻眼了！聖誕樹的每根枝枒都被人掛上許多吊飾，有小熊維尼、Hello Kitty、櫻桃小丸子等等，可是看起來怪怪的。婉清再定睛一瞧，天哪！那些東西哪裡是聖誕吊飾，那是「手機吊飾」和「鑰匙圈」。她馬上洞悉這是婆婆幹的好事，因為每個鑰匙圈的鐵圈都被仔細地串上橡皮筋，再穩固地懸掛在樹上。

「公公才沒這麼細心！」婉清氣得全身發抖。

她的耳裡持續傳來婆婆讚不絕口的話語：「老夏，你看看，這聖誕樹隨便擺擺也這麼好看！」

「而且省錢呢，不花半毛錢就能弄得有模有樣，我們算賺到了！」

「我就不信非得有什麼裝飾才行，我這樣擺設也很有過節的氣氛啊！」

算了。

「婉清，媽看妳買那些聖誕吊飾，太花錢了！反正聖誕樹只要有點裝飾，我看儲藏室還有些可愛的手機吊飾，就拿來掛聖誕樹了。」婆婆一副苦口婆心、為他人著想的模樣，婉清只覺得被暗算了。

「妳等下就把那堆聖誕樹吊飾拿去退，那上面的吊牌都還沒拆，加拿大的店都會讓妳退，你儘管放心去退。」婆婆關懷的口吻在婉清聽來格外諷刺，她鐵青著臉，不可置信地盯著被惡整的聖誕樹，默哀了三分鐘。

原本該美好、優雅、溫馨的聖誕樹如今淪為這副四不像的德性，唉！聖誕樹美夢就此煙消雲散了。她悄然忖思著，等承軒下班，叫他去勸勸婆婆嗎？罷了！要是勸了，婆婆不肯就範，大動肝火，也會私下找我麻煩。倘若婆婆果真佛心來的，「放下屠刀，立地成佛」，當下懺悔，立刻亡羊補牢，也會記仇吧！搞不好日後再找機會修理我。

唉，兩難啊！不如乾脆就說：「聖誕節不裝聖誕樹了？」聖誕樹被搞成這樣令人心痛、心煩啊！婉清的理智跳躍起來：「這些話都叫承軒去說，婆婆怎麼會聽我的話呢？」婉清對婆婆的創意真是甘拜下風，服了！服了！

婉清漸漸捉摸到婆婆的心性，婆婆為人狡猾，小動作奇多。她明白最好不要有把柄落在婆婆手上，否則可能死無葬身之地，於是最終還是把剛買的聖誕吊飾都拿去退。退的時候，雖然店員們沒有特別注意婉清，婉清卻覺得有些難為情，因為整袋東西都拿來退，確實有些顯眼。

婉清安慰自己：「算了，反正店員不認識我，早退貨，早了事，別和婆婆起正面衝突才是長治久安之道。」

婉清在Canadian Tire退貨後，不想太早回家面對公婆，就在店內四處逛逛。逛著逛著，看到義大利原裝設計生產的Lagostina鍋子在減價。她盤算著：「這不就是家裡在用的鍋子?現在缺一個煎蛋的平底鍋，買一個回去正合適！」於是她爽快地買下鍋子。

兩天後當她正在午睡的時候，婆婆氣喘吁吁地跑到房內，叫她起床。

「婉清，婉清！」

「怎麼了?」婉清睡眼惺忪地起身回應。

「妳這鍋子買貴了!妳看，今天剛送來的減價單，這禮拜四開始減價，妳買貴了五十cent加幣，快拿去退！」

婆婆胸有成竹地將手中減價單遞到婉清眼前，婉清仔細查閱，發現這兩週的鍋子價格的確差了五十cent加幣。不過!也就是五十cent加幣的差別，就是零點五元加幣，拿加幣一元兌換三十元台幣來算，也就是台幣十五元的差別，於是她對婆婆說：「沒關係啦!才五十cent加幣，何必退?」

「不行，買貴就是要退，這是我們家的原則！」

「媽，做人不要太計較，這真的是小錢。」

「妳當然會說小錢，賺錢的又不是妳，是承軒。」

婉清怒氣緩緩上升，這話太不對勁了!我為丈夫打點這個家，料理家務、服侍公婆，被夏家人欺壓還得忍氣吞聲。每天忍受婆婆念東念西，精神上的耗損多大啊!我只不過是花個錢買個鍋子，還不是買什麼我私人用的香水、內衣，全家都因這鍋子受惠，為什麼就被婆婆講成浪費了？

她壓住要爆發的怒火，兩眼愣愣地看著婆婆，婆婆自然接收到她眼裡的不滿，卻依然盛氣凌人，不為所動。

婉清賭氣地僵坐床上，婆婆也賭氣地呆站床邊，兩人對峙僵持約莫十分鐘，還是婆婆最先開口：「走吧！我陪妳去退！」

婉清心裡委屈叫苦：「我既要和妳住，凡事得忍讓，妳從不為我著想就算了，還一直找我麻煩！世界為什麼這麼不公平？」婉清想到傷心處，眼淚就快不爭氣地滑落臉龐。自尊心強的她不想讓婆婆看她笑話，即刻別過頭去，用盡全身的力氣來平緩哽咽的嗓音，不甘心又不服輸地說：「好，妳先到樓下等我，我換身衣服就來。」

當她們婆媳倆來到Canadian Tire時，櫃檯前已經排了三個人。在排隊等待時，婉清兀自感歎：「想我谷婉清這一生，在台灣的時候，連愛買、家樂福這些大賣場都沒去過幾回，我從來不用考慮柴米油鹽醬醋茶的問題。而今呢？居然在加拿大這種先進國家，被婆婆押著來Canadian Tire計較這幾cent加幣的錢。谷婉清啊谷婉清，沒想到妳也有今日啊！當真是世事難料，今非昔比啊！」

她的哀怨並沒有持續太久，很快就輪到她退貨。櫃檯小姐恰巧是那日幫婉清退掉聖誕吊飾的同一人，她以法文客氣詢問婉清，是否這東西有什麼問題嗎？

婉清覺得這份難為情實在不該獨自承受，也該讓婆婆露露臉，於是她不卑不亢、一派優雅地以法文回話：「是我婆婆說家裡已經有相同的鍋子，所以叫我拿來退。」語畢，她報復似地回頭對婆婆一笑。機靈的婆婆聽不懂法文，當著櫃檯小姐的面也回以虛偽的笑容。櫃檯小姐看這婆媳倆的「親切笑容互動」，以為她們相處融洽也報以一笑。

婉清眼神一掃到那婆婆矯情到家的笑容，深怕自己當場會因過度噁心而狂吐不止，她飛快回過頭，假裝在皮夾裡找出信用卡和簽單來刷退。終於退貨完畢，正朝外走時，婆婆卻拉住她的衣角說：「現在退完貨了，妳再去把鍋子買回來。」

婉清情緒失控地大叫：「為什麼？不是妳說要退的嗎？」

「是啊，我是說要退，因為貴了五十cent加幣，但是妳現在去買回來，就是特價的價錢，那就是便宜了五十cent加幣，我們這樣才沒買貴啊！」

婉清覺得她莫名其妙，直接回絕：「不用了，我不想要這鍋子了。」

婆婆死賴活賴地說：「不行，這鍋子我看了很喜歡，正好早上煎蛋給承軒吃，很合適。」

婉清老大不甘願地說：「要買的話，妳也可以買啊！」

婆婆賭氣地吼著：「好啊，我現在就去買。」

婉清站在出口的電動玻璃門前，目送婆婆走回賣場的身影，心裡起了很深的疑惑：「婆婆總說，她學佛，最有福報的就是她，這麼會占人便宜就會有福報嗎？」

幫婆婆結帳的恰巧是方才那位櫃檯小姐，她的眼神充滿不解，用法文問婆婆：「不是因為家中有同樣的鍋子才拿來退嗎？怎麼又要買回去？」婆婆聽不懂法文卻自以為是地回以有風度的微笑，婉清全看在眼裡，內心冷笑道：「婆婆出糗還搞不清楚怎麼回事，老天爺算是為我出口氣了！」婆婆買好同一款的鍋子後，以勝利者的姿態回到婉清身邊，婉清卻有種丟臉丟到國外的羞恥感迎面襲上全身。

# 第五章　婆媳間的逛街趣

最近婉清很想出外旅遊，既然短時間內無法擺脫和公婆同住的生活，至少外出住個兩三天，暫且拋開家中煩人的瑣事。於是她趁著聖誕節前夕對承軒說：「我從沒去過多倫多，不如我們去多倫多旅遊吧？」

承軒原想只與妻子甜蜜二人行，但婆婆卻雀躍表示：「我很久沒去多倫多，這次剛好和你們一起去……」既然婆婆都開口，實在很難拒絕。

出發前，婉清和台灣的母親通電話：「媽，我下週要去多倫多玩，會順便去那兒的大統華超市買一些台灣的食品。」

「妳記得幫我從多倫多買一些花旗蔘。」

「好，沒問題。」婉清應允母親的要求後，懷抱旅遊的興奮心情，多希望馬上成行啊！

出發當天，承軒先去暖車，婉清和婆婆忙著把水和一些吃食放進後車廂。婉清站在後車廂前，將大小物品安置在適當空間。突然一陣寒風刺骨，她不禁打個哆嗦。蒙特婁的氣候真不可小覷，站在室外幾分鐘而已，鼻水都流洩出來，手指更凍得不聽使喚。當她遁逃入車內，整個人像剛從冰櫃拿出的魚，在暖氣的吹拂下漸漸解凍。

一行人歷經五小時的車程總算來到多倫多，平順的車程佐以婆婆「自以為是」的旅遊見解，婉清慶幸這好歹是趟旅遊，有藍天原野相伴，心情放鬆愉快，比較能承受老太太的叨念。

婉清一進入太古廣場，立即左右逡巡，一心想找到中藥行買花旗蔘。婆婆眼見媳婦轉進某家中藥行，便緊跟在後。婉清拿起紅棗瞧瞧，婆婆便湊上來說：「上次我從台灣帶回好幾包紅棗，都還沒吃呢！」婉清悶不吭聲，失望地將紅棗放下。

婉清好奇地看著各種不同的杏仁，正要用勺子取一把放進塑膠袋內，婆婆挪近身旁急急地說：「這杏仁顏色不對，還不如回蒙特婁買。」婉清凝視婆婆，悻悻然地把勺子放回原位。

婉清看到玻璃櫥櫃裡的鮑魚罐頭，正想詢問價錢時，婆婆不知何時已經站在她身後，陰陰幽幽地說：「這鮑魚罐頭得等農曆年前夕，店家才會有減價，減價的價錢才像樣，不然怎麼買得下去喔！」婉清深吸了一口氣，按住心頭的不耐，轉身繞到店內的別處。

就這樣，婉清每看上一樣物品，不論紅棗、杏仁、鮑魚罐頭、魷魚絲，都一一被婆婆打入冷宮。婆婆陰魂不散地在她周身繞，遊說她這個不好、那個不要買，婉清有些著急起來，要是等會兒媽媽要買的花旗蔘，婆婆也不贊同買，豈非買不成？

婉清東張西望，想看看這家店有無賣花旗蔘，若沒有，她便要趕往下家店去找找。忽地她看到牌子上寫著花旗蔘特價，趁婆婆不注意，她動作飛快轉到櫃檯前詢問花旗蔘的品種有何不同。店員見生意上門，熱絡招呼起她。

婆婆卻像一縷幽魂，緩緩飄現在店員面前，聽著店員悉心的介紹。婆婆開金口了：「這花旗蔘對咳嗽很有幫助。」婉清見婆婆出招，打算不動聲色聽她想講什麼。婆婆說：「有特價，那可以買一點。」

「呼！」婉清心中鬆了一口氣，「警報解除！應該可以買花旗蔘吧？」

可惜婆婆不肯遠離現場，婉清想幫媽媽多買一點花旗蔘卻擔心婆婆會阻撓，盤算著：「要怎樣支開婆婆呢？如果請婆婆到店外等我，她絕不會乖乖就範的，怎麼辦？怎麼辦？」

「我看不如就買兩包好了！」婆婆先發制人。

婉清內心失望：「只能買兩包？太少了吧？我原本想買四包的……」她不想為花旗蔘與婆婆傷了和氣，那就因小失大、得不償失了。

她對婆婆點點頭，然後對店員說：「麻煩給我兩包。」花旗蔘買成了，多倫多這趟最重要的任務已完成，不虛此行。

她們繼續逛街，婆婆既像保鑣，又像監工，一路押著婉清走。

老人家重聽，說話音量比較大，婆婆以為別人都聽不見她的「悄悄話」，她一會兒大聲批評：「這家店的手機吊飾可愛，但是不如回台灣買。」

不一會兒逛到麵包店，她更大聲嚷嚷：「這裡的蛋塔居然賣得比蒙特婁貴，誰會買啊？」店家都清清楚楚聽見婆婆的批評指教，不滿地望向這對婆媳。婉清尷尬地緊盯婆婆，心中祈禱她早日安靜下來，難道她都感受不到他人眼裡的殺氣嗎？這樣逛下去，簡直像遊街示眾，丟人現眼！

「和婆婆逛街怎麼會是輕鬆事？」婉清暗暗嘀咕，她想買什麼都不敢買，婆婆一有意見，她便陷入兩難，若執意買回家，婆婆肯定背後講話。此時她腦中浮現婆婆稱讚大嫂米蘭達的嘴臉：「米蘭達都和我『手牽手』去逛街！」真是太神奇了！大嫂怎麼會喜歡和婆婆逛街呢？這大概就是嫁進夏家十年和兩個月的差別吧？

那一夜回到飯店房間，除了長途車程的勞累，被婆婆一路疲勞轟炸更令婉清身心俱疲！承軒只要負責開車，坐在副駕駛座的婉清則要「賠小心地」和婆婆聊天。婆婆總是稱讚大嫂米蘭達如何貼心、如何乖巧。白天和婆婆逛街的嚴陣以待令她異常癱累，盥洗後她仰躺在床上，半睡半醒地聽承軒說起他以前在多倫多工作的往事。

婉清盡量強打起精神，給丈夫善意的回應：「喔！那時候工作很忙嗎？」

「很忙，總公司只派三個人到這裡，我們要見客戶，還得接電話……」

婉清後來只見丈夫兩片嘴唇如蝴蝶飛舞，耳邊卻傳來婆婆一長串的絮叨，好似個永不止息的噩夢，她的眼皮沉重得再也張不開……

第三天清晨準備回蒙特婁時，婉清見承軒坐上駕駛座，羨慕地想：「如果我對多倫多的路況熟悉，就能輪我開車，現在就換承軒聽他媽說話，我只要負責開車就好了，心情就不會那麼緊繃了。」婉清莫可奈何地上了車，她期盼快回家吧，好趕緊把花旗蔘寄回台灣給媽媽。

到家後，婆婆忙著把從大統華超市買回的乾貨和食品分類，讓它們各歸其位，有些放進冰箱冷藏，有些則入住櫥櫃內。婆婆雙眼發亮地盯住那兩包花旗蔘說：「婉清，這個我先幫妳冰起來。」

「妳知道嗎？妳大姊夫小的時候，感冒一直沒治好，冬天的時候就老咳個不停。」老人家說話有時候想到什麼就說什麼，這大概又是個沒重點的對話，婉清便沒留神在聽。

「所以我在想，妳這兩包花旗蔘就一包送給妳姊夫。」婆婆不容婉清拒絕地繼續說：「我幫妳送去，我會提醒妳姊夫這花旗蔘是妳送的。」婆婆像在給婉清一生一世的承諾。

婉清心中暗叫不妙：「難不成她當初叫我買兩包，就已經預謀好了？啊！我被設計了！」婉清震驚得無言以對，礙於皇太后的淫威，想拒絕不敢拒絕，內心是一百萬個不願意，這下怎麼向媽媽交代？權宜之下只好先答應婆婆的請求，再想對策。

婉清轉念一想，既然這包花旗蔘都留不住了，便對婆婆說：「外面下雪，我和承軒一起把花旗蔘送去給姊夫就好，妳老人家不要在雪地裡走，不然滑倒摔跤怎麼辦？」

承軒下班後，陪老婆踩著及膝的積雪，徒步來到大姊家。按下電鈴後，大姊睡眼惺忪地開門：「是你們啊？有事嗎？」婉清見大姊沒有想請她們進去坐的意思，臉上堆滿笑容俐落地說：「這是我們去多倫多買的花旗蔘，送給大姊夫，聽說對治咳嗽很有效。」

大姊理所當然地收下：「喔，那好，我幫妳轉交，謝謝喔！」大姊帶上門後，婉清有些埋怨地看著承軒，承軒自然知道老婆大人的意思。他們在飄雪的陪伴下按原路走回家，承軒打破僵局陪笑說：「好啦！我再買回一包給妳好嗎？蒙特婁也有賣花旗蔘，又不是買不到。」

婉清更火：「那就對了，花旗蔘不是我谷婉清到蒙特婁之後才有的產物，妳大姊夫也住這裡二十幾年了，以前都不會自己買嗎？非得等我買來送他嗎？」

婉清連珠炮似地往下說：「妳大姊又不是買不起，這種便宜也要占！最可惡的是，妳媽竟然幫著他們占我的便宜！」

婉清愈想愈氣，聲音漸漸哽咽：「我尊重她是我婆婆，我又不是惡媳婦，你媽為什麼要這樣對我？」在風雪中，婉清憶起來蒙特婁之後，這一路的委屈和不甘心，不禁滑落兩行淚。淚痕被冷風吹拂後，產生一陣刺痛，驚醒她的理智：待會進家門，被婆婆看到這模樣，恐怕又會節外生枝，於是她收斂情緒，試圖平靜下來。

承軒繼續安慰老婆：「我媽也知道我姊和姊夫很愛占人家便宜，她大概是想，姊夫那麼摳門的人，絕不會捨得花錢買，才想叫妳送他們。」

承軒摟著老婆親暱地說：「妳沒聽媽說嗎？她會提醒姊夫這花旗蔘是妳送的，表示媽把這個人情做給妳，讓姊夫對妳印象好。」

聽承軒這麼一說，婉清態度已經有些軟化，然而依舊緘默。承軒說：「我的好老婆，妳的委屈我都知道，我不會虧待妳的！」婉清聽他這樣一講，覺得婆婆好像也沒那麼可惡了，她作勢推了承軒一下說：「討厭啦你！」兩人相視而笑，依偎著踏雪回家。

# 第六章　巴拿馬之花

到家後，婉清不想再與婆婆多所糾纏，於是她逕自上樓回房。承軒則興沖沖地跑入廚房，向母親鉅細靡遺地描述剛才送禮的情形，他不忘替老婆美言幾句：「婉清真會挑禮物，大姊收了很開心。」婆婆順著兒子的毛摸，趁機討好兒子：「對啊！這禮送得可貼心呢！」

正當婆婆把切好的高麗菜倒入鍋中，門鈴無預警地響起。

承軒見媽媽忙著煮飯，便自告奮勇：「我去開門。」

心情稍趨平緩的婉清此時在房內整理衣物，她並不知悉樓下廚房的動靜。

門開後，尾隨承軒上樓的是大姊，她提著一袋物品交給承軒：「這是要送給婉清的禮物，謝謝你們的花旗蔘。」承軒收下這份禮，覺得大姊對自己老婆挺不賴。

婆婆趕忙提著大姊給婉清的禮物，進到婉清房內。婆婆像抽中尾牙頭獎般地欣喜欲狂，直盯著婉清邀功：「這是大姊要給妳的回禮。」

婉清受寵若驚地收下。婆婆說：「我不是常說，做人不用計較太多，妳對別人好，別人都會知道的。」婉清被這番話點醒，有些慚愧起不該以小人之心，度君子之腹。婆婆見任務完成，笑容可掬地說：「樓下的爐子還煮著湯，我先下去看著火。」

承軒送大姊出門後，隨即上樓來查看禮物。當他夫妻倆打開禮物時都傻眼了！

「這是……Hello Kitty面紙套嗎？」面紙套上的Hello Kitty貓臉灰撲撲的，難道這隻Kitty貓剛去沙盆裡玩過，所以全身髒兮兮？

「拿起來有點重，裡面好像還有東西！」承軒慶幸面紙套下還有禮物，不然如何向太太交代！他像尋寶似地卸下面紙套，卻尷尬發現上頭的鬆緊帶像座吊橋，鬆鬆垮垮地垂吊在半空中！他知道新買的面紙套不是這樣的品質，顯然這是使用多年的面紙套。婉清見此情景，早已心知肚明，但仍有風度地保持緘默。

承軒掂了掂面紙套，有些沉，順勢將手伸入面紙套下的空面紙盒中，掏出兩個以白報紙包裹的陶瓷物品，承軒欣慰地對老婆說：「妳看，裡面還有東西！」

他急忙拆開白報紙，想看看姊姊葫蘆裡賣什麼藥。掀開層層白報紙後，承軒露出迷惘的神情。婉清湊上前，看到兩個手掌大的Miffy兔造型存錢筒，愣了愣才說：「這存錢筒有點眼熟……」後來她以掌心拍打自己腦門一下，順勢大叫：「好像在這裡！」她扭頭跑向筆記型電腦，開始調閱出三週前拍的照片。她迅速地一張照片跳過一張照片，如獲至寶般地大叫：「有了！你看，被我找到了吧！」

承軒順著老婆的手勢看去，螢幕上的照片是三週前他們一家人在慈善團體參加活動的留影。那天的活動是請家中小朋友把存滿的存錢筒帶來，每位小朋友排隊上台把存錢筒的錢倒入舞台中央的募款箱，募款箱所得將捐給需要幫助的人，活動的旨意是培養小朋友布施助人的美德。

妙就妙在，影中人是大姊的女兒Diana，她手裡拿的正是眼下的Miffy兔造型存錢筒。此時承軒臉上融合錯愕、不可思議、難為情的神情，婉清見狀，幫承軒理清頭緒：「你大姊拿她女兒用過的存錢筒送我？」

婉清繼續追問：「我送她從多倫多買的花旗蔘，她拿用過的面紙套、用過的存錢筒回敬我？」這頭承軒又想到一件事情，但當下他不敢和老婆說。

承軒面有慍色地說：「我會幫妳找機會問明我大姊，這事太可笑了！」婉清聽到丈夫會處理，便不再鑽牛角尖。

大姊送來回禮的當晚，婉清在電話上把事情的來龍去脈向台灣母親報告。母親聽聞此事，當機立斷交代：「這件事情一定要讓妳婆婆知道！」

婉清當下就拒絕：「為什麼呢？等下婆婆知道去和大姊反應，大姊肯定會來鬧，她的個性最會鬧了！」

母親即時糾正婉清：「妳錯了！妳送大姊花旗蔘，婆婆不知道她竟回送妳這些莫名其妙的東西。妳不讓婆婆知道的話，以後她還覺得大姊對妳這麼好，是妳對不起大姊！」

婉清有些遲疑，如果真讓婆婆知道，婆婆也不會站在自己這邊，有必要說嗎？

母親感受到婉清的猶豫，不容她置喙地說：「妳和婆婆講的時候，要把面紙套和存錢筒都放在婆婆眼前，讓她看。」母親頓了一下又說：「有證據的意思，懂嗎？」婉清被點通了，剎那間她明白母親的苦心。

她考慮一會兒又問母親：「承軒要在場嗎？」

媽媽回話：「最好在場，有人證！不然妳婆婆到處扭曲妳講的話，又沒人替妳做證，妳不是跳到黃河裡都洗不清嗎？」

婉清覺得媽媽所言甚是，她和承軒決定和婆婆好好談談。終於逮到一頓晚飯的機會，晚餐快接近尾聲時，承軒先開口：「媽，上次我們送花旗蔘給大姊，大姊不是又來家中回禮嗎？」

婆婆說：「是啊！怎麼樣？」

承軒依照原定計畫，把面紙套和存錢筒放在餐桌上，對母親說：「妳看！這面紙套是用過的，存錢筒是文珍阿姨送給Diana的八歲生日禮物。文珍阿姨送的時候，我人也在場。大姊怎麼拿這些東西送婉清？」婉清聞言，氣得要爆炸了！這存錢筒居然還是八年前，別人就送Diana，還敢拿出來送人？

婆婆眼底閃過一抹不安，但不安隨即被狡猾取而代之：「妳大姊個性就是耿直，她一輩子好命。」婉清眼神刻意不往婆婆那裡看，假裝沒在聽婆婆說話，然後夾了一箸菜放進碗內，但她還是感覺婆婆的眼神拂過她的臉龐。婆婆以急中生智的從容說下去：「以前我們在巴拿馬做生意，她可是當地的『巴拿馬之花』，算是華人界數一數二的美人。我們家生意做很大，大家都稱呼她是『老闆娘的女兒』，人人都忙著巴結她，她哪裡需要送人禮物？她不懂送禮的禮數也是很正常的！」說完臉上掛著狀似憨厚的得意微笑。

婉清心中暗呼：「天哪，這樣她也掰得下去！」如果今天我拿用過的東西送大姊，親愛的婆婆，請問妳會原諒我嗎？

婉清噍了口茶水，噍下所有不愉快與不以為然，繼續保持文靜的儀態。承軒用一種混合愧歉和受傷的表情望向老婆，婉清則給他一個了然於胸的僵硬神情。

晚餐後，婉清把碗碟洗淨、收拾完畢，立即回房內打電話給母親。

「媽，妳在聽我說話嗎？」婉清一口氣報告完飯桌的情形，媽媽卻在電話另一頭沉默良久。

「我明白妳的感受，妳婆婆就是這樣的人。」媽媽有些心疼女兒，但遠水救不了近火，女兒遠在加拿大，有些事也使不上力。

「至少讓她知道妳的反彈，她肯定會向她女兒通風報信，暗地裡要她女兒收斂點，這樣就夠了。」

「可是我每次和大姊交手都輸耶！每次大姊占我便宜，我都只能默默忍受。這樣對嗎？」

婉清急起來：「妳總說吃點虧不要緊，這根本不是吃虧那麼簡單，本質上我是被霸凌欺壓！」

「我現在能做的，就是下次妳婆婆回台灣來找我，我當面點她。可不好現在打電話給妳婆婆，妳婆婆一定會在電話上否認她是這個意思，還會趁機說是妳亂講話。」

母親盡量安撫婉清激動的情緒：「妳得懂媽媽的為難，我做事情不能像妳這麼衝動。」

「那我現在怎麼辦？」

「小不忍則亂大謀，妳們同住一個屋簷下，為送禮的事情鬧得不愉快，有些小題大作。」母親頓了一會兒，小心翼翼地盡量不撩撥女兒高漲的不滿情緒：「不如這次就算了。」

從此之後，婉清對婆婆更加提防，果然薑是老的辣，婆婆的陰險老練讓人招架不住。

幾天過去，婉清漸漸淡忘這件事情，直到週日清晨，戰火又再度引爆。

事發清晨，婉清比承軒早起，她飢腸轆轆地到廚房弄早餐吃。

「爸，早！」公公正在水槽前洗菜，按照慣例他一早就把中午要吃的青菜清洗泡水。

公公突然喚住婉清：「妳坐，我有話和妳說。」

婉清像被訓導主任叫去訓導處談話，心情有些忐忑，承軒又不在場，沒人幫忙緩頰。

「婉清，大姊送妳禮物的事情，我都知道。」

「嗯。」婉清不敢鬆懈地收聽著。

「其實也沒什麼大不了。妳看，在台灣，大家也是拿別人送的月餅轉送給親友……」婉清感到對方顛倒是非，趕忙糾正對方：「對，會互送，可是你不會拿『吃過的』月餅送人。她是拿『用過的』東西送我耶！這樣對嗎？」莫名其妙！明明是他們的女兒做錯事，怎麼反咬是我不明理？這到底是愛女心切？還是護女心切？根本是寵女心切吧！

公公聽到婉清的回答，臉一紅，不好意思再瞎掰下去。婉清有點後悔自己的衝動，和公公起正面衝突不是上上之策，卻還是嚥不下這口鳥氣。她氣呼呼地挖了一刀草莓果醬，像洩憤似地在白吐司上來回刮弄，要是有人從旁邊經過，真會以為吐司麵包和婉清有著深仇大恨。

# 第七章　詭異的母親節

在母親節前夕的某個週四下午，夕陽斜斜地照進廚房內的落地窗，紅色的斜陽照映在淺綠色的窗簾上，飄進的微風吹動窗簾，簾上的光影隨風搖曳生姿，光與影疏疏落落、密密實實地相攜共舞。婉清迎風坐享微風的吹拂，眼眸裡全是窗外慵懶、平靜、令人嗜睡的街景，她手裡繼續摘著菠菜葉，耳裡傳來婆婆下樓的腳步聲。

婆婆心情愉快地進廚房說：「慈善餐會當天我要上台表演，我是那天的台柱！我現在得加緊練習，等會兒有電話聲或電鈴聲，妳就注意一下！」婉清漫不經心地「嗯」一聲回應婆婆。

不一會兒，菠菜葉都摘完了，她托著洗菜籃到水龍頭底下洗菜。水聲嘩啦啦地如大雨下，恍惚間好似聽到急急的一陣門鈴響。婉清警覺地關上水龍頭，想確認是否真有鈴聲。果不其然，門鈴被重重地一下又一下地推按著，空氣中滿是「鈴、鈴、鈴」的震動聲。

「是誰按門鈴按得這麼急？郵差都不會這麼急地按門鈴。」婉清急忙跑下樓，透過門孔探知是大姊，她以一種備戰姿態拉開大門。

「大姊，妳好！」見面三分情，婉清依舊謹守基本的禮貌。

不知大姊裝傻或沒聽見婉清的問候，她並未回應，只道：「媽在嗎？」

「在樓上。」婉清沒問明對方來意，轉身便上樓，大姊亦當婉清隱形人。

新嫁娘時的婉清，少不更事，不知人性險惡。而今的婉清耳聰目明，玲瓏心竅，她雙手忙著，耳朵沒閒著，一邊探聽客廳內的動靜。正所謂「無事不登三寶殿」，大姊這等鐵公雞之徒，平時都不會來探望父母親，今日不知是什麼風把她吹來的？

「媽，明天妳中午有空嗎？」大姊這一開口，棲身在廚房內的婉清趕緊豎直雙耳監聽著。

「怎麼了？」客廳的音樂唱盤並未被大姊的話語打斷，婆婆持續練習舞蹈動作。

「母親節啊！我想請妳和我婆婆一道吃中飯，慶祝一下。」她興致高昂的音調刺耳難耐，「明天週五是一般日，價錢比週末便宜，我們才選明天。」大姊口氣熱絡天真，婉清卻想：「妳我皆為人媳，妳居然想同時請親生母親和婆婆一道過母親節，哪門子的思考邏輯啊？這不就像同時請老公和情夫一起過情人節，妳是打算兩個男人都不要了，是嗎？」

婉清內心嘲笑著：「大姊啊！大姊啊！妳大我十多歲，這點道理妳都不懂嗎？妳媽媽是何許人啊？怎麼會想要和妳婆婆『共度』母親節？妳太不了解妳媽媽了！」她很好奇婆婆的反應，刻意靜待一會兒，客廳卻只聞音樂聲，毫無人聲。只有大姊天不怕、地不怕的聲音再度傳來：「媽，我婆婆可以去，妳明天可以嗎？」

廳內持續燃燒著令人窒悶的沉默。

終於，婆婆幽幽地回答：「好，明天我可以！」

「媽，太好了！明天我們九點在公車站碰面，搭九點十五分的公車到地鐵站，然後去接我婆婆，我和她約好九點三十分在地鐵站等我們。我們三人在月台上集合，再出發去唐人街喝早茶。」

「不要遲到喔！時間都算準的。如果遲到，就趕不上十一點前早茶的優惠價。」這是大姊離去前留下的最後一句話語。

這些台詞與母親節的慶祝畫面非常不協調，怎麼好像在演特務電影啊？這會兒是特務頭子指派任務嗎？先是幾點幾分，又是幾點幾分，分秒刻不容緩的，怎麼被大姊「請吃飯」有「出任務」的壓迫感呢？

果然一物降一物，一報還一報，任張曼昭再如何三頭六臂，威震八方，拿自己的女兒也是沒轍！

婉清成功掌握敵情後，放寬心地將洗淨的菜瀝乾下到油鍋內，先是一陣劈哩啪啦地響，接著鍋內冒升起陣陣白煙。在那白煙深處，婉清彷彿預見明日吳媽媽和婆婆「仙拚仙」的格鬥畫面！婉清調皮地想著：「明天可有好戲看囉！」

隨著鍋鏟輕快的翻動，婉清的心情漸漸閃亮飛騰。「老天爺好像小小地在發威了呢？這是老天爺送給我的小小娛樂嗎？哈哈哈！」

隔日，婉清送丈夫上班後，識相地不問婆婆的行蹤，婆婆卻主動找上門：「今天我很忙喔！大姊很有孝心，請我吃飯幫我過母親節。」婉清故意「喔」一聲冷處理來回敬婆婆，半句話都不追問。婆婆見婉清反應冷淡，無趣地瞄了一眼時鐘，突然慌張地說：「不和妳多說了！時間不夠，我得走了！」

等婆婆出門後，婉清從房內的落地窗目送婆婆的背影離去，她大聲地狂叫歡呼：「Yeah！婆婆不在家！」然後準備展開美好的一天。

話說張曼昭和「親愛的」女兒碰頭後，便馬不停蹄地趕往另一處和「親愛的」親家會合，這段甜蜜的三人行於焉開展。

三人在唐人街的金元寶酒樓坐定後，大姊將服務生送來的菜單收下，再轉遞給兩位媽媽們點餐。

「妳們看要吃什麼，自己點。」大姊大方地說。

作風不大強勢的吳媽媽客套地說：「如倩，媽媽都可以，妳決定就好。」

張曼昭不等女兒詢問，馬上以主人家的姿態對親家說：「親家，如倩請客，今天妳是主客，妳愛吃什麼就點，不要跟我們客氣啊！」吳媽媽向來沒有親家世故，但「與人交」的基本常識還是有的，聽到張曼昭欲以此話抬升她自己為東家，吳媽媽立刻降級為客人，心中相當不以為然。再轉眼打量媳婦如倩爽朗應和的模樣，絲毫不懂她母親話裡的明槍暗箭，更加氣起來，「把女兒教成這般不懂人情世故，再嫁進我們家來亂的嗎？」

表面上不好發作的吳媽媽心想：「既然妳當我是客，我就客隨主便，索性不點餐，任由妳們母女倆去安排吃食。」

眼望著菜單的張曼昭臉上皮笑肉不笑，心裡愁慨著：「唉！辛苦拉拔女兒長大，母親節就不能單獨和媽媽過嗎？硬拉著親家一起來，大家只能表面話應酬應酬了！」顧念女兒在夫家的處境又想：「今天可不能讓親家對女兒產生負面的想法，算了算了！既來之，則安之，我還是開心點，別讓如倩為難！」

反應機靈的張曼昭等服務生送上茶水後，開始敬酒了！敬的對象便是三人行中餘下的二位。「親家，來來來！妳真的好命！想當初阿進來加拿大，雖然還要如倩娘家資助他讀書的學費，但他很上進，我逢人就說，挑女婿不要挑有錢的，要挑像阿進這種對老婆好又肯做的好男人！」吳媽媽修養再好也聽不進親家這種暗示自己兒子吃軟飯的話，臉上青一陣、白一陣，大庭廣眾之下無法當場走人，只好按捺著性子聽完這番話。

張曼昭見計謀得逞，馬上提示如倩扮演好媳婦的角色：「還不快敬妳婆婆一杯！祝妳婆婆母親節快樂！」

於是旁人只見這桌三人和樂融融地敬成一片。如倩笑得合不攏嘴，內心喜不自勝：「看媽媽和婆婆有說有笑，氣氛融洽，看來同時請婆婆和媽媽吃飯是請對了！省錢又省時，讓她們知道我兩邊都公平對待！」

吳媽媽這廂已被親家激成個熱騰騰的包子，頭頂還不斷冒著氣：「吃妳這媳婦一頓，還得自行坐公車來會合，又得忍受妳媽講東講西，是慶祝還是折磨？」

吳媽媽等點心、炒麵都上得差不多後，也打算回敬親家。她說：「親家，今天我們一起過母親節，也是有緣。阿進當初要結婚，我們沒什麼意見。我很多朋友娶媳婦，媳婦的嫁妝可多著，但我們那時候想，如倩至少是個沒什麼心眼的好女孩，嫁妝就不是我們考慮的重點了！」張曼昭知道對方哪壺不開提哪壺，從如倩嫁進去那天起，親家就嫌如倩的嫁妝沒現金、沒股票，只有一棟town house（連排別墅），如倩為這事情還回娘家哭過好幾回。

一來一往的敬酒攻勢，雙方都殺紅眼！張曼昭和吳媽媽都清楚接收到對方的不滿和回擊，表面上槍口不是對準如倩，但兩邊媽媽對這頓飯的態度是一致的，就是「不領情」。

張曼昭覺得自己是陪客：陪女兒應酬親家！

吳媽媽更想：我只是敬陪末座，這頓飯不就是妳們母女倆的慶祝嗎？只不過拉我陪上，順便把我打發了！

全然狀況外的如倩也想學媽媽敬酒那套，她笑容燦爛，不待雙方媽媽舉起茶杯便說：「我以茶代酒，敬我兩位親愛的媽媽，大家都母親節快樂！」畫虎不成反類犬，如倩此話一出，大勢已去！

張曼昭鼻頭一酸：「妳婆婆生妳養妳嗎？她憑什麼和我平起平坐？」

吳媽媽心頭一懍：「妳對我有這麼尊重愛戴嗎？我就不信妳真把我當親生媽媽！」

天下無不散的宴席，再美好的飯局如此，再惡劣的飯局亦是如此。如倩見媽媽們酒足飯飽後，便結帳走人。吳媽媽藉故先行離開去買菜，避免與她們母女倆同行。張曼昭比吳媽媽更氣自己的女兒，卻又不忍傷女兒的心，並未把內心的心酸委屈表現出來。

傻裡傻氣的如倩自始至終都堅信這頓母親節的飯局，安排得再棒不過了！

「今天婆婆不在家，可以清閒一會兒囉！」憑藉著這股美好勁，婉清吃過三明治配咖啡後，下午開始洗衣服、擦地等例常家務。下午約莫三點多見婆婆回家，婉清簡略打過招呼後，沒有和婆婆多聊天。

當天晚上承軒回家後，婉清第一時間拉丈夫入房內談話。

「承軒，你等下吃晚飯的時候，假裝閒聊，問媽今天中午吃得如何。」

「有什麼好問的？」

「喂！你不幫我這個忙的話，就太不夠意思了！你幫還是不幫？」

「好啦，那妳要怎麼問？」婉清將承軒拉到一旁，鉅細靡遺地調教老公問話技巧。

在晚飯桌上，婆婆表情平淡得像張白紙，婉清已猜到中午肯定不甚愉快。

承軒問：「媽，妳中午和吳媽媽吃飯如何？」

「很好啊！你吳媽媽很開心，連連稱讚你大姊是好媳婦。」

婆婆擔心承軒不信她的話，連珠炮似地舉了許多吳媽媽稱讚大姊的實例。

「吳媽媽還說下次要找機會請我吃飯呢！」

俗語道，最了解一個人的，往往是那個人最大的仇家。此語道盡婉清和婆婆的關係啊！

婉清簡直就是婆婆肚裡的蛔蟲，婆婆現下可是痛徹心扉、心如刀割、心頭淌血呢！婉清不疾不徐看著婆婆為了撒謊，擠破頭、想說詞的著急樣，她多想瞧瞧婆婆被女兒折磨的態樣，好出口惡氣啊！

婉清欣賞完這精彩的一幕，心中總結人生就該如此吧！婆婆周遭最親愛的人往往傷婆婆最深，婆婆卻拿他們沒轍。

# 第八章 婆婆的身世之謎

這陣子婉清意志消沉，人生索然無味，一時之間不知如何排解這種低潮，她只好特意銷聲匿跡，盡量低調地活著。她變得意態闌珊，連打越洋電話給台灣親友的次數都頓時銳減，和婆婆同桌吃飯也不多話了。有根細針尖尖刺刺地穿過婉清的心眼，把層層的心死感密密縫實在心頭上，做什麼事情都提不起勁，連反抗婆婆都覺得多餘了。

難怪人需要「希望」活下去，希望啊，這二字何其輕，又何其重！這下子，婉清不知道該對抗的是自己的命運或婆婆的刻薄了！？

婆婆的性格數十年如一日，婉清逐漸明白很難改變這位老太太的性格。她想：「如果還得勉強住在一起，我必須自己看開點！」婉清有了這層覺悟後，開始對許多事物「冷眼以對」。在婆婆眼中這卻是正向積極的轉變，婆婆解讀成：「媳婦變得乖巧聽話了！」為此婆婆更加得意起來，心中竊喜：「媳婦在我的調教下，懂事多了！」婉清敏銳察覺到婆婆的心思：「婆婆顯然會錯意，我是哀莫大於心死！這和『乖巧』毫無關聯，但我懶得和她辯駁了！」

春去秋來，婉清度過人生最低潮的那一年，到了隔年二月份，蒙特婁四處白雪仍然，舉目望去，白皚皚一片。就在此時，她的人生出現了轉捩點。

婉清公婆得知婉清懷孕的消息後，開心得笑得合不攏嘴。婆婆叮囑婉清：「千萬不能提重物！在雪地上走，得小心別滑倒。懷孕頭四個月都還很不穩定，一切都要小心。」剛當上準媽媽的婉清怕動了胎氣，不敢冒險從事任何戶外運動，可是室內生活令她感到百無聊賴，她悶得發慌。於是每天起床梳洗後，重拾孩提時的嗜好：寫書法和彈鋼琴；午餐後，她則練習畫國畫。

有一天接近午餐時刻，當婉清正在彈琴時，婆婆經過她的身邊，駐足在她的身後聆聽琴聲。婉清沉醉在琴音之中，並未發現婆婆已佇立在身後許久。待她彈罷一曲後，眼角餘光赫然瞄到鋼琴面板的反光上，倒映出婆婆的身影，她猛地回頭，試探性地和婆婆打招呼：「媽，鋼琴聲吵到妳了嗎？」

婆婆錯愕地回答：「沒有沒有，我只是想看別人彈琴。」然後便倉惶離去。

午餐時分，當婉清和婆婆相對而坐，婆婆欲提筷時，問起一件事：「婉清，妳幾歲開始學琴呢？」

「大約五六歲。」

「五六歲就開始學了，妳真幸福！我小的時候，只能站在別人家的院子外，聽隔壁有錢鄰居的小孩彈琴。我幾乎沒有站在鋼琴旁，親眼看過別人彈琴的樣子。」婆婆眼中閃爍著欣羨與崇拜的光芒。

「我那個年代很窮，日本殖民台灣的時候，養母得幫傭來養我和哥哥。哥哥大我十多歲，愛打架，在那個時代就算反叛了！」婆婆說到此處，抬眼對著婉清微笑，婉清感覺婆婆真心在訴說她那段滄桑不堪的童年。

「養母拿他沒辦法，就把十五歲的哥哥送去日本人的軍隊裡當兵。那時候日本人占領了羅宋，羅宋就是現在的菲律賓，我大哥被派去那裡駐守，後來就失蹤了。」

「怎麼失蹤呢？」

「聽說他在軍隊裡早看不慣日本人欺負台灣人，有一次，有個日本軍官把台灣兵打得奄奄一息，我大哥看不下去，先去糧倉偷了好多食物罐頭出來，然後救出那個台灣兵，再連夜送他到深山裡躲藏，把食物罐頭都留給台灣兵。等我大哥回到軍隊後，其他軍中同袍知道是他救人，便把手邊僅有的糧食、衣物都塞給我大哥，叫他快跑，不然日本人一定會清算他。」

「我大哥就開始逃亡，聽說他跑了之後，軍隊裡再也沒人見過他了。養母知道這個消息，魂不守舍，到處求神問佛，連找了好幾個神準的算命仙查問我大哥的下落。奇怪的是，每個算命仙的答案都是『他還活著』！」如此玄奇之事，婉清聽得相當入神，深怕遺漏任何一個細節。

「這個答案反而讓養母更心神不寧，想到她那還活著的兒子始終下落不明，只讓她心裡更煎熬難受，那種想念兒子的苦是很折磨人的！」

婉清聽得津津有味，炯炯有神地盯著婆婆，邊催問：「妳就再也沒看過他？」

「故事還沒完，妳聽我說下去。過了五年，有一天，我在基隆港口真的看見他。剛開始我不相信是他，跑上前仔細一看，確定真是他，我立刻大喊：『大哥！大哥！』他認出我後，周遭一些親戚也認出是他，大家情緒激動地抓著他講話。我趁大哥忙著和鄰居說話的時候，我趕緊跑回家裡，一點時間都不敢浪費。」

「我當時想：『養母看到大哥，不知道會有多高興啊！』趕到家後，我上氣不接下氣地和養母說起剛剛看到大哥的情景，她卻不相信我：『怎麼可能？妳想哥哥想瘋了嗎？他都失蹤這麼久了，不會再回來的！』我又大聲重複我看到的情景，養母始終不肯相信，直到她在家門前的巷口，遠遠地看到那個日思夜想的身影……」

婉清看到婆婆情緒一激動，淚水就快奪眶而出。第一次見婆婆落淚，婉清慌了手腳，不敢有任何大反應，更不確定出言安慰或上前擁抱，婆婆會否領情。於是她默默地將桌上的面紙盒緩慢地推到婆婆面前，暗示婆婆可抽幾張面紙來擦拭眼淚。

婆婆收到婉清的暗示，擦了眼淚後，情緒稍稍平復。

「我永遠都忘不了，養母看到他時的那種驚訝、不敢相信、激動的表情。然後她突然就放聲大哭，哭倒在我大哥懷裡，哭了好久好久……」婆婆失神地望向婉清身後牆面懸掛的鏡子，心緒彷彿回到當時的場景，靜滯了一會兒。

過了半晌，她回過神，繼續說：「別看養母平時很樂觀開朗的樣子，我後來才知道做母親的心情，那真是……太複雜了！」

「我們不斷追問大哥這些年到底去哪了，他說逃跑之後，先在深山內躲一陣子。趁日本人鬆懈的時候，上了當地漁民的船，逃到一座偏遠小島躲起來，在那裡一躲就是兩年。聽人說日本人投降了，他還不敢離開那座島，怕當地僅剩的日本兵認出他，還會把他抓走吧！於是他又多藏了兩年，確定日本人都撤退光了，才想著該回台灣了。有一天他在小島往遠處看，發現遠方有一艘台灣的漁船，他把握機會，大吼大叫讓那艘漁船注意到他。」

「然後呢？」

「台灣漁船沒有得到允許不能進入羅宋的海域，所以船長用廣播器對我哥說：『你能不能自己從小島游到公海，游到公海我們就能把你救到船上！』後來我哥哥照做，真的被救起來了，我這輩子才有緣再見到我大哥。」

「人的命運真是誰都掌控不了！當時我大哥一回來，轟動整條街，許多街坊鄰居的兒子都被日本人徵召上前線，他們很想念失蹤多年的孩子，都搶著問我大哥有沒有看到他們的孩子。唉！我大哥從來都沒在軍隊看過那些鄰居的孩子，而他們之後都沒再回過家，應該都戰死或病死了吧！」

婉清聽完婆婆大哥的故事，突然對婆婆那一代的人肅然起敬，他們真是「大時代的兒女」。在臉書、微信發達的年代，人們整天擔心臉書或推特空間的人氣不夠高，實在很難想像戰爭是什麼樣貌、苦難又是什麼景況……

婆婆講完大哥從失蹤到返家的經歷後，逐一憶起大哥不在的日子。

「我大哥去當兵後，我和養母就相依為命。一個女人家要養家本來就不容易，我不忍心看養母拚死拚活地討生活，我九歲就在市場賣肥皂。十歲時，養母就教我如何單獨坐火車，到很遠的地方批一些青菜、水果回來賣。」

「她怎麼放心讓妳一個人去呢？」

「因為大人坐火車要錢，小孩坐火車不用錢，養母為了省車票，就讓我一個人去。」

「有一次，我坐火車時，有個阿兵哥很親切地問我要不要吃饅頭，我不好意思拒絕，便把饅頭收下，但我都不敢吃。」

「怎麼不吃呢？」

「我當然想吃，我家多窮啊！常常吃不飽。可是那陣子台灣流行拐騙小孩，手法就是在食物裡下藥，騙小孩吃，把小孩迷昏後就直接帶去賣。」

「那天出門前，養母還一直交代我不能隨便吃陌生人給的東西。」婆婆講到此處，才端起碗，扒了口飯吃。婉清在那瞬間，看到婆婆有顆晶亮的淚珠掉在碗內，婉清跟著鼻頭發酸，她感到有淚就要掉下來。

婆婆故作輕鬆地說：「幸虧我機伶，我比阿兵哥早下站，下火車後，我馬上趁四下無人，把饅頭丟在軌道旁的草叢裡，然後趕緊跑遠。我怕萬一阿兵哥是壞人，會追上來抓我。」婉清聽到此處，已然淚兩行。這回換成婆婆把面紙盒推到婉清面前，婉清難為情地笑開，也應景地抽了幾張面紙拭淚。

「等我十五歲的時候，養母就叫我去當店員。可是那時候的店員應徵要求很在意外貌，得漂亮、身材夠高的才能入選。我又矮又小，應徵不到什麼店員，就到市場幫一個賣衣服的老闆娘賣愛國獎券。」婉清稍微整治情緒，繼續聽下去。

「賣愛國獎券時，我家的經濟才好轉。妳別忘了！我從九歲就開始做生意，到十五歲的時候，早就比同齡的小孩能幹很多，也更能猜到客人的心思。」婆婆此刻的表情變得神采飛揚。婆婆早年的坎坷際遇讓她根本無法就學，論學歷，她矮人一截，可是論起生意經，少有人能出其左右。

從婆婆口中得知這些童年的片段事件，她漸漸明瞭婆婆的心性和個性，婉清想：「或許婆婆的悲慘童年鑄就她炫耀成性、爭強好勝的性格，然而其情可憫，畢竟小時候的她只是個備嚐人間冷暖、看盡臉色的小可憐！」

「江湖險惡，論我再早熟，總還有人比我更老練。有一次，我就被客人騙了。我記得那天，有兩個互不認識的男人來向我買愛國獎券，一個叫我拿這邊的獎券給他挑，另一個又靠過來叫我去另一邊拿檯面下的獎券讓他選。正當我彎身要到檯面下時，另一頭那個男人立刻在檯面上拽了一大落獎券到懷裡，逃跑了！我當時急得都要昏過去了，那麼一大堆獎券同時被偷，我半年的薪水都賠不完，我家那麼窮，哪來的錢還給老闆娘？」

「我怕得都要暈過去了！可是我看到另一個男人還在挑獎券，我想到還有個客人在攤前，假如我現在放下這攤上其他的獎券不管，去追跑掉的男人，有可能剩下的獎券也被別人偷走！但後來我馬上聯想到：『不對啊！他們兩個一定是一夥的，怎麼會這麼巧，同時出現在我攤子前，而且他看到那男的跑掉，都沒有幫忙喊抓賊，還好像什麼事情都沒發生一樣，照常挑獎券。啊！他們早套好招，要一搭一唱，偷拿我的獎券。』」

「於是我裝作不著急的樣子，繼續等那男人挑完獎券離去，我趕緊把攤子收好，東西放回店內鎖好，立刻跟蹤他。」

婉清忍不住佩服婆婆的膽識：「妳真鎮定！遇到這種事情都沒哭出來？」

「這種時候哪有時間哭？我著急、害怕都來不及了，想到媽媽會被拖累，得賠那麼多錢給老闆娘，我就不敢哭，只想趕快把東西找回來。」

「我沿路跟蹤那個男人，跟到以前的台北圓環，看到他跑進一條暗巷內。我躲在巷口偷看，果然看見剛剛偷拿獎券的男人在巷內等他。」

「然後呢？」婉清迫不及待想知道結局。

「後來，我等他們兩個卸下防備，開心地蹲在地上點收獎券時，跑到附近找人幫忙。我那時候聽那兩個賊說話是外省腔，我便去找旁邊一群拉三輪車的車夫幫忙，告訴他們我才十五歲，幫家裡賣愛國獎券，卻被兩個外省賊偷了愛國獎券。」

「為什麼找三輪車車夫幫忙呢？」

「那時候的台灣社會，本省人和外省人不合。我知道那些車夫都是本省人，很討厭外省人，所以讓他們知道外省人欺負我這個本省小女孩，肯定會看不下去，一定會跳出來幫我的忙。」

「車夫們馬上在我的指認下，把那兩個賊給包圍起來。他們拚命揍那兩個賊，直到他們承認偷了我的獎券。車夫們氣還不能消，還繼續一直打。當時一大群車夫猛打那兩個賊，我看那兩個賊都快死了！我也嚇得說不出話來，直到後來那兩個賊下跪向我求饒：『小妹妹，妳……饒了我們，我們把獎券都還給妳，妳叫他們別再打我們了！』其實我只想拿回獎券，不想鬧出人命，就求那些車夫別打了，事情到此結束。」婆婆用一種有驚無險的神色看著婉清。婉清的心神早已投注在故事之中，情緒隨著情節起伏著，終於聽到故事的結尾後，她緊繃的神經稍微鬆懈下來。

婆婆傾訴罷她的心路歷程後，婉清彷彿重新認識眼前的婆婆。或許「時勢造英雄」，如果婆婆當年沒有這等苦難磨練，她日後經商也難成大器。其實從某些面向分析，婆婆是個弱勢團體，她沒有良好的家世背景和教育機會，能夠白手起家，達到今日的生活水平，實在是號人物！即便她平時說話如刀刺人，充其量只不過是個「好強的弱勢團體」。

婉清很想探究一個問題，那就是婆婆一直提到「養母」，卻沒說到「生母」，她便問：「媽，妳只講到你的養母，那妳的生母呢？」

「我生母是個聰明能幹會賺錢的女人。」

「既然她很會賺錢，為什麼還要把妳給別人呢？養不起妳嗎？」

「她當然養得起我，我娘家很有錢。可是當年的人都重男輕女，我生母連生三胎女兒，我是第三胎，她只留第一胎——就是我大姊——在身邊，我和二姊都送給不同的家庭領養。」婉清心想那年代的人想法真奇怪，明明養得起孩子，卻因為性別因素將親生孩子轉送他人，難道都不會捨不得嗎？

「妳多大的時候被送給妳養母？」

「妳知道我生母有多狠心嗎？她月子都沒做完，我才出生十四天，她就把我送給養母了……」

婉清更加同情婆婆，親生母親居然這樣對待她，對於這樣不堪的身世，或許婆婆內心多少有點自卑吧？

「養母就住在我生母家附近。養母心地善良，雖然她幫傭收入少，卻熱心得很，常常幫助有困難的人。她一聽到我生母要轉送一個女嬰給別人，就想領養我。」婆婆試圖用平靜的口吻說話，婉清卻看到她因為情緒激動，身體微微顫動起來。

「養母說，那時剛出生的我頭髮很多，一直躺在嬰兒床上哭，我生母怎麼哄騙都沒用，偏偏養母一把我抱起來，我就不哭了。她覺得和我很投緣，當場說：『這孩子就讓我養吧！』，當天養母就把我帶回家撫養。」婉清知道婆婆的坎坷身世後，對她有些心疼起來，原來她是個被生母棄養的「棄兒」。

「到我小學六年級，大約十二歲的時候，有一次生母找人來我家傳話，說要我回娘家看她一趟。我開心極了，以為她想念我，當天就趕過去。沒想到她一開口就和我談條件。」

「談什麼條件？」

「她說：『曼昭，妳這麼會讀書，不如回媽媽身邊，媽媽就出學費讓妳讀完中學。』」

「這麼好的事情，妳應該就答應了吧？」

「沒有，這種事情怎麼可以答應！我當場氣得眼流直流，我質問她：『養母怎麼辦？人家從我出生就養我，現在為了有書讀，就拋棄她嗎？』」婉清有些佩服眼前這位老太太，雖然平時她有些市儈，還是有可取之處，她還挺講義氣的，對養母情義相挺呢！

「我媽理直氣壯地回我：『她又不是妳生母，不用理她！』我更氣了，我覺得這種忘恩負義的事情，我做不出來。況且我生母從來沒有養過我，我和養母比較有母女親情。」

「後來呢？」

「我當天就拒絕我生母的條件，我說：『我還是要回養母那邊。』我永遠都忘不了我生母用那種「妳這孩子居然背叛媽媽！」的眼神看著我，我很難過傷心，但我沒有動搖，我清楚我要什麼：我不想背叛養母。我堅持自己的想法，一路哭回家。不知道是氣我生母，還是害怕離開養母，我只知道我很難過！……很難過……」

「我回到家後，把這件事情告訴養母。她聽了，什麼話都說不出來，只是整晚哭個不停，我也只會和她抱在一起哭。想到如果和養母分離，我就傷心得睡不著，還覺得很害怕。沒有養母的話，我連唯一的親人都沒有了，那我就是孤兒了……」婆婆老淚縱橫，淚流滿面，悲慟難當。婉清看她哭得太厲害，連上前安慰都不敢，怕弄巧成拙，愈弄愈糟。

那天的午餐是婉清和婆婆相處以來，最融洽、最沒有心防的一次。

多年後，婉清憶起當天的情景，都能清晰記起窗外的一花一草，以及午後和煦的陽光灑進屋內，流瀉在身上的那股溫暖。

# 第九章　帶孕出征

懷孕後的婉清，貪戀睡眠。她可以從夜晚睡到白晝，再從白晝睡到入夜。婆婆對這樣的現象似乎見怪不怪，她對婉清說：「懷孕生子，每胎情況都不同。像我生五個孩子，每胎害喜狀況都不同。懷妳大姊時精神很好，完全不難受。懷大哥就常害喜嘔吐，懷二姊的時候愛吃酸的食物。懷三姊那次，就像妳現在這樣子，天天都想睡，而且睡得很沉，常常叫不醒。」婆婆這些新奇有趣的話語讓婉清漸漸喜歡和婆婆聊天，藉此討教懷孕經。

「生產情形也是每胎不同。我生大兒子承志，一直生不出來，羊水都流乾了，孩子還是下不了產道。幸虧老醫生有經驗，叫一名很瘦小的護士整個人坐到我的肚子上，一壓就把孩子擠出來，不然我和妳大哥都小命難保。生承軒時卻快得像母雞下蛋，才十分鐘就生完了……」婉清聽得一愣一愣的，直想把婆婆說的字字句句都植入腦海，以便到臨盆那天，這些知識能發揮點作用。

蒙特婁漫長的寒冬終於過去了，隨著懷孕的佳音在家中散放出的縷縷芳香，婆媳關係美化許多。過了一陣子，承軒得到倫敦出差四天。婉清送承軒去機場後，一回到家公公就湊上前對她說：「我和妳媽上次從加州回來，要入境加拿大的時候，發現我的護照快要過期，得去辦新護照。我表格都填好了，只是我不會說英文和法文，妳明天帶我去辦護照，好嗎？」

「好。」婉清應聲後，正準備提起包包往樓上走時，公公又說：「順便明天帶媽去掛失醫療卡和提款卡。她昨天去唐人街買東西，回來就找不到錢包，我懷疑她的錢包忘在超市，剛剛我陪她去問超市，超市說都沒人撿到類似的錢包。」

公公說完，偷瞄一眼樓上房間，悄聲對婉清說：「妳媽年紀大了，我懷疑她有老人癡呆症，常常丟三落四，這包包很可能是她忘記放在哪裡了。還有，妳媽正在樓上睡覺，這話別說是我說的，不然她會生氣喔！」婉清聽到這種話，啼笑皆非，只客套地笑笑，什麼話都不回應。

婉清發覺平時誤以為丈夫對婆媳關係使不上什麼力，實則不然，至少承軒下班後，他能幫忙緩頰，轉移婆婆的注意力，婉清就能喘口氣。少了承軒的日子，婉清覺得好像突然和兩個陌生老人同住，生疏又怪異。

隔天一早六點半，婆婆就把嗜睡的孕婦婉清叫醒，強調今天要跑的地方很多，申請護照的辦事處早上七點半就開始受理，早些去能避開排隊人潮。

婉清擔心一天內辦不完這麼多事情，便問：「媽，今天要辦爸的護照、掛失妳的提款卡和醫療卡，還要帶爸去唐人街看病，我怕一整天辦不完這麼多的事情。要不請大姊一起來，這樣我陪妳在等醫療卡和提款卡的時候，大姊就能先陪爸爸看病，同時做兩件事情才不會浪費時間。」

婆婆覺得婉清說得有理，即刻撥了電話給大姊。大姊明快拒絕：「我今天早上要去超市買寶強愛吃的雞塊，沒空陪爸看病，反正有婉清陪也一樣。」婆婆聽到女兒連挪時間陪親生爸爸看病都不肯，心中很是失落，但她對婉清說的話卻是：「妳大姊很忙的，怎麼有空陪我們去？我們多花點時間等就是了。」

婆婆的話是此地無銀三百兩。如果大姊很忙，直接說明她忙的原因即可，但婆婆岔開話題，並且用一種理所當然的氣勢要堵婉清的嘴，可見事有蹊蹺。婉清也沒笨到追根究柢，再追問下去，婆婆惱羞成怒更會找她麻煩。

早上七點半，他們先到聯邦大樓的二樓去排隊辦護照，排了半小時就輪到他們。公公的護照表格上忘了填「travel date」（旅遊日期），婉清依照辦事員的意思，請公公把travel date（旅遊日期）填上，公公卻在這問題上足足打轉了十分鐘。他一會兒叫婉清翻譯說，他老人家還不確定何時要去加州，所以還沒訂機票。婉清依他的意思翻譯完了，他又改變心意，叫婉清改口說，如果真要確定出發日期，他也是可以大概抓個日子給他。婉清被搞得很亂，辦事人員也漸漸不耐煩。最後婉清決定快刀斬亂麻，就不翻譯公公的這堆理由，可是辦事人員的不悅全寫在臉上了。

婉清埋怨地想：「天哪，為什麼別人的公公都不會這麼囉嗦？我公公卻是天下第一『盧』！」

辦完護照後，他們繞到唐人街的華人診所掛號，卻發現診所早上十點才開始看診，而當時才八點半，所以一行人便先繞到La Baie百貨公司旁的醫療卡大樓掛失婆婆的醫療卡。

他們在一樓拿了號碼牌，按照警衛人員的指示到四樓排隊。等了三十分鐘後，走馬燈的螢幕上就閃出婆婆的號碼，婉清趕緊攙扶婆婆到櫃檯前坐下。承辦人員一律用法文和婉清對談，幸好婉清到魁北克省已上了幾個月的法文，還能應對。當她聽不清楚一些太長的問題，客氣地請對方講英文，對方卻故意充耳未聞。婉清以為對方沒聽見，便再複述一次自己的請求，沒想到對方用很不友善的眼神回瞪著婉清。婉清一臉尷尬又怕對方刁難婆婆的醫療卡掛失，只好態度盡量謙卑地配合對方。

從醫療卡大樓走出來後，婉清突然感到這一切很沒有意義。像公婆這樣的老移民比魁北克許多當地人有錢，付的稅也不少，但當地人輕視他們，因為他們不會講法文。

在魁北克，法文不好的人就如同身有殘疾會被歧視。難怪許多華人申請移民魁北克，拿到身分後就移居到溫哥華、多倫多或渥太華。婉清想到方才辦個醫療卡都會被「修理」一頓，如果在這地方上班，同事又會如何輕視她呢？婉清實在不敢想像下去。

當婉清沉浸在這片沮喪中，身旁的公公開始催促她：「婉清，快十點了，我們先去唐人街掛號。」他們趕回唐人街的診所，診所前已經排了六七個人。她幫公公掛好號後，對公公說：「爸，護士小姐說你大約要等一小時才會看到醫生。這間診所的醫生都講普通話和廣東話，你可以放心坐在這等，我先帶媽去對街的銀行掛失提款卡，大約三十到四十分鐘後，我們再回來找你。」

婉清安頓好公公，帶著婆婆離去。她們在銀行櫃檯前排隊等待時，婆婆的手機突然響起，婉清從說話的感覺和態度，隱隱覺得打來的人是大姊，可是她直到婆婆掛上電話後，都沒有多問半句話。

最尷尬的事情發生了，當銀行行員核對婆婆的基本資料後，她請婆婆輸入舊密碼，婉清見婆婆想破頭，試了好幾組密碼卻一連被機器拒絕，開始想起公公說的「老人癡呆症」，她內心嘀咕：

「婆婆這麼精明能幹的女人有可能忘記提款卡的密碼嗎？老人癡呆症會找上她嗎？」婆婆輸入好幾回的密碼都不正確，婉清漸漸為她著急起來。

或許行員見婆婆年紀大，便不追究舊密碼的問題，請婆婆直接輸入新密碼即可。

婉清望著婆婆焦慮尷尬的側臉上有豆大的汗水滑落，非常狼狽不堪。她感慨原來移民的老人這麼孤寂可憐，如果沒有我在她身邊，辦提款卡和醫療卡這種事情，她只能求助無門吧？承軒不在家，我就得「媳代子職」，人家花木蘭是代父從軍，我則是代夫出征啊！

婉清抽絲剝繭，逐一想到：「不對啊，大姊不就住在公婆家附近嗎？大姊大我十多歲，為什麼放心丟下這兩老呢？不是說『養兒方知父母恩』？大姊都兩個孩子的媽了，她還無法體會做母親的心情嗎？如果將來大姊年老生病，Diana或寶強對她不理不睬，她亦能欣然接受嗎？」

等婆媳倆弄完提款卡的事情，準備進診所陪公公候診時，婆婆拉住婉清說：「剛剛妳大姊打來，說大姊夫忘記帶中午飯盒，想叫妳去大姊家拿飯盒，送去大姊夫的辦公室。」婉清覺得這要求很可笑，所以她愣了愣，呆了半响。婆婆強迫中獎地說：「妳大姊不會開車，而且等公車時間又長，妳從唐人街去大姊家也不用幾分鐘，大姊夫的辦公室就在城中，妳來回不過三十分鐘的時間……」

婉清這回並不生氣，畢竟之前就領教過大姊的行事作風，只是覺得大姊太懶了吧，連幫自己丈夫送飯盒也嫌麻煩。她一臉漠然地看著婆婆，想看看婆婆為了維護女兒，能把事情做得多絕。

最後，當然，不能免俗地，小媳婦對婆婆的要求一定得就範。促使婉清答應的主要原因是婉清懷孕了，她不想為這幫人生氣，會影響胎教；她也不想和這幫人再結怨，想為肚裡的孩子積點德；她更希望老天有眼，不必讓谷婉清大富大貴，至少免受這群惡人糟蹋吧！

婉清果真如婆婆期待，在三十分鐘內來去，完成這個「飯盒任務」。當她再度把車停妥在診所前，扳動車門開關，作勢下車時，她突然覺得腰痠，幽幽地擔心起來：「小孩應該不會有問題吧？」忽地轉念：「應該沒事，我只是開車趕來趕去，沒做什麼劇烈運動，不要自己嚇自己。」

等到公公看診時又出現新的災難。公公和醫生廣東話對答如流，婉清聽不大懂廣東話，不大明白公公和醫生在爭論什麼，後來婆婆突然出言勸阻公公，一行人才安全脫身。婉清出了診間問婆婆：「剛剛爸和醫生在吵什麼？」

婆婆把婉清拉到一旁解釋：「妳爸有糖尿病，但沒有高血壓，他卻一直拗醫生要開高血壓的藥給他。醫生當然不肯，說這樣浪費醫療資源。」

「為什麼爸一定要高血壓的藥？」

「妳爸就是貪生怕死，他那條命比誰的命都值錢，他總疑心自己老了，隨時會有高血壓，怕萬一哪天突然有高血壓，醫生不開藥給他，他不就死定了，所以一逮到機會都叫醫生開這個藥給他。上次還叫醫生要開膽固醇的藥給他，說以後搞不好用得到……」婉清無語，公公真的是個「老頑童」，誰都拿他沒辦法。

婉清慶幸今天被婆婆交代的任務都如期完成，能回家好好睡個覺。懷孕嗜睡的感覺又找上她，這會兒她眼皮都快睜不開了。

世事難料，大姊的奪命連環扣又來了。婆婆掛上大姊的來電，對婉清轉述大姊的話：「大姊夫將Diana申請college（預備大學）的申請書在辦公室印出來，希望今天下午就能拿到手，大姊就能下午去郵局寄給學校，不然趕不及在三月一號前寄到學校手中。」

當婉清聽完婆婆這段莫名其妙的話後，已經猜到婆婆下面要講什麼話，她臉都綠了，暗自叫苦：「唉，剛剛真不該俐落爽快地完成『飯盒任務』，這下又是『申請書任務』，當真非把我這孕婦操死嗎？」婉清極為猶豫，她暗忖：「我早上六點半起床出任務，現在是下午兩點，如果為好友兩肋插刀，自然不在話下，但要為大姊赴湯蹈火，真的就是三個字——辦不到！」

婆婆察覺婉清遲疑的神色，她大出絕招說：「其實爸爸打算去Maxi超市買綠菜花，這週特價一個綠菜花才九十九cent加幣，剛好要去Maxi的路上會經過妳大姊夫的辦公室……」

婉清苦澀地笑出聲，想著：「絕啊！真絕啊！來加拿大遇到這麼多『奇人奇事』，我的移民之路走得不平凡啊！」

她只冷冷地對婆婆說：「我只負責把車停在大姊夫辦公室前，你們誰要上去拿申請書？」婆婆計謀得逞，得了便宜還賣乖說：「我上去拿就好，妳懷孕就別太累。」

她偽善地假意罵起公公：「你這老的就是這麼麻煩！又要看病，又要買綠菜花，別人開車不會累啊，還要花油錢。」

接著她假惺惺安慰婉清：「妳爸年紀這麼大，他想買就幫他買吧，不然他回去更會嘮叨大家。」婉清從上次的大掃除事件就已經記取教訓：婆婆很虛偽，和公公一起演雙簧，一搭一唱，一個唱白臉，一個唱黑臉，其實都是蛇鼠一窩。婉清沒有上婆婆的當，她堅定信念地保持沉默，不想隨婆婆起舞，免得落入婆婆的圈套。

婆婆心中很得意：「我就不信治不住妳這個小媳婦，被我這麼一說，沒話好講了吧！」婉清並非無痛無感，她已覺知婆婆因計謀得逞而囂張著，她卻懶得理會婆婆。誰說加拿大的生活很無聊？這麼無趣的生活也能讓人疲於奔命啊！

承軒出差的這四天並沒有想像中難熬，等承軒從倫敦回到蒙特婁後，家中一切都回歸正常。婉清照舊過著「文藝風」的孕婦生活，這一天日落西山時，她正在房內練習畫國畫時，婆婆興高采烈地跑進房內和婉清說：「下禮拜蒙特婁的中文學校辦餐會，聽說還有抽獎，妳大姊在那間中文學校教書，她叫我們一起去，妳和承軒陪我來吧？」婉清爽快應允。懷孕後，她幾乎沒有外出走動的機會，尤其在異鄉被法文環繞浸濡，思鄉之情日益漸濃，能在這樣熱鬧的場合裡多認識些八方來客的話，是令人期待的美事。

再兩天就是餐會，婉清好奇地問婆婆：「媽，這類中文學校的餐會，大家都盛裝打扮嗎？」

「不用刻意打扮，簡單整齊就好。」

「像我這麼老了，我都省吃儉用，隨便穿穿，我穿妳二姊從紐約送我的禮服就可以了吧！」穿衣服穿到禮服的階段，算是「隨便穿穿」嗎？

餐會當天，婉清不想以太隨意的穿著出現在婆婆身邊，又不想過於隆重地穿禮服，最終她選擇一套米白色小洋裝，搭配香檳金的低跟鞋。

她打點完畢，下樓經過婆婆房間時，房門倏地打開，門內翩然走出「宋美齡」！婉清瞪大雙眼看著婆婆一身金碧輝煌的旗袍，頸上掛著一條金鍊子，金鍊子一端綁著太陽眼鏡的鏡腳。婆婆笑臉盈盈地對婉清招招手，忽地一陣耀眼光芒閃爍婉清眼前，她的眼睛都睜不開了。閃光乍現後，婉清揉揉眼睛，定睛一瞧，婆婆十根手指都戴滿翡翠戒指，手腕上掛了成串的金銀手鐲，胸前掛了一條名貴的祖母綠項鍊，據說那雙高跟鞋要價台幣兩萬多元，皮包價值五十多萬台幣，這樣的打扮叫做「隨便穿穿」嗎？

婉清注意到婆婆連髮型都跟上時代的潮流，她梳了好萊塢明星走星光大道的時尚包頭，難道婆婆連梳髮的能力都這麼出類拔萃？她好奇地問：「媽，這髮型妳自己梳的嗎？」

婆婆得意地推說：「沒有啦！我今天下午出去唐人街，順道經過那裡的髮廊，我只是去洗個頭。髮廊師傅聽到我要去參加聚會，我都沒多說什麼，師傅就幫我梳這髮型。後來看看，好像也滿搭我的禮服。」婆婆呵呵地笑開，婉清莞爾一笑。愛美是女人的天性，婉清就見怪不怪了。

出發前，承軒先繞道去接大姊。婉清很好奇大姊會如何打扮，當她看到大姊站在家門前的模樣，不無驚訝——大姊根本沒打扮！婉清佩服她的勇氣，大姊就不怕她在會場內相形失色嗎？餐會的來賓可都是她的同事啊！

婆婆不等大姊上車，就火速下車勸解她回家換身衣服，她卻大聲回嘴：「不過吃頓飯，何必？況且結婚的女人打扮簡單就好，穿什麼禮服？」

婆婆眼看勸不動大姊，在媳婦婉清面前不方便對女兒把話說太白，她無奈地苦笑點點頭，任由女兒去了。

當他們到達會場時，場內人聲鼎沸，眼看餐會就快開始，他們急忙就座。婉清環視全場，座無虛席，現場來賓的打扮雖算不上星光熠熠，但留有悉心打扮的痕跡。原本耀眼奪目的婆婆，這下卻是和會場最契合的一位，最格格不入的就是大姊。婉清敏銳地察覺到這點差別，為了明哲保身，她不敢和大姊多說什麼。

婆婆和同桌吃飯的來賓開心說笑，一下介紹媳婦，一下介紹女兒，看來今天心情很好。在這樣唯美的燈光和氣氛相襯下，婉清漸漸和鄰座的來賓打開話匣子，天南地北，無所不聊。

餐廳的廚房好像忙不過來，大夥呆坐約三十分鐘後，依舊未上菜。不過台上的主持人很會把氣氛炒熱，她的中、英、法、廣東話都很流利，有時講起廣東話的笑話，有時唱首法文歌逗大家開心，來賓並不感到冷場。

這時，婉清起身去洗手間。洗手間前已有幾位女士正在排隊，婉清站立排隊的位置恰巧在喇叭的下方，她被廣播器過大的音量震得聽覺麻痺。在她恍神之際，從背後有個聲音呼喚她：「婉清？婉清？」

婉清循著聲音來源回過頭，見到大姊的婆婆吳媽媽正微笑看著她。由於吳媽媽一直是婆婆口中的「傳奇人物」，婉清不敢大意，她盡量客氣小心地和吳媽媽寒暄。在這種盛裝打扮的場合，每個女人都會忍不住對其他女人的穿著評比一番，一是欣賞，二是學習。婉清專心地和吳媽媽聊天，眼角餘光稍微打量吳媽媽今日的裝扮。她的穿衣風格和婆婆截然不同，如果婆婆是貴氣優雅的「宋美齡」，吳媽媽就是氣質才女「林徽音」。吳媽媽小婆婆六歲，她的衣服不是很華麗卻很有質感，應該價值不斐吧？這大概是人們所說的「低調的奢華」。

吳媽媽和婉清能聊的話題非常有限，婉清顧忌對方是大姊的婆婆、婆婆的親家，吳媽媽顧忌對方是媳婦的弟妹、親家的媳婦，彼此說話都很小心。這類過於敏感和錯雜的關係裡，說錯半句話或不該說的話傳出去，肯定會在兩個家庭之中漾起不小的是非漣漪。

吳媽媽有教養的談吐令婉清開始相信這世上應該也有好婆婆吧？她暗中嗟歎：「為什麼偏偏是她當我的婆婆？如果我婆婆像吳媽媽一般的溫柔典雅好相處，那該有多好？」

吳媽媽見婉清說話有分寸，心中甚是歡喜，她想：「為什麼偏偏是夏如倩當我的媳婦？如果我媳婦像婉清一樣的柔順謙沖好相處，那該有多好？」

婉清覺得耳邊好似迴盪起梁靜茹的〈可惜不是你〉這首歌曲：「可惜不是你，陪我到最後……」在美妙歌曲的陪伴下，吳媽媽顯得格外溫柔。當婉清從洗手間出來，吳媽媽目送婉清走回座位的背影，婉清感到身後熱切的眼光盯著自己，她亦停下腳步，回望吳媽媽，兩人相視而笑。

是不是天底下所有的婆婆都看別人的媳婦比較順眼？

是不是天底下所有的媳婦都看別人的婆婆比較順眼？

這真是有趣的人性啊！

婉清從洗手間回到座位後，婆婆正滔滔不絕讚揚大哥和大嫂，大姊反常地跟著加油添醋地說：

「我大弟年薪至少二十五萬美金，這還是稅後收入。上次有個哈佛畢業的，薪水也沒他這麼高。」婆婆看大姊打開話頭，她接著說下去：「其實薪水不是什麼重要的事情，最重要的是後生晚輩優秀，我們這些做長輩的很安慰。像我兒子這麼年輕就當副總，他丈母娘就很以他為榮呢！」婉清覺得氣氛怎麼變成這樣？

正巧舞台上一群紅男綠女載歌載舞著，一場熱鬧十足的餘興節目在舞台上演出著，她乾脆轉過頭，呈現背對婆婆和大姑的坐姿，專注欣賞表演。據說今天的表演節目都由中文學校的老師擔綱演出，抽獎的獎品則由中文學校的家長會贊助。這次的餐會主要是慰勞老師們的辛苦，有點像是尾牙性質。

舞台上的表演告一個段落，轉入中場休息時間。沒表演看的婉清只能轉身，專心吃飯。

這時候，舞台上的燈光重新亮起，主持人重握麥克風，用興奮期待的口吻宣布：「我們現在要開始今天晚會的高潮，抽獎活動！」

「我們今天的獎項共有五十名，雖然不是人人有獎，可是獎項內容比往年都豐富，這是我們今年的一大特色……」

主持人話還沒說完，大姑和婆婆早就拿出抽獎單，嚴陣以待，看來勢在必得！獎項一一被抽出，每抽出一個獎項，群眾就大聲喝采或歡呼，有些得獎人手舞足蹈地秀出手中的存根聯，開心地證實他就是得獎人。隨著時間一分一秒的消逝，大姊和婆婆都還未上台領獎，臉上失落的神情愈來愈濃。

「得獎的都是我們中文學校的老師！」主持人不忘在抽獎過程中錦上添花地與台下互動，炒熱氣氛。

「現在我們要抽的是微波爐。我們請中文學校的教務主任上台為我們抽獎。」教務主任把手伸進抽獎箱，作勢掃了掃裡面的抽獎票，抽出一張來。

「得獎的號碼是3829。」

大姊和婆婆突然驚呼尖叫，婉清才知她們得獎了！大姊三步做兩步地跑上台，不對勁的是全場一片靜默，沒有人幫她喝采。

婉清扯了扯耳朵想：「是我的耳朵失靈嗎？怎麼好像潛在水中，聽不到水面上的聲音。」她的耳鼓脹脹的、濛濛的，她試著叫了一聲「啊」！不對啊！聽得到我的聲音啊！旁邊的承軒看老婆做著怪動作，多看了老婆一眼。

大姊走上台的過程中，每個人都不吭聲，用冷漠的眼光凝望著她，主持人居然不答腔，好一朵不得人心的「巴拿馬之花」。

婉清內心冷笑：「親愛的婆婆，在您的管轄範圍內我不能拿大姊如何，可是全天下並非都歸您所管，出了您的管轄範圍又怎樣呢？您老人家睜開雙眼看看吧！」

像巴拿馬之花這樣的外來種，在滿地加拿大原生種的圍剿之下，大約在中文學校日子也不大好過吧？

# 第十章 落難

一個月後的某個週五，婉清送丈夫出門上班後，懷孕的嗜睡又找上她，她不抗拒這股昏沉沉，反而很享受這種放鬆的美好。她甜甜地睡去，並且做了個美夢。夢中，滿處馨香，她與剛會爬的孩子在花園草地上嬉戲。雖然看不真切孩子的容貌，孩子可愛稚嫩的笑聲不絕於耳，可想而知，孩子臉上的笑容該有多幸福美好！正當她想走近孩子身邊，看清孩子的樣貌時，她突然就醒了。這時她感到下腹部一股暖流來襲，不祥的怪異感覺讓她起身進浴室查看。

當她從浴室出來，臉色一陣青一陣白。她拿起手機，急匆匆地按了一長串號碼，然後按下通話鍵。

「喂？是我，你趕快回來……」

「怎麼了？發生什麼事了？」承軒持續狀況外。

「我流血了！……我要去醫院。」掛了電話，婉清恍恍惚惚地跌落貴妃椅上。

當承軒夫婦倆趕到醫院急診時，婉清不敢輕舉妄動，動作盡量輕柔地揀了張椅子坐下，承軒跑去櫃檯掛號，等了兩小時後終於看到醫生。

醫生聽完婉清的描述後，只說：「Sorry, Madam, I can't help you!」令人絕望的回答使婉清驚訝得說不出話，她張大嘴、瞪大雙眼瞧緊醫生，愣在原地的她眼裡有隱隱的淚光閃爍，為什麼醫生不檢查就宣判她的孩子死刑呢？

醫生見婉清泣不成聲，猜到婉清會錯意，他開始一長串的解釋。等他解釋完情況，婉清破涕為笑。原來醫生說Montreal General Hospital（蒙特婁總醫院）沒有婦產科，當然沒有婦產科的醫療器材和檢查設備，醫生想幫忙也愛莫能助，懷孕出血這種狀況得去Royal Victoria Hospital（維多利亞皇家醫院）看診。

承軒手忙腳亂地攙扶著婉清出醫院，將她安坐回車上後，承軒急速飆車。但在蒙特婁的市中心車輛和交通號誌眾多，到底無法盡如人意地縮短到醫院的時間。

婉清眼看時間一分一秒地過去，卻還困在車陣中，急得落下淚來哭叫著：「你怎麼會連Montreal General Hospital（蒙特婁總醫院）和Royal Victoria Hospital（維多利亞皇家醫院），哪家醫院有婦產科，哪家醫院沒有，你都搞不清楚呢？」

「我是男人，又不看婦產科，怎麼會注意這種細節呢？」

「那你剛剛不會先用手機上網，查詢一下哪家醫院有婦產科嗎？」婉清說完這句話，發現承軒不發一語地往窗外看，他也鬧起性子來。

婉清大為光火，心想：「好啊，那就來冷戰吧！」

婉清擔心孩子就要沒了，又想到自己在這個家中的艱辛處境，不禁百感交集，爆發出一句話：

「你一點都不關心我！」

「我哪裡不關心了？妳一打電話給我，我馬上放下手邊的工作從公司趕來。」
「我懷孕出血，這可能是流產，你卻不著急，跑錯醫院也不知道認錯！」
「肚裡的孩子是我在蒙特婁唯一的親人，你還不幫我？」
「妳太激動了吧！妳怎麼會只有一個親人？妳在這裡有我和我爸媽！」
「你錯了！你爸媽從來不當我是他們的親人，每次夏如倩欺負我，你媽維護誰？」承軒不想正面回應這個問題，怕婉清情緒更低落。
「你沒話說了吧！夏承軒，我原本還當你是我的『配偶』，如果我的孩子有個三長兩短，我就只當你是我的『姻親』，假如你再這麼事不關己的話，我就只當你是『遠親』，你要再冷血的話，我們就形同陌路吧！」就這樣，他們兩人在密閉的車廂內針鋒相對、爭吵不休。
婉清不禁拿出她自創的「吵架論」來驗證一下：慎選吵架的地點會直接影響吵架的結局。如果一對情侶在春暖花開的青青草原上或櫻花樹下吵架，過沒多久，馬上就能言歸於好。畢竟美景當前，不滿的情緒容易疏通排解；再不然有一方走開，離開當下窒悶的情境，另一方就吵不起來，因為「一個巴掌拍不響」。
可惜在密閉車廂內吵架，下場都不好。吵架雙方都無路可逃，怒火就得延燒下去，總不可能有人跳車吧？正因為空間使然，婉清和承軒吵架的火藥味愈來愈濃，婉清覺得頭痛得快爆炸了。
車窗外忽地下起雷陣雨，傾盆大雨急速沖刷著窗面，頃刻間，繁忙喧鬧的街景模糊在婉清眼前。雨淅瀝嘩啦地下，雨水掩蓋了真實的空間，婉清覺得她的世界好像只剩她和承軒孤單的兩個人，不知道承軒此刻有一樣的心情嗎？婉清漸漸安靜下來。

忽然之間，她下腹部傳來一陣類似「經痛」的痙攣，她驚恐不已，暗自呢喃：「這該不會是宮縮吧？」她不敢再往下想，更無心再和承軒對峙，當務之急得趕到醫院。她立刻收拾情緒，心中不斷祈禱盡快到達目的地。

他們到Royal Victoria Hospital（維多利亞皇家醫院）後，等了至少五個小時，期間婉清不斷催促承軒去問醫護人員到底還要多久，承軒卻一臉不在乎地說：「這裡看病就是要這麼久，而且剛剛在Triage〈魁北克醫院急診室的分診處，對病患進行檢傷分類〉，護士幫你檢查過，做了基本判斷。如果很緊急，他們就會先叫妳，還沒叫妳就表示不是很緊急。」

「什麼叫『不是很緊急』？夏承軒，你瘋了嗎？你泯滅人性了嗎？肚子裡的是你的孩子，孩子可能不保了，你怎麼能夠這麼冷靜？你冷血！！」婉清哽咽傷心、激動發洩完低落的情緒後，正眼都不瞧承軒，不再和他說半句話。承軒的表情由怒轉哀，他臉上掛著一個哀戚的笑容，他慢慢領悟到妻子的情緒已在崩潰的邊緣。

輪到婉清時，護士先幫她抽血。過了兩小時後，護士說明驗血結果顯示懷孕，得請醫生內診。對於大量出血這件事情，醫生表示可能是流產，為了鄭重起見，要做個陰道超音波。做超音波檢查時，她兩眼無神地盯著慘白的日光燈發呆，遺憾為何自己不能立刻昏倒呢？就像連續劇演的那樣，女主角突然體力不支昏倒，再度醒來時，她的愛人心急如焚地守候在她的床邊，緊握著她的雙手，然後所有人都同情女主角呢？

婉清殷切地期盼：「如果我昏厥過去，再度醒來就能看到台灣的家人在我身邊，這樣的意外就值回票價。」可惜人生沒有那麼戲劇化，她落紅時並無昏倒，僅有鋪天蓋地而來的擔心害怕擄獲她的神魂。原來流產就像伴隨強烈經痛的月經，除非身體虛弱的人會暈倒，一般人不一定會昏厥過去。

折騰兩天往返於醫院和家中，婉清心力交瘁、空虛失落，孩子最終沒能保住。她記不起來承軒如何從醫院帶她回家，到家後她哪都不想去，只想待在布置到一半的嬰兒房裡，彷彿想抓住些孩子的蹤影，卻只能失魂落魄地惆悵。

她照吃照睡，卻像具行屍走肉，覺知不到任何感受。她迷失在時間的洪流裡，不斷墜跌、墜跌、墜跌，永遠都碰不到底。哀戚是她最忠實的追隨者，始終對她不離不棄，她也從不捨得離開它。

每日承軒下班後，回房內找不到妻子時，便去嬰兒房尋覓她。

婉清細膩地察覺到小產後，婆婆對她愈發不理不睬。是不是過度悲傷讓她變得多愁善感？或是婆婆真的變了？在婆婆面前，婉清盡量掩飾自己的猜想，現在的她最需要的是信心和力量，而不是胡思亂想。

可惜天不從人願，她的故作堅強很快便破功了。那天大姊來訪，婆婆的說詞是：「大姊對妳很關心，特地來看妳身體養好點沒。」婆婆說完這話，就下樓請大姊一塊兒上樓。

大姊很關愛地問了幾個關鍵、致命、令人難堪的問題，婉清永生難忘。

大姊說：「怎麼妳這麼年輕就流產？我那時候是年紀大想懷第二胎才流產。我知道了！因為妳是台灣來的，妳肯定喝太多那種寶特瓶飲料，吃進太多環境荷爾蒙，影響妳的卵巢和子宮的功能，才會流產的……」

大姊又說：「妳是不是平常身體就很不好？很多年輕女生平時身體不好，到懷孕的時候才一直懷不上……」

大姊還說：「不過妳別有壓力喔！反正夏家不靠妳傳宗接代，大嫂米蘭達已經生了一個兒子，那可是夏家的長孫……」

婉清兩眼無神地盯著大姊，尋思為什麼有人說話可以這麼刻薄無禮、肆無忌憚呢？難道仗勢著天真無知，就能盡情傷害他人？

目送這對母女下樓後，婉清側耳傾聽從樓下傳來的談話，想洞察她們的動靜。

「媽，妳不覺得文珍阿姨的老公看起來比文珍阿姨蒼老許多？」大姊說。

「唉，白頭髮比較多，看起來就比較老啊！」婆婆說。

「不知道是不是我們家的人記性都比較好，上次那個醫生太太連和我逛街買東西，都忘了自己買過些什麼。」大姊說完，還呵呵笑幾聲。

婆婆刻薄的發表欲被成功觸發，她暢所欲言：「像那個阿成，在台灣當完兵才出來，英文沒妳二妹好，能娶到妳妹，他上輩子不知道燒了多少好香呢！他記性還很差，妳大弟教他電腦的東西，他還得問好幾次才懂！阿成完全不能和妳大弟比！這種台灣教出來的頭腦，怎麼能和在國外受教育的比！」

婉清聽到這，很想問問老天爺：「怎麼會是這樣？為何永遠都這樣？婆婆總愛在兒女面前，肆無忌憚、毫不內疚地批評媳婦和女婿！別人家的小孩都不是人，只有張曼昭生的孩子配當人……」

「那個林正義的女兒和Diana同校，她女兒成績就趕不上Diana。」雖然看不到大姊的臉，光聽她的聲音就能感受到她有多麼囂張跋扈、多麼目中無人。

婆婆沙啞的嗓音再度傳入婉清耳中：「Amy阿姨的女兒書讀得很高，還雙博士呢！結果啊，不也嫁不出去！很多條件好的女人都沒男人要，還是像妳這樣，有個好老公，才是最幸福美滿的！」

婉清的身子躺倒在床上，長吁一口氣，盯著天花板的吊燈發愣，身軀微微顫抖，一股想放聲大哭的衝動在胸口醞釀著。她不解世界為什麼是這樣，她對大姊和婆婆真的愈來愈反感。

她痛恨這種寄人籬下的日子，在婆婆面前得掩飾內心真實想法、得配合做自己不想做的事、得忍受不喜歡的人等等，凡此種種都讓她愈來愈不快樂。

她的唇邊掛著一抹哀弱的苦笑，覺得命運令人捉不到頭緒：「我連想懷個孩子都遭逢不幸？我做人應該沒有大姊惡劣吧？難道這回老天爺都不幫我了？」她感到強敵環伺，孤立無援，失望無助的她試圖將被子拉高點往身上披覆，想藉此得到一些安慰。可惜被窩的溫暖無法截斷她的哀傷，她雙手掩面哭泣，然後蜷曲著身子躲到被窩的深處，她不停哭泣，她無法自抑。

婉清開始想家了……

# 第十一章 玫瑰花心結

歲月無聲，日子平淡地推進五月份。這時節的蒙特婁常下著綿綿細雨，雖然不似台灣的午後雷陣雨那般強烈，但這已讓五月份成為蒙特婁濕氣最重的月份。花草樹木在寒冬的白雪覆蓋下喪失生機，融雪之後，重見天日的草坪皆散發一股泥腥味，這對台灣來的婉清而言還是件新鮮事呢！

萬物經歷這陣子的甘露滋潤，重現生機。婉清家門外的花圃內有些小草隱隱冒出細芽，行道樹的枝頭上浮著幾撮團簇在一塊兒的鵝黃色花朵。

眼睛是靈魂之窗，此情此景映入婉清的眼瞳裡，她的神魂冉冉復甦，就像剛從夏季的泳池爬上岸，任由水珠流淌渾身地躺在草地上做日光浴，渾身在陽光下暖和活化。

婆婆感受到春日氣息，積極培植她的花花草草。她出入於前後院中，將從超市和大賣場新添購的泥土、盆栽移植到花圃內和草地上。一時間，家中處處生氣盎然，飄著鳥語花香。婆婆花了不少心神重整花園，間接轉移她對婉清的緊迫盯人。

當這個家只有公婆和婉清夫婦四個人時，相處的窘境尚屬單純。可惜好景不長，婉清住進這個家半年之後，承軒那群姊姊便陸陸續續回娘家，真正的考驗就來了。

有天婆婆對婉清說：「妳二姊下週末要回來看我們！」基於和大姊交手的下場都不大好，婉清一路嚴陣以待，腦海模擬著二姊回來的可能戰況，這次她絕對不想再大意失荊州。

雖然用戒慎恐懼的心情等待著二姊一家的到來，婉清還是忍不住揣想起二姊會是個怎麼樣的大姑呢？

承軒的二姊是美國名校醫學系畢業，和丈夫及一對子女定居美國，美國學校有連假時，她便會攜家帶眷回蒙特婁探望父母。這些是公婆主動提起、婉清才得以知道的僅有軍情，她不便太明顯地追問二姊夫婦的事情，怕引起婆婆的疑心與戒備。

現在的婉清對「大姑」二字很感冒，想到夏如倩，就很難讓她對「大姑」這名詞有好感。承軒卻有三個姊姊和一個哥哥，婉清覺得日子真難熬，自己要應付三個大姑，畢竟女人總是比男人難搞許多。

二姊到達的當日清晨，婆婆起個大早在廚房內忙得不可開交，她準備許多台灣傳統小吃款待二姊夫。作為二廚的婉清跟前跟後、忙進忙出，婆婆興致高昂地烹飪出許多道佳餚：蘿蔔糕、炒米粉、紅燒肉、香菇油飯、魚羹、蝦肉餛飩、發糕等等。婆婆煮飯的動作有些緩慢，幸好婉清一旁協助才趕得及在晚餐前一一出菜。

在這種場景下，婉清就淪為正牌女傭兼下人，比傭人可悲一點，畢竟媳婦是一份「無給職」，沒錢領就罷，該受的氣卻很多。敏感的婉清很快就意識到婆婆對媳婦和女兒的兩極態度，也算趁機看透了人情冷暖。

媳婦就是媳婦，得像借住在親戚家的小可憐，得有禮貌、認分、客氣。在這整場遊戲開始前，

「外人」的標籤早已不緊不鬆地貼牢在婉清身上。

大姊一家參與這場聚會，眾人有說有笑。婉清初見二姊，隱約覺得她比大姊明理多了。二姊夫非常開朗健談，他開啟的話題都能逗得眾人哈哈大笑，合宜地把場面熱絡起來。沒多久婉清和二姊夫婦談論許多有趣的話題，例如美國和加拿大的國情如何不同、想登上自由女神像參觀，得兩年前就開始預約排隊，第五大道上有哪些名牌值得買等等。相較之下，大姊夫整場飯局幾乎沒說上半句話。

婆婆在子女團聚的時刻，總不忘發表個人感言。她拿起果汁逐一敬每個子女，她先敬大姊夫一家身體健康、順利平安，又敬婉清夫婦，祝他們早生貴子。她對婉清介紹起二姊夫後，又補充說明：「妳二姊很好命，只是有些人不知道而已！」

婉清覺得婆婆好像故意強調「有些人不知道而已」，她偷瞄向大姊，大姊居然整肅表情，不苟言笑。婆婆用朗誦的口氣說著：「妳二姊夫在台灣南部，家裡留有一大片土地，台北東區也一大排房子收租，將來這些都是妳二姊可以享福。妳二姊事業心重，要不然現在當家庭主婦都能吃喝不愁。」

大姊夫聽到丈母娘強調二姊夫家多有錢，臉色為之一變。旁邊的大姊毫不給婆婆面子，馬上露出一臉不耐煩。婆婆更是奇人，外境永遠無法影響她的內境，她繼續自我感覺良好地微笑著，好像這一切都不干她的事一樣！這類型的家族聚會，絕對是收集各方人馬性格和敵情的絕佳機會，婉清貪婪地把這一切盡收眼底，眼睫毛都不敢搧動半下，深怕漏掉任何的蛛絲馬跡。

婉清覺得婆婆睜眼說瞎話的功力，足以角逐金氏世界紀錄。她一拿起水杯，就上演她鍾愛的戲碼，就算眾人不買她的帳，她照演不誤。婉清首次見識婆婆演講的功力，以為婆婆在國外朋友不多，在眾人難得聚首的時刻才如此多話，她還未意識到婆婆的演講在各個子女心中已然造成不同程度的殺傷力。

晚飯過後，大姊夫婦沒多做停留便告辭回家。大姊夫發動車子後，手持方向盤，視線凝眺前方，苦笑說：「唉！以前我在巴拿馬，幫妳媽那麼多忙，她也不覺得我好。」

大姊軟言慰藉：「老人家說話，不用太理。」

「我媽不也利用我？為了讓弟弟妹妹讀書，我幫忙顧店不說，到頭來我只落得一個高中畢業，其他人又是博士，又是醫生。」大姊思緒瞬間沉重地凝結在半空中，好像水管結冰，水流凝固不動，窒礙難行。過了良久，她才哀怨地深歎一口長氣：「他們有讀書，賺的錢當然比我多，這能怪我嗎？」

「說到錢，我就氣，妳媽就是瞧不起我家沒阿成家有錢。」大姊夫悲憤地罵道，「我最討厭她每次都說我來加拿大讀書，是妳家出的學費。那些錢也是我在巴拿馬幫忙賺的，憑什麼講成我是吃軟飯的！」

大姊夫不甘示弱地批判著：「坦白說，妳爸媽才不是什麼厚道的人，現在去學佛和做善事只是為了贖罪吧？整天說自己善事做不少，如果有心做善事，怎麼不在家門內多做善事？對待後生晚輩寬厚一些也是善事啊。」

大姊看丈夫情緒激動，拍拍他的肩頭，她隨丈夫的情緒起伏而思路流轉著，跟著絮絮叨叨地數落自己媽媽的許多缺點與不是。講到後來，大姊比大姊夫還憤慨，一把鼻涕、一把眼淚地停不下來。

婉清並不知道大姊夫和公婆在巴拿馬的那段歷史，她只知道那頓飯之後，大姊夫沒再回來和二姊一家聚首。小媳婦還未警覺到大姊夫和二姊夫鬧不和只是冰山之一角，隱藏在冰海底下的是，整個家族成員間更巨大深沉的矛盾與衝突。

幫二姊一家接風後的隔天，婆婆對婉清說：「今晚是二姊生日，我們弄點吃的幫二姊慶生。」

「要買蛋糕嗎？」

「不用，二姊夫會買。」這頓飯局大姊夫婦亦在受邀之列，大夥苦等大姊夫到晚上七點半，卻不見大姊夫的蹤影。公公不快地說：「不用等了，開飯！」大姊轉頭看了父親一眼，打心底感受到父親對自己丈夫的不滿，她卻不想解釋丈夫遲到的理由。

晚餐後，準備切蛋糕時，婉清見大姊沒有送禮的動靜，心想：「當眾拿禮物出來，豈不是讓大姊難堪？大姊又會記我的仇……」她盤算等二姊進廚房後再送給二姊。過了半小時後，等婆婆和二姊將用畢的碗盤端進廚房時，婉清逮到這難得與二姊獨處的空檔，悄悄提著當天在鬧區買的禮物走入廚房。

婉清雙手捧上禮物，誠心地說：「二姊，生日快樂！」

婆婆一臉不耐，一把抓下禮物，代二姊收下，還一副婉清給她添麻煩的神色：「送什麼禮物？妳二姊什麼都不缺！」二姊覺得場面被媽媽弄得太難看，趕緊從媽媽手中搶回禮物，對婉清開心地笑答：「謝謝妳喔！」

婉清送完禮從廚房走回客廳，一路納悶婆婆為什麼要這樣反應呢？送禮不應該嗎？大姊可以不送禮，因為她是婆婆的親生女兒；如果我不送禮，婆婆八成會在背後嘲笑我沒家教。婉清鬱鬱悶悶地走回座位坐下，粗心的承軒絲毫沒發現剛才廚房內的小波瀾。

男人永遠察覺不到婆媳的心事！承軒像個天真的高中生，坐在位子上邊滑手機，連婉清狠狠地白了他一眼，他都沒發現，這等「入定」的功夫，當今世上無人能及。

不論婆媳心結、姊妹冷戰、兄姊鬩牆等等，承軒都能無痛無感地快樂過日子，完全讀不懂他人的情緒，亦猜不到別人的心眼，這就是所謂的「無入而不自得」吧！有這樣的老公真是害人不淺！想到此處，婉清再次慎重其事地白了丈夫第二眼。

大姊一望見二姊從廚房端出的蛋糕，逮到機會報仇：「阿成，不錯喔！你有幫老婆買蛋糕，但你有向老婆說生日快樂嗎？」

二姊夫早料到有這招：「早說囉！昨天一過晚上十二點便說了。」二姊夫親暱地摟著二姊，二姊轉頭望著大姊，知道自己的姊姊又在比較，她悶悶地不說話。

大姊見第一招失效，馬不停蹄使出第二招：「怎麼老公都這樣！你大姊夫也是一過十二點就和我說生日快樂。」她臉上得意的神情更深濃了，語帶挑釁地宣布：「不過你還是比你大姊夫少一樣東西！」

此話一出，語驚四座，全場立刻鴉雀無聲。婉清拭目以待，她先偷瞄二姊的神情，二姊臉色烏沉沉，表情微微顫動，顯然開始生悶氣。二姊夫表情嚴肅得如臨大敵，身體僵硬，慍火如箭在弦上，不得不發。當下的氣氛凝重到連根針掉在地上的聲音都清晰可聞。

兩軍交戰，生死攸關，大姊卻游刃有餘，不畏強敵，臉上堆滿得逞狂妄的勝利笑意。她不理會眾人難看的臉色，肆無忌憚、放浪形骸地笑稱：「你大姊夫有送玫瑰花，你沒有！」語聲才落，她呵呵地甜蜜笑開，愈笑愈無法無天，愈笑愈目中無人。公婆臉色更難看，趕緊低頭扒著蛋糕吃，沒人再接半句話。

真不知該為大姊生氣，或替她哀悼？

連婉清都看不下去了，忍不住對大姊心靈喊話：「大姊啊大姊，妳的親妹妹過生日，妳存心給她難堪，妳能有什麼好處？唉！妳看不懂情況，要懂得看臉色。看不懂臉色，要懂得察言觀色。妳不能這樣我行我素地走天涯，遲早會被亂棍打死！」婉清打心底佩服大姊，這種渾然天成的白目，實在難以造假！

如果在台灣，這樣說話得罪人，肯定仇家滿天下，一出家門便會被亂箭射死。可惜天佑壞人，夏如倩福澤深厚，很幸運地定居在加拿大，所以至今安然健在，且毫髮無傷。

大姊看二姊夫沒說話，以為他心虛，便安慰二姊夫說：「不過沒關係，你玫瑰花可以補送，我妹妹不會介意的！」婉清以為大姊拿用過的東西送人已是她生平經典之作，沒想到此次又創下另一個傳奇，她真是「屢創佳績」啊！

果然，只有夏如倩能夠超越夏如倩！

二姊氣得把蛋糕拿了，走到客廳坐下，大姊繼續口沫横飛地描述上一回大姊夫如何精心策畫她的生日派對。二姊夫已無心聆聽如此天兵的自述，他愛妻心切，不疾不徐地緩步到客廳，陪坐在妻子身邊。婉清不知是否該跟進，她偷看承軒一眼，他全然不理會大姊的話語，也未發現二姊夫婦的反應。

就在大姊話語紛紛、廢話不斷的當頭，二姊和二姊夫不約而同套上外衣，對公婆說：「爸媽，剛吃完飯，我們到戶外去散散步，幫助消化。」婆婆藉機展現女主人的風範和氣度，熱切興奮地說：「散步對身體最好了，多散步是對的！」二姊夫有風度地對承軒夫婦欠欠身說：「我們等會再好好聊聊。」婉清和善地回禮，並在回禮後的下一秒鐘，眼神迅速探察大姊的反應，大姊很淡定、很坦然，依舊開心地吃蛋糕、說往事。

承軒始終置身事外，婉清當然不會希望丈夫捲入這種家務糾紛之中，她懷疑女人是否總比男人有著更敏銳纖細的感受力呢？如果換作今天是婉清的兩個親姊姊起爭執，婉清肯定會巧妙適時地在事發當時，幫忙說話緩和局面。男人都這麼處變不驚嗎？

婆婆一直等到二姊夫婦扭開門鎖、走出門外後，確認聽到他們帶上門把的「喀」一聲後，她才熱絡地挪坐到大姊身邊，親暱地對大姊說：「阿進對妳最好了！上次妳婆婆還對我說，連妳小姑都羨慕妳老公對妳百依百順，溫柔體貼。」大姊像上台得到老師嘉獎的小學生，終於心滿意足地安靜下來。

婉清將這一切都盡收眼底，放在心底，她很佩服婆婆有這等高招的處世手腕，可是她感到畏懼：「她對兩個親生女兒都玩起這種兩面手法，太令人心寒了！」

這次二姊的探訪令婉清生起一絲希望，兩個外甥和外甥女在這短短四天的探訪內，總是「舅媽長、舅媽短」地拉著婉清看電視、散步和逛街，扣掉那個難相處的大姑，至少還有個好相處的二姑，婉清到此刻才稍微有融入這個家的感覺。

在二姊要回波士頓的前一天中午，婆婆提議大家到茶樓飲茶。婉清原本自告奮勇想作東，婆婆不容婉清置喙，明快阻止：「你們賺的也沒二姊多，以後再說吧！這次二姊夫請客。」婉清怕多說多錯，便不好堅持什麼。當天承軒和大姊夫要上班，便未出席。

能幹貼心的婆婆知道是二女婿請客，也不忍女婿破費太多，她發揮多年精準的省錢功力，要求全員必須在早上十點半以前到達茶樓，她說：「藍寶石酒樓的早茶到早上十點半為止，早茶的點心都半價，十點多吃到十二點，中午那頓也省了。」

那天出門前，婉清在三樓房內悉心打扮，她穿了一件針織毛衣、牛仔褲、一雙時下最流行的高跟鞋，臉上的妝畫好後，還細細地用蜜粉定妝，直到確定鏡中人容光煥發，她才滿面笑容地帶上房門，愜意地踏著輕快的步伐下樓。她不巧聽到樓下傳來清晰的爭吵聲，打算稍稍停留在樓梯上聽個清楚，再現身於眾人眼前；後來覺得不妥，萬一這麼做被誤會成「偷聽別人講話」，豈不冤枉？既然吵架雙方都大聲爭執，當然不怕人聽，不妨大方下樓，佯裝沒事才能一探究竟。

「大姊，妳託我買的Gucci包包，mall（購物中心）裡已經沒有妳要的款式，不過我幫妳買的這個，」二姊從大塑膠袋裡拿出一個用棉套包裹的包包，「妳看，樣子很搭配妳！」

大姊把棉套卸下，拿出裡面的Gucci包包端詳，不領情地把包包推回給如藍：「我不要這種造型的包包，妳拿回去吧！」

「可是妳當初說樣子讓我幫妳挑，我都花錢幫妳買了，妳不要的話，我這包包留著幹嘛？」

「這好辦，這新買的妳就自己留著用，倒是妳正在用的這個包包就先給我吧！」接下來發生讓婉清目瞪口呆的世界奇觀，大姊居然不等二姊同意，一把搶過二姊的包包，把裡面的錢包和雜物都倒在桌面上，再把物品都裝回那個新包包之中，然後大姊把二姊用過的包包一把揣在懷裡。

二姊措手不及，來不及阻止大姊，只尷尬回頭對丈夫說：「她就這樣搶走我的包包了。」

二姊夫無奈地苦笑：「那就這樣吧，我還能說什麼？」

這麼精彩絕倫的一幕令婉清印象深刻無比，她想：「看樣子，這不是個『講禮』的時代，也不是『講理』的世代，而是『要狠』的年代。」

二姊為了在爸媽面前保全住大姊的顏面，僅僅以「生悶氣」的方式來抗議，她極力壓抑怒火，試著轉移話題。「這件大衣Tommy的，原價一百多，減價完五十元，妳女兒要的牛仔褲、妳兒子的襯衫，都是一件一百多，現在減價完是二三十元美金。」二姊如數家珍地向大姊報告，「這些都是妳指定要買的，這樣總共是兩百元美金。」二姊說完這一長串話語，就屏氣凝神靜待大姊的反應，大姊卻一副不願買單的模樣，氣氛凝得像山嵐般的濃濃霧氣，讓人喘不過氣來。

婉清假裝認真低頭在矮櫃前找車鑰匙，二姊夫識相地盯著電腦螢幕上網，沒人敢正眼瞧這兩姊妹，僅僅以眼角餘光關切吵架的進度。

「這麼多？一件算我十元美金就好啦！」大姊依依不捨地握著手中的鈔票，婉清很熟悉大姊臉上那種猶豫盤算的神色，那是每次大姊要硬占便宜的前奏。

「這些最便宜的都要二三十元，妳還敢講成一件十元？我還特地幫妳從美國帶回來耶！」二姊怒火中燒，沒打算就此罷休，杏眼圓睜地盯著大姊。大姊氣勢不減，開始下一波遊說：「我知道，但妳要為我著想，Diana讀書學費一年就要五千元，我負擔也很大！」大姊眼神一轉，偷瞄父母一眼，見父母沒打算表態便耍賴地說：「妳做人阿姨的，平時也沒送我兒子、女兒生日禮物，現在就當回饋吧！」

二姊由氣轉怒，義正詞嚴地對大姊曉以大義：「我們是親姊妹，妳託我買東西，我實銷實報，我不會占妳便宜，但請妳也不要占我便宜，行嗎？」

婆婆站在沙發後，雙手輕放在沙發椅背上，雙唇緊抿。公公雙手交叉胸前，看著眼前的親姊妹爭吵，沒人上前調解。大姊見這局面久攻不下，外加婉清、二姊夫一幫人都在場，人多口雜，自己父母也不打算幫腔，只好尷尬倔強地從手心裡抽出幾張美金鈔票交給二姊。

婉清憶起每當婆婆辯才無礙地稱讚家中成員時，外界人士臉上不以為然、又不好拆穿婆婆西洋鏡的嫌惡表情，突然明白他們的感受，眼下婆婆的謊言都一一被戳破。婉清想：「婆婆說謊的功力真是見識到了！」

婆婆一等二姊收下鈔票，不落拍地說：「時間來不及了，我們快出發去茶樓吧！」婆婆恢復見怪不怪的臨危不亂，發號施令，指揮眾人迅速地穿鞋出門，誰都不敢違抗皇太后的懿旨。

婉清一行人在茶樓內坐定後，二姊協助畫記點餐單，俐落地將點餐單交給服務生。服務生轉身準備邁開步子送單，大姊又把他吆喝回來，仔細地看過點餐單，在上面補點了幾樣餐點。

二姊盡量對大姊的言行充耳不聞、視而不見，但細心的人還是會發現她臉上的不耐。婉清看到這一幕，心中狐疑：「大姊在試探二姊的底線嗎？前幾天的『玫瑰花事件』到今天早上的『包包事件』，大姊不知道二姊已經很火大了嗎？」

服務生不一會兒就送來所有的吃食，一時之間桌面擺放不下，大姊掀蓋看過蒸籠內的吃食後，將三四個燒賣蒸籠層層相疊在桌邊。待大家吃了一陣子，婉清請服務生收走桌上一些空的蒸籠，發現大姊桌邊還疊著四個蒸籠，上頭還冒著氣，想是剛才桌面太滿放不下，暫且擱置在大姊手邊。婉清伸長手想把蒸籠放到桌面中央，可惜距離太遠，手搆不著，她對大姊說：「現在桌面有空間，可以把那些放在桌上了。」

大姊覺得婉清很不上道，不悅地罵：「妳搞錯了！這是我要打包回去給寶強吃的！」婉清錯愕了幾秒後才愣愣地坐下。婉清嘖嘖稱奇：「難道這江湖的遊戲規則改了嗎？現在是連別人請吃飯，都還能多點幾客打包帶走，我怎麼不知道有這條新規矩？」

又是子女團聚的好時光，婆婆見機不可失，她開始舉杯敬大家。趁著大姊夫不在場，她說：「我兩個女婿都很好命，很多人都說最好命的是大姊夫，因為他今天住的這棟房子是老婆娘家出的錢，他什麼錢也沒出。」婉清覺得婆婆是暗示大姊夫靠老婆、吃軟飯，如果大姊夫在場，不知道臉色會多難看？「大家都說他有個好娘家在庇佑他，來，我們大家一起敬如倩！」大姊沾沾自喜地接受媽媽的表揚。

婆婆話鋒一轉，對二姊夫說：「阿成，媽媽要特別恭喜你！你娶到一個能幹又會賺錢的老婆，沒幾個男人有你的好運氣！」婉清瞄到二姊夫臉部表情微妙的變化，她為婆婆捏把冷汗。二姊夫有被設計的難受和難堪，他當眾不好發作，只能愣愣地陪笑。大姊能所向無敵地惹毛每個人，是否得自婆婆得天獨厚的遺傳呢？

婆婆擅長說些令人不舒適的稱讚，婉清深深同情二姊夫。二姊和二姊夫難得從美國回加拿大，二姊想在娘家過個生日宴，大姊處心積慮地拆台、扯後腿。緊接著女婿請丈母娘吃飯，丈母娘還不忘給他一個下馬威。婉清懂那種被欺壓的悶，有苦難言啊！

每次飯局的氛圍都在皇太后敬大家時，氣氛降到冰點，之後與會者的聊天說笑都轉為木然和無感，結局就是被敬酒的人帶著渾身的不自在和內心的創痛離開現場。關於敬酒這種社交禮儀，婆婆從未失手過，始終有法子把任何一場家族飯局敬得後輩心結叢生、眾叛親離。婆婆這種說話方式著實落伍，她以為這樣話中帶話地警告晚輩，晚輩就會對她心生畏敬？更安分守己地守護著夏家嗎？拜託！怎麼可能？這年頭是「合則來，不合則去」，誰還會那麼一廂情願、死心塌地？

婆婆這麼喜歡以話語操弄和他人的關係，遲早有一日會招致大禍。如果有一天，她的女婿和女兒離婚或者媳婦和兒子離婚，她功不可沒！

終於吃完這頓飯，二姊付帳時，婆婆見她把紙鈔和銅板放進服務員收錢的小銀盤裡，婆婆緊張地伸手從盤內抽回幾個銅板，刻意壓低聲音地對二姊說：「小費給個意思就好，不用給那麼多！」

正拿起茶杯啜飲的婉清，不經意聽到婆婆的話，差點沒把嘴裡的茶噴出來；她恍然大悟，大姊貪小便宜的習性原來是家學淵源、師出有名啊！

二姊付完帳後，婉清覺得禮貌上要和二姊說聲謝謝，她等眾人起身離去時，故意放慢腳步，和落單的二姊簡略溫婉地說：「二姊，謝謝妳，讓妳破費了。」

二姊和善地回話：「沒有沒有！平時妳和爸媽同住，都是妳在照顧爸媽，是妳辛苦了！」

婉清的心頭有股暖流流過，二姊不經意的一句話讓婉清倍感窩心，她欣慰得不能自已了！從嫁進夏家門後就沒遇到一個體己的親戚，丈夫雖然會幫自己在關鍵時刻講點話，可是他不能周周密密地理解女人的心思，他只會安慰，還是很拙劣的那種安慰……。今天不同，婉清總算被當個「人」尊重。

有些人不用相處太久，就能理解對方的心情、立場和感受，二姊就是這樣的聰明人。婉清尾隨眾人的腳步往餐廳外走，她表面平靜、內心則百轉千迴地想著：「大姊、二姊和我都同為人媳，大姊還大我十多歲，為什麼二姊能體會、大姊就不能體諒我當小媳婦的艱辛？二姊真是比大姊上道許多！」

婉清又想到婆婆提起的一段往事。婆婆曾氣憤地告訴婉清：「吳媽媽對媳婦可沒我對媳婦好！吳媽媽居然當大姊的面，大聲強調：『只有吳家人能過生日，沒有幫媳婦過生日的習慣！』妳大姊特地為這件事情跑回娘家哭訴，哭得眼睛腫得像龍眼一樣大，我只安慰她說：『妳婆婆不幫妳過生日，妳就和阿進小倆口去外面吃頓飯總行吧！就不需要特地向她報告妳的生日了！』」

婉清眨了眨眼，從陳年往事裡跳脫開，映入眼簾的正是婆婆和大姊正親暱地手牽手下樓梯。婉清感歎媳婦就是媳婦，女兒就是女兒。大姊強行向婆婆索討Diana私立中學的學費，和婆婆搞得非常不愉快，幾乎要決裂了，婆婆再氣她也還是會原諒她，畢竟是她的親骨肉。

令人不平的是，大姊不能在婆家過生日，婆婆就氣得跳腳，還把吳媽媽背後罵得很難聽，婆婆卻能允許她女兒拿用過的東西送媳婦，這種雙重標準令人不敢恭維！人心非得這麼黑嗎？到底我何時才能見識到人性善良光明的那一面呢？

一夥人走到停車場，此時大姊說：「現在雪鞋大減價，我趕著幫女兒去買，不和妳們去逛街了。」婉清羨慕大姊的隨興自由，自己卻不能中途開溜，只能亦步亦趨地隨侍在皇太后身旁。

坐在二姊夫的車裡，婉清揣測著：大姊夫和二姊夫結婚都超過十年了，他們被婆婆敬的次數比自己多好幾百回吧？也算是千錘百鍊了！人生這堂課我還得多向這些前輩學習點呢！

同時陪大姑和婆婆逛街是一件比單獨和婆婆逛街還艱難的差事。為什麼呢？

因為單獨和婆婆逛街，什麼都不買，什麼意見都不發表即可，但有大姑作伴的逛街行，氣氛更難掌握。例如大姑想買一條裙子，婆婆很認同，此時大姑問媳婦的意見，媳婦不只要認同，還要表現得很關切，不然同時得罪兩個人。

如果媳婦在某間商店裡多待一會兒，偏偏該商店不是大姑想逛的，婆婆便會像牧羊犬驅趕羊群般地把媳婦帶走，免得耽誤大姑寶貴的時間。以上這兩個例子只是取千萬分之一，尚有更多令人難以言喻的複雜情況存在。

# 第十二章 第九層神功

蒙特婁初初入夏的時節，空氣中摻雜少許濕氣，涼爽的風襲來，「神清氣爽」這個形容詞再貼切不過，晝長夜短的現象比台灣明顯很多。夏季的蒙特婁像個變戲法的小丑，樂子、法寶、奇招百出，夏季的活動有Jazz festival（爵士音樂節）、just pour rire festival（嘻笑節）、F1賽車也會來這裡競賽，夏天的蒙特婁充滿生氣和樂趣。

婉清知道夏季是蒙特婁最精彩繽紛的時節，她打算把握這段天氣晴朗的日子，暗中進行搬離計畫。這天當她正在房仲網站搜尋合意的房子時，婆婆興高采烈地闖入房內，用半命令的口吻對婉清說：「婉清，妳大姊夫要請妳吃飯喔！」

「請……我？」

「是啊！因為我生日，他請我們去吃到飽的日本料理過生日。」婉清忖思：太陽真的會打西邊出來嗎？

中午十一點半，生意興隆的餐廳內高朋滿座。婉清、承軒和婆婆比大姊夫一家早到，侍者先行為他們帶位。據說這家餐廳的前身是一家Bistro restaurant（小酒館餐廳），裝潢像Bar（酒吧）多過像日本料理店。挑高的屋頂讓內部空間寬敞許多，少了壓迫感。吧台垂吊著幾串假芭蕉與幾株熱帶雨林盆栽，充滿濃濃東南亞熱帶風情。吧台後方有個大型金魚魚缸，看來像是東方人的風水裝潢。

婆婆逮到大姊夫尚未抵達的空檔，熱絡地挽著婉清的手臂說：「妳看，這餐廳不錯吧，妳大姊夫這次很有誠意喔！」婆婆又來了！婉清用餐的期待感瞬間降到谷底。

「你們來了啊！」此時桌旁傳來大姊夫的聲音，婉清和婆婆不約而同地抬起頭，大姊夫身旁除了大姊之外，還多了一名陌生女子。婉清疑惑地看看婆婆，婆婆臉色不悅地抽動一下，立刻回復平靜地說：「那是大姊夫的妹妹，就是妳大姊的小姑。」

婉清隨意地點個頭，敏感的婉清知道婆婆正為某件事情生氣，她使出小媳婦的求生本領——裝傻，裝作一無所知。大姊扯開大嗓門嚷嚷：「你們自己拿筆在點餐單上勾選想要的菜色，這裡是自助式點餐。」

點完餐後，婆婆異常沉默，婉清為此特地向承軒使眼色。承軒似乎也察覺些隱情，他回給老婆一個「安啦」的眼神後，承軒繼續陪大姊夫一行人說說笑笑，婉清則警戒地敬陪末座。

整場飯局沒有人提起婆婆生日這件事情，大姊夫和親妹妹聊得可親熱，從他們的片段對話拼湊出梗概：大姊夫的妹妹明天要回台灣，所以大姊夫作東幫她送行。

那婆婆的生日呢？今天不是要幫婆婆慶生嗎？婉清知道事有蹊蹺，心中嗟歎：「又是一場詭異的飯局，這家人的關係太不和諧！說不定婆婆說謊，根本沒人要幫她慶生？可是婆婆說這種謊一定會被拆穿，婆婆沒這麼傻！難道大姊夫故意擺她一道？」

一張長方桌，壁壘分明，大姊夫與承軒那邊四人籠罩在愉悅明亮的氣氛下，笑語不斷；婆婆、婉清這頭二人則籠罩在黑暗陰影下，沉默寡言。

婉清凝望大姊開心的神情思索著：「今天不是妳媽生日嗎？妳丈夫和小姑沒有表示，妳不是更應該多站在妳媽這邊，妳都不提個詞，祝你媽生日快樂嗎？」

大家都很有默契地忘記「婆婆生日」這件事情。婆婆戴著翡翠項鍊、戒指和耳環，一副雍容華貴的貴婦人姿態，可惜緊抿的雙唇似乎在生悶氣啊！

眾人酒足飯飽後，大姊突然舉杯說：「我們一起祝媽媽生日快樂！」

所有人配合地舉杯敬婆婆：「媽媽，生日快樂！」婆婆等人正要將水杯放下時，「水杯先別放下，我妹妹明天要回台灣，今天是幫她送行，我們一起敬我妹妹！」大姊夫不落拍地說出此話，婉清終於明白老天爺的用心了！

我谷婉清在婆婆的淫威下，很多委屈哀傷都只能隱忍不發，老天爺卻早已安插大姊夫和大姊這兩名天兵天將埋伏在婆婆身邊，牽制婆婆的行動，不讓婆婆稱心如意啊！

老天爺，對不起、對不起、對不起！我誤會您老人家了！我懷疑您的公信力就算了，居然還質疑您的能力，千錯萬錯都是我的錯！謝謝您為我伸張正義啊！此刻婉清內心充滿激動與感恩！

大姊的小姑在敬酒那一刻，也恍然大悟：「夏媽媽，原來今天是妳生日啊！他們都沒提，我現在才知道！」婉清的嘴角輕輕地笑了，婆婆此時鐵定氣得肝腸寸—寸—斷！

婆婆想生氣又不敢發作，一副「有容乃大」、假裝有風度的模樣，讓婉清真想捧腹大笑，可惜在座這麼多人，婉清只得克制自己。如果現在四下無人，婉清肯定笑倒在地上打滾。

宴會終了時，婉清又被婆婆設計了。侍者送上帳單時，婆婆示意要承軒付帳，婉清當然沒有資格說不，可是大姊夫幫她妹妹送行，大姊夫應該付帳吧！如果承軒付帳，表示承軒這個乖兒子在幫媽媽慶生，既然如此，大姊怎麼一點表示都沒有？她不也是婆婆的親生女兒？到底這頓飯的「主旨」在哪？「婆婆生日」還是「小姑送行」？在演哪齣戲啊？

返家後，婉清只悶悶地問承軒：「為什麼今天幫你媽慶生，要順便幫你姊夫的妹妹送行？既然要幫你媽慶生，怎麼大姊連個生日蛋糕都沒準備？」

承軒答：「我大姊夫一定是想請一頓飯就解決兩件事情，沒想到最後我媽跳出來叫我結帳。」

婆婆或許對這些家族亂象該負些責任，為什麼她每次都對大姊一家姑息養奸呢？所以大姊故意不甩婆婆，婆婆是咎由自取吧！婉清以為這場可笑的飯局會就此帶過，然而老天爺一手主導的好戲卻還未落幕。

晚餐過後，婆婆上樓敲婉清的房門，興奮地吆喝：「婉清，快下樓吃蛋糕！妳大姊夫買了蛋糕要幫我過生日。」總算比較像樣了！大概中午飯局，大姊夫作賊心虛，現在來請罪了。

既然婆婆的女兒要回來幫婆婆過生日，住在同屋簷下的媳婦自然得配合演出。她匆匆換了套洋裝、化點淡妝，便下樓同歡。

當蛋糕盒蓋被拉開的瞬間，場面真的太驚嚇了！

「在演爆笑鬧劇嗎？」她與承軒倆面面相覷，眼神在問著：不是說是幫媽過生日嗎？

蛋糕上用糖霜清晰地寫著：「親愛的老婆，生日快樂！」

大姊看到承軒和婉清目瞪口呆的模樣，以為婉清羨慕她，便錦上添花、甜如蜜地說：「你姊夫說，他請店員寫『親愛的老婆』時，還被店員調侃『這麼愛老婆啊』！」大姊真是浪漫天真啊！天真得可恥呀！

此情此景讓婉清想到中學時的英文課，英文老師曾說起的一個關於preposition（介詞）的笑話。有一回，老師講解preposition（介詞）的重要性，他舉with和at的差別來說明preposition（介詞）的用法是「差之毫釐，失之千里」：「I am not laughing “at” you! I am laughing “with” you!」（英譯：我不是在『嘲』笑你！我是在和你『一起』笑！）

此情此景宛若當年，婉清多想勇敢地站在客廳內對大姊「照樣造句」：「We are not laughing “with” you! We are laughing “at” you!」」（英譯：我們不是在和你『一起』笑！我們是在『嘲』笑你！）婉清和承軒看看蛋糕，再看看大姊，兩人有默契地相視而笑。不管是「嘲笑」的笑或「可笑」的笑，總之在座的人都得陪笑，哈哈哈哈！

人生如戲便是此情此景嗎？老天爺在開婆婆的玩笑嗎？

承軒不動聲色地扯扯婉清的衣角，示意老婆什麼都別說、什麼都別問。婉清一路暗中觀察婆婆的反應，婆婆先是驚訝、臉色一黯，然後落寞沮喪之情全寫在臉上，好強愛面子的婆婆接著轉趨開朗。婆婆過於樂觀的反應，相當一反常態，她一邊切蛋糕，一邊像個頭一回擁有生日蛋糕的小女孩興奮地尖叫：「這蛋糕好漂亮喔！」

「這麼愛演啊？」婉清心中冷笑，她放手讓婆婆獨挑大梁，撐起全部的戲份，和承軒緩緩悄聲地退居觀眾席，專注地欣賞這場壓軸好戲。

分蛋糕時，蛋糕奶油抹到婆婆的手指上，她刻意舔了舔手指，如彌勒佛般地笑開懷：「這蛋糕味道真好！怎麼有這麼好吃的蛋糕啊！」不知道婆婆的粉飾太平究竟是為了維護自己的尊嚴？還是她女兒的面子？

公公板著臉，銅鈴般的大眼怒瞪著大姊，雖然看在老婆的份上沒有對女兒開火，他眼神裡的殺氣卻有衝破屋頂的氣勢了！

大姊渾然無所覺，照樣和丈夫恩恩又愛愛，鶼鰈情深的模樣羨煞旁人。婉清不知該拍案叫絕或掬一把同情的眼淚，她內心亦戲謔地開懷大笑：「不得了啦！不得了啦！夏如倩的白目神功已然練到第九層，眼看就要破關而出，稱霸武林！一時間，武林中人，人人自危，再也無人能與之匹敵……。武林裡即將掀起一場腥風血雨啊！」

婉清和承軒各自拿了一塊蛋糕，便快閃到樓上吃蛋糕。在大姊主演的白癡戲碼裡，他倆連路人甲乙丙丁都不想當。

# 第十三章　往事不能如煙

送走大姊一家人後，張曼昭回到房內，像木乃伊直挺挺地呆坐床邊，她氣得七竅生煙，氣得腸子都打結了，像個隨時會爆炸的氣爆悶鍋。夏光任不甘心妻子如此受氣被整，大罵著：「過什麼生日？我看是幫他老婆過而已吧！」

張曼昭凝望時鐘的表面，如果時光可以倒流，她真想改變一些事情，為什麼人生會走到這等無法回頭、無法挽回的地步？

一九八〇年，巴拿馬。

熱鬧的大街商店林立，店面一間挨著一間，相連到望不見的深處。頂著鮮綠色招牌的店門前有小販奮力叫賣，逛街人群熙來攘往，你擠我，我擠你，肩並肩地磨蹭一塊兒。

地面被火紅太陽燒得滾燙，隱隱冒著熱煙，煙霧的遠處來了幾輛遊覽車，從巴西來的觀光客從車上一擁而下，像洪水冒入街道上，急急找尋出口，不一會兒便分流湧入各家小店內。

張曼昭正在店後側的倉庫裡整理剛下貨櫃的成堆商品，店裡除了張曼昭的大女兒如倩之外，尚有三個店員，一個是當地的原住民Amaria，一個是白人Gina，另一個是廣東人明偉。

明偉正在店門口擦玻璃，聽到左側有大陣仗的倉促腳步聲，他順勢往音源方向望去，瞬間臉色大變，驚慌不已，跑到店後頭對老闆娘通風報信：「老闆娘，快跑！政府的人來抓假香水了！」

如倩害怕地挨到媽媽身邊：「媽，怎麼辦？他們來抓我們了！」

張曼昭慌得心跳加速，喉頭乾啞，情急之下，什麼都不重要了！她只剩一個念頭：「我可以被抓，但女兒還沒出嫁，不能讓她留下前科！」她強裝鎮定，柔聲安慰如倩：「別怕！他們問妳什麼，妳都說不知道！也別說妳是老闆娘的女兒！」張曼昭交代完這句話，像丟了魂似地，立刻丟甩了手裡的貨品，三步併兩步、頭也不回地爬竄上樓梯，腳步一個錯亂，拖鞋被梯階勾落。命都快丟了，哪還管得了掉落的拖鞋，她索性把另一腳的拖鞋也甩飛了，乾脆打赤腳，橫衝直撞逃往天台上。

在小店前頭的警察一聽到後頭的動靜，一群人像獵狗追兔子，風馳電掣地閃身衝進後院，行動之快眼看就要追上張曼昭了！張曼昭感到後方來勢洶洶地追來了，她七上八下，只好如無頭蒼蠅般在天台上四處逃竄。她往右下方瞧，沒有任何遮蔽物，這一跳下去肯定頭破血流、直接葬身在水泥地上。

說時遲，那時快，後頭的追兵聲響愈來愈近，連說話的聲音都清晰可聞，眼看就要追上了！既然天台上前無去路，後有追兵，她一個箭步就往天台左側棲去，她往下瞥見一處小平台，橫豎都要被抓的話，管他三七二十一，先跳先贏！

她心一橫，眼一閉，一個縱身往下跳，一個大摔跌，她顧不得兩個腳板的扭傷和挫傷，也顧不得血流汩汩的膝蓋，她右手扶著牆，慢慢起身，一邊用左手摀掩嘴巴，提醒自己萬萬不可痛得唉唉叫，要被頂上的人聽到，大勢可就去了！她咬緊牙關，死不作聲，極力打直身子，貼緊牆邊站立，免得讓上方的人瞄到她的行跡。

一群警察左右上下、各個角落都探查後，眼看搜尋未果，領頭的么喝一聲，對底下人說了幾句西班牙文後，張曼昭就聽到大批人馬走下樓梯的紛亂腳步聲，看來對方準備打道回府。

她不敢掉以輕心，仍舊靜待原處，仔細聆聽對方的動靜，約莫過了十分鐘，確認所有人都走遠了，天台上再無任何聲響，她才緩步行到天台側邊，有驚無險地歎口氣：「好險！」在這緊要關頭竟有人從後方一把揪住她的衣領，她「啊」的一聲尖叫，驚怯地抬頭一望，竟是剛剛帶頭的官兵，張曼昭這才明白為時已晚，竟中了對方圈套！強弩之末的她只得乖乖束手就擒。

張曼昭被囚禁監獄的第一晚，由於華人的身分，遭到排華的巴拿馬囚犯們排擠，他們紛紛以西班牙文辱罵她、推打她，甚至對著她的臉直吐口水。她淪為階下囚，喉頭哽咽，不甘心的淚水在眼眶內打轉，氣惱地憶起當日丈夫出發回香港進貨的情景。

「老夏，這些美金你拿著要快去快回，倉庫裡已經沒貨可賣了，記得貨一下訂，就叫他們快點出貨，我們這四家店都等著貨賣啊！」

「好好好，那我去機場了！」張曼昭從客廳窗口目送丈夫搭上計程車後，她立刻換上短褲、球鞋，整裝出發到各店巡視。

一星期後，張曼昭抱著話筒著急地問：「怎麼樣？老夏，貨櫃出了嗎？貨櫃再不出的話，就拖上兩個月了！」

「曼昭，我錢不夠啊！」

「怎麼會不夠？我給你的錢都可以訂上三貨櫃的貨！」

「我去逛了古董行，這一批古董都是真貨啊！不買可惜！所以我拿了一部分的錢去……」

「什麼？你要我怎麼辦？我的錢都給你了！我哪裡還有錢？你這不是要我去死嗎？」

「我還有留點錢幫你訂些貨，不過只能訂一貨櫃，所以你那裡要是不夠貨的話，倉庫裡還有一些存貨，將就點賣！」

「你怎麼可以這樣對我！這個家都是我在支撐著，你這輩子到底做過什麼？我們還有五個孩子要養耶！」張曼昭不等丈夫接話，氣得「啪」一聲就掛上電話，一屁股跌坐在地板上失聲痛哭。約莫過了一小時後，她收拾情緒，擦乾淚痕，決絕地往郊外走去。

那天傍晚，夥計明偉聽從老闆娘的指示，在各店門口幫忙收貨。明偉從那好幾排從地板高疊到天花板的方正紙箱之中，拆開其中一箱貨物，隨意抽出一罐香水驗貨，他不安地問：「老闆娘，這樣好嗎？萬一被抓的話……？」

「你放心，出事的話我來扛，我不會拖累你們任何人的！」老闆娘張曼昭鄭重其事，對夥計明偉道出這番話，語氣中頗有幾分從容就義的氣概。明偉欲言又止，想勸老闆娘的話還是沒有說出口，想到自己只是夥計的身分，能有什麼分量呢？

張曼昭因販賣「假香水」被抓後，女兒如倩慌得不知如何是好，夥計明偉當機立斷，第一時間便打電話到香港，通知老闆夏光任這件事情。

夏光任用廣東話交代著：「別急別急！明偉，我告訴你，他們肯定是要錢來贖人。你會說西班牙文，你先幫我到監獄門口打聽打聽，看他們要多少錢才肯放人。你把四間店櫃檯有的美金全都湊齊，還不夠的話，你就去向隔壁夏威夷商行的老闆娘借。之前你老闆娘幫過她一個大忙，她算欠我們一個人情，肯定會幫忙！還有……還有，你要和夏威夷商行的老闆娘說等我一回到巴拿馬，我馬上還錢給她！」

「好好好，我現在馬上去辦，就先這樣！」明偉四處奔走兩天後，終於湊足官員開的天價，他馬不停蹄地捧著一大疊美金前去交錢，只為營救老闆娘。

當張曼昭被官兵從牢裡放出來時，一見到夥計明偉，便像溺水的人在汪洋大海中抓到浮木般，她牢牢抓著明偉的手臂，劫後餘生，喜極而泣，哭著哭著，啜泣轉為仰天怒吼。她不甘心自己這輩子都為家計操勞，一路從台灣苦到巴拿馬，丈夫卻還扯她後腿。這坐牢的生平奇恥大辱，她沒齒難忘啊！她當真……當真嚥不下這口氣！

她每次想到這段不堪回首的往事，心中總是五味雜陳，時間並沒有沖淡那次的傷痛與屈辱。她每回憶起，心中都會盪起一股激動波瀾：「我在巴拿馬吃的苦還不夠多嗎？臨老來還得被女婿欺負！我就不委屈嗎？有誰體諒我了！」

夏光任明白妻子所指何事，他既慚愧又悲慨，只得眺望窗外遠處教堂的鐘塔，兀自歎氣。

她順著回憶長河的水流，回溯起這一生，她橫行江湖多年，以為已經打遍天下無敵手，論刻薄，論小氣，論陰狠，理應無人能出其左右，只可惜「強中自有強中手，一山還比一山高」！她千算萬算，沒算到真正的高手竟埋伏在她身邊多年，臨老才慘遭高手暗算，不勝唏噓啊！

# 第十四章　「岳不群」再世

隨著天氣逐漸轉熱，時序已進入夏季，公公的生日就快到了。初做人婦的婉清對如何幫公婆過生日沒有概念，但沒概念不打緊，永世垂簾聽政的皇太后始終會適時地「指導」媳婦該如何辦理。

就在婉清考完法文期中考的那天，她下午提早到家，正在拆卸沙發坐墊套的婆婆見她入門，殷勤地招呼：「婉清，妳回來了，吃飽了嗎？」

「吃過了！」婉清有禮且制式化的回答。

「過兩天正好是妳爸的生日，而且是八十六歲大壽，沒幾個人能有八十六歲大壽……」婉清聽到這種「前情提要」，便知道後頭是「好戲上演」。她耐著性子聽著老人家沒重點的絮絮叨叨，婉清默默幫婆婆計時：這次會破紀錄嗎？會像上次十五分鐘後才講到重點？抑或二十分鐘？這種戲碼上演時，小媳婦的臉上當然少不了迫於無奈而綻放的矯情笑容。

婉清心頭虛擬的計時器上顯示：時間來到十九分鐘五十五秒，就快突破二十分鐘了。

婆婆這時說：「妳大姊說……」婉清一聽到「妳大姊」這三個字，整個人立即從「恍神模式」切換為「戰鬥模式」，她又要出什麼招？

「妳大姊說，我們找間餐廳幫爸爸慶生，剛好唐人街的餐廳最近推出減價套餐，聽說六人套餐才五十元，很划算。」

婉清心中的OS：「好啦好啦！要吃飯就吃飯吧，說這麼多要幹嘛？」婆婆像張老唱片，唱起陳腔濫調，她自己不膩，聽眾的耳朵都長繭了！

「我想，妳大姊還要養兩個孩子，手頭不寬裕，平時大姊對承軒又很照顧，不如就妳和承軒作東，請大家吃頓飯，怎麼樣？」

婉清想：「反正你是大編劇，最會設計情節、橋段，我們這種小角色只能按您的意思演出，我還有別的選擇嗎？」

「好啊，沒問題。」婉清對婆婆虛應故事。婆婆很高興小媳婦就範，額外多講一些好話稱讚婉清，婉清只得默默低頭聆聽。她好不容易逮到婆婆「千載難逢」的說話空檔，她立即插播：「吃頓飯而已，媽妳安排就是了。」婉清邊說就邊提起書包，朝四樓快步登階。進房後，婉清把身子緊貼在門後，耳朵貼著門板靜聽樓梯下方的動靜，確定婆婆沒追上來，她才稍稍喘口氣，有股劫後餘生的慶幸放鬆。

時間飛快地過去，來到眾人慶祝公公生日的那一夜，一家人分別從各處趕到大姊選定的餐廳會合。婆婆張羅每個人就座，吩咐大姊：「妳點菜，妳家孩子愛吃什麼，就點什麼。」該付錢的婉清卻像個陪客，沉默戒慎地隨侍在婆婆一旁。

待服務生送上茶水後，大姊夫擺出主人翁的架勢，替每人都斟上一杯茶。大姊夫視線牢牢鎖定在婉清身上，眼裡有滿滿的話要說，嘴角牽揚，臉上擺出一個不誠懇的笑容：「婉清，妳知道嗎？今天妳能有這個家，妳都要感謝媽。」婉清警戒地望著大姊夫，同時下意識地顧盼婆婆一眼，婆婆早已喜孜孜地看著姊夫，樂得不可開支。

婉清知道這是場鴻門宴，她阿Q地想：「待會我要準備尿遁嗎？招誰惹誰啊，我何時得罪大姊夫了？」

常言道：「來者不善，善者不來。」大姊夫話裡的火藥味濃得不會讓人聞錯，她清亮的雙眸鎖定大姊夫不放：「我倒要看看他能玩出什麼花樣來。」

大姊夫嫻熟地說：「那時候，我和爸媽在巴拿馬做生意，治安真的很差，有一陣子聽說一對越南姊妹淘因為進貨櫃的紛爭，被亂刀砍死在住處。隔了幾日，發生槍戰，許多華人開的店被搶劫、倉庫被偷，那段日子真是在刀口上討生活，隨時都有生命危險。」這像戲台上事前預演好的戲碼，婆婆根本不訝異大姊夫會在慶生場合，說出這等打打殺殺的話，相反地，她露出即將上台接受勳章表揚的自滿和期待。

經過與婆婆同住這段時日的磨練，婉清早已不是吳下阿蒙，她有種不祥的預兆，對方在下戰帖了：「大姊夫不祝賀丈人生日快樂，卻敬丈母娘？表面上對我曉以大義，實際上是給我下馬威！」

大姊加油添醋地說：「我和妳姊夫幫媽媽做生意，很辛苦，都沒有休假，而且巴拿馬的氣候到夏天時，熱死了！」婉清偷望了一眼公公，公公沒有很高興，反而像個提著步槍看哨的阿兵哥，戒備森嚴地備戰中，他好像嗅出不對勁的氣氛，嚴肅地看著大姊夫。

大姊夫像按著腳本排戲，拿起茶杯，意有所指地對婉清說：「所以媽對這個家貢獻很大……」大姊夫雙眼緊盯婉清，確定婉清在聽著，然後說：「來！大家一起敬媽一杯！」婉清還來不及反應，承軒和大姊都拿起茶杯敬媽，婉清和公公才慢半拍的緩緩舉杯，跟著敬媽。

被這麼一敬之後，婉清心神不寧，食不知味，她想向丈夫求救，但當著大家的面不方便把承軒拉到旁邊講悄悄話。讓婉清氣血攻心的是，承軒居然沒有主動來安撫太太，沒有替太太說話來扳回顏面，婉清邊吃著蔥燒豆腐，邊暗罵：「夏承軒，你這個豬頭！」

等到付帳時，婉清接過帳單，核對消費金額，她額外加上一些小費，數了鈔票放在桌上。大姊夫距離婉清三個位子之遙，他仍不死心地伸長脖子，想看清楚婉清放了幾張鈔票。婉清裝作沒看見大姊夫這個小人動作，面不改色地付完帳。

婉清心頭鬱悶氣惱：「好啦！我人也讓你們修理完了，錢也付了，你們可以饒過我了吧？」酒足飯飽後，公婆和大姊一家想在唐人街買點東西，婉清和承軒先開車回家。婉清在車上忍不住對丈夫抱怨：「你大姊夫是在暗示什麼？」承軒悶不吭聲。

婉清深吸一口長氣，提高音量點醒承軒：「他想拿我開刀，拍你媽馬屁，順便給我下馬威嗎？」承軒惜字如金。

「你們家人太誇張了吧！今天我是你太太，不是你家的奴隸，你們全部的人都要這樣對付我嗎？我大不了離婚走人，你以為這年頭大家結婚是為了領貞節牌坊嗎？苗頭不對，大家就閃了！」

承軒想起剛剛姊夫的德性，想批評幾句，又怕火上加油只會讓老婆大人的怒火更難熄滅，只說：「他喜歡敬媽，妳就讓他敬，反正不理他就好了！」

「不理他？你沒看你媽和你大姊的表情多得意，你姊夫想踩低我，拍你媽的馬屁來凸顯他有多孝順嗎？」婉清恰巧看見車窗外一對情侶恩愛互摟著在人行道上等紅燈，這一景簡直在她的傷口上灑鹽。

「好，不然妳現在要怎麼樣才會開心？妳告訴我，我就去做！」承軒邊傾盡全力拍打方向盤，力道之大，連婉清的身體都輕輕地顫抖起來。

婉清被這一激，不知道哪來的勇氣，就在承軒減速準備停車等候紅燈時，她在車子停穩的瞬間，一鼓作氣，流暢地開車門、敏捷地跳車、以一種近幾優雅的姿態、頭也不回地往人行道跑去。就在婉清快消失在承軒目光不可及的人行道角落時，她聽到承軒心慌意亂地對著車外大喊：「老婆，妳要去哪？」

婉清得意地笑了！

她奮不顧身地一路向前狂奔，然後一個閃身，閃躲入暗巷之中。她在暗巷內待了一會兒，確認承軒沒有追過來後，風馳電掣跑出巷口，招了一輛計程車回家。

她回家後守候兩個多小時，都不見承軒回家，開始擔心：「該不會他怎麼了吧？開車從市中心回家，應該不到二十分鐘就能到家，怎麼比我還晚回來？」

她邊等候承軒，邊回憶起今晚的飯局。婉清懊惱自己沒用，為什麼沒有即時回大姊夫幾句話，反駁反駁呢？至少也學大姊夫假仁假義地敬個酒，藉故說些話來傷害婆婆或大姊夫都好。總之得反擊，不能坐以待斃！

她想打電話給媽媽訴苦，偏偏媽媽的電話忙線中。她只好埋頭寫日記抒發情感，寫下這麼一段感想：「大姊夫就像是《笑傲江湖》裡的『岳不群』，滿口仁義道德的是他，出賣同門師兄弟的是他，偷練葵花寶典的也是他！」

忽地，公車上看到大姊夫和那個女人卿卿我我的那一幕躍然眼前，她更不平了：「像我這樣苦幹實幹的小媳婦，沒人激賞！反倒背地裡搞外遇、表面上敬敬酒說些奉承話的大姊夫，能一舉獲得婆婆的青睞，什麼世界啊！」

婉清憶起大姊不斷對她「出奇招」，靈感泉湧，振筆疾書：「世界上有一群人，最需要你防範，他們經常躲在陰暗角落觀察你的一舉一動，伺機暗算你，扯你後腿，順便看你笑話，這群人的名字就叫「親戚」……」

婉清感慨良多，在日記本上連篇連章地寫下幾十頁的感觸。難怪有句話說「悲憤出詩人」，再這樣被他們全家激怒，距離婉清成為大文豪的日子不遠了！

持續等到半夜一點，承軒仍未返家，婉清累得無力多想，便沉沉睡去。

凌晨三點鐘，當承軒扭開房內的水晶床頭燈時，婉清已然熟睡，他心疼地看著妻子，放心卻無奈地搖搖頭。

翌日清晨，一束金黃色的晨光灑倒在婉清身上，婉清感到眼皮的亮光，她舒緩地睜開眼，慵懶地伸手探向左側的床榻，卻榻上無人。她原想和承軒撒撒嬌，化解昨晚的不快，沒想到他竟不在。

她起身進浴室盥洗，承軒的牙刷和牙膏都不在原本的位置，牙膏斜躺在洗手台的左側、大面鏡子前，牙刷歪斜地倚靠在漱口杯前。「所以承軒回來過，那人呢？清晨六點就出門上班了？」婉清自言自語。

婉清繞出洗手間，返回書桌前。她瞥見桌面上有杯熱茶冒著白騰騰的蒸氣，杯裡尚存半杯茶水，看來茶水的主人剛離去不久。婉清盈握著茶杯，雙手感受茶杯的熱度。她端詳著杯內咖啡色的液體，她不知道昨晚承軒何時回來，今日又是何時出門。

茶杯口裊裊上升的白霧氣，好似活生生在呼吸的某種生物，努力宣告著它的存在。婉清用手腕抵著下巴，偏著頭，眼神來回打量著主臥室左上角的赭紅色窗櫺，胸口窒悶難熬：「如果，我昨晚不是那麼胡塗衝動的話，或許今天我就不用獨守空閨，坐在這望著餘溫猶存的茶杯興歎……」婉清後悔把唯一的盟軍都驅逐出境，她的世界頓時如此狹小孤寂，如此暗黑無聲，婉清惆悵了。

# 第十五章　鬥法

炎炎夏日正是蒙特婁旅遊的旺季，旅行社的減價單四處飛揚。婆婆讀著五花八門的旅遊促銷單，心花怒放，心血來潮地邀約承軒和婉清：「我們一起搭郵輪去玩吧，團費都包吃包住，只要每天給小費就好。我們一家四口就選一間四人房，還可以省錢！」婉清聽到這種得和公婆同房的尷尬邀約，覺得簡直天方夜譚，於是遲遲不肯正面答覆。

婆婆見媳婦無明顯的反對之意，於是大放厥詞地陳述上回和大嫂米蘭達去墨西哥出遊，有多麼地好玩與有趣！婉清很討厭聽到婆婆提起米蘭達，總覺得婆婆拿大嫂來壓她，甚至這是種激將法，暗中挑起兩個媳婦的比賽競爭。她愈聽愈不能苟同，剎那間她靈光一現，決定將計就計，順著婆婆的心意替他們訂好船票。

到了出發那一日，婉清像個熱情老練的地陪，幫公婆和丈夫把行李都放入後車廂後，開車帶他們到唐人街與旅行團會合。「老婆，我們要坐的這個郵輪是目前世界上最大的型號，郵輪上還有游泳池，你最愛游泳了，到時候妳可以去游泳。」婉清溫婉和煦，笑而不答。

婆婆興奮地補充說明：「之前大姊的婆婆吳媽媽也去過，聽說很好玩！很適合老人家的行程。」

婉清和公婆一行人在集合地點等待出發，導遊協助他們把行李放進遊覽車的置物廂，然後招呼眾人：「好囉！大家快上車，我們要出發了！」

承軒順勢牽起太太的手往車上走，婉清甩開承軒的手，事不關己地說：「那就祝你們一路順風囉！」

承軒錯愕地看著太太：「妳在說什麼？大家要一起去啊！」

「媽常說女人最重要的是會勤儉持家，我為了幫這個家省錢，我沒有報名，就你們三個去。」愛面子的婆婆氣得臉都綠了，她當著其他團員的面想生氣但不敢發作，怕家醜外揚吧！公公傻在原地，不知所措。承軒急起來：「妳不去的話，那我也不去！」

婉清眼神故意掃向婆婆，確定婆婆在聽，才臉不紅、氣不喘地揚高音調：「不行，現在不去的話，旅行社連部分退款都不會退，你們就是全額損失。」婉清知道婆婆小氣成性，只要提到「不能退費」這件事情，婆婆就不得不就範了。

婉清平和地勸慰承軒：「你爸媽都要去，你不陪的話，就太不孝順了！你不是婚後不顧太太的感受還堅持要和爸媽住，就是要當孝順的兒子嗎？你難道要違背自己的初衷？還是你是個偽君子呢？」

承軒沒料到老婆會來這一招，趕忙應對：「妳不去的話，我們去有什麼意思？」

婉清故意模仿公公說話的口氣回敬承軒：「加拿大有哪條法律規定媳婦一定要陪公婆旅遊？」她知道公公聽了這話，肯定氣炸了！

婉清不卑不亢地繼續說：「大嫂米蘭達讓爸媽單獨去夏威夷，爸媽都覺得她很孝順，我要向大嫂看齊啊！媽，妳說是不是？難道妳覺得米蘭達不孝順嗎？」婉清故意把球做給婆婆，讓婆婆好好發揮。

導遊看這家人臨上車前才上演這十八相送，也傻眼了！婆婆隨即裝出有風度的婆婆模樣，當著其他團員的面大聲地說：「我們夏家好福氣！有這麼體貼的媳婦，難怪大家都說我們夫婦倆很有福氣！」

婉清暗暗冷笑：「婆婆，妳又來這招，真愛演啊！妳這『愛面子』的罩門會害死妳自己！哈哈哈！」

婉清往車門方向半推半拉承軒，不容承軒反駁推託：「哎呀！時間來不及了！你們快上車吧！」

公婆故作鎮定，承軒不情不願地尾隨在後。承軒上了遊覽車後倚在車窗邊想和老婆道別，婉清刻意轉身，裝作沒看到承軒的動靜，帥氣瀟灑地回到紅色Toyota上，她不等遊覽車出發，就發動引擎揚長而去。

過了一星期後，婉清再到指定地點接承軒與公婆回家。婆婆異常歡喜地說：「和我們同行的團員有一個是大公司的老闆，以前就常坐郵輪旅遊，卻說這趟郵輪旅遊是他參加過最好的團。」婆婆刻意揚高音調：「不去真的好可惜！」

婉清知道她別有居心，也異常歡喜地說：「那真是太好了！表示我幫你們選擇的旅行團是最佳選擇。」又故意揚高音調說：「承軒，你看，爸媽多開心啊！我的表現絕對沒有比大嫂米蘭達差啊！」

承軒怕誤踩地雷，他無奈地點點頭。公公不想捲入這兩個女人的戰爭中，識相地保持沉默。

小媳婦婉清藉旅遊的事情反將公婆一軍後，婆婆對婉清非但沒有刁難找麻煩，反而異常和煦親民，婉清不敢懈下防備：「她怎麼可能完全不記仇！不知道她打著什麼壞主意？」

旅遊在夏家是件荒腔走板的事。婆婆與承軒單獨出遊後，反常的親民表現都令人心生疑竇，於是婉清一路謹慎地與公婆相處。

秋風掃落葉，蒙特婁日夜溫差極大的秋季來臨了。蟄伏一陣子未曾向媳婦出招的婆婆，在某個秋高氣爽的日子對小媳婦道：「婉清，大哥打算招待我們全家去加州玩，飛機會在溫哥華轉機，我們乾脆先在溫哥華停留個三五天，這樣可以順便去看妳三姊如婷。」

「我和爸的機票大哥會出，這是大哥的孝心。」婉清即刻明白大哥沒有要招待他們夫妻倆的機票，但就算大哥招待她的機票，她都不想去。

「我很不想去，但我不想得罪大哥，你想辦法拒絕吧！」婉清私下對承軒埋怨著。

「不好拒絕，因為媽已經和大哥說我們兩個都會去，現在突然推辭，大哥會以為我們要大牌！」婉清被婆婆這招弄得騎虎難下，上次惡整婆婆一回，讓承軒三人單獨出遊，如果故技重施的話，怕婆媳關係弄得更僵也不妥！婉清這回只好妥協讓步。

上飛機那天，公婆一早就使喚婉清做東做西，她像小祕書服侍老闆，清空後車廂，張羅行李上車。她打從出門就開始後悔了：「真像員工旅遊，和老闆出去玩怎麼會輕鬆呢？」

到達溫哥華後，婉清發現三姊家比蒙特婁的家還冷，因為節儉成性的三姊都不開暖氣。秋季時節，溫哥華的濕氣比蒙特婁還重，室內若不開點暖氣，還真有些寒意。婆婆卻說：「如婷到現在都單身，沒有老公幫她分擔生活費，她當然得節儉點，我們被子多蓋幾條就是了。」唉！婉清無語了！

在週一到週五三姊的上班日，婉清一夥人就自理，多半是搭sky train（高架列車）到metro town（都會驛商場）逛街，消磨長日。週末時，三姊大部分的時間都在睡覺，承軒夫婦見三姊如此勞累疲困，便不敢太打擾，通常都無聊地待在家中上網和看港劇。公婆為了省錢，每日都在家用晚餐，三姊不諳廚藝，公婆又是婉清的長輩，婉清最終逃不過廚娘的命運。

巧婦難為無米炊，三姊幾乎不上街買菜，婉清常常得在冰箱內東翻西找，才能勉強烹調出一桌菜餚。這一日，婉清見三姊冰箱內空空如也，只好把昨日晚餐的湯熱一熱再上桌，搭配中午的稀飯和醬菜。

婆婆見這湯和昨日的相同，劈頭就對婉清興師問罪：「妳拿這是什麼湯給我喝？」

「昨天剩的湯啊，大家都這樣喝啊！」婉清心裡莫名其妙：「妳女兒都不買菜，那妳要我怎麼辦？」

婆婆大聲嗆婉清：「我是妳婆婆耶！妳拿隔夜的湯給我喝？妳最好給我注意一點！」

婆婆吼叫音量之大、場面之震撼，讓一旁的如婷身子不由得瑟縮起來，她一臉尷尬，眼神移至窗外盡量不與婉清四目相望。以往婉清都默默忍耐婆婆不合理的要求，今日她想到連出門旅遊到三姊家都是她做飯，倍感委屈淒涼與心酸，她不知哪來的勇氣，只想豁出去了！

那現在要怎樣？賜我白綾三尺，還是鶴頂紅一壺？

賜我白綾三尺，我就拿去幫婆婆纏小腳！

賜我鶴頂紅一壺，我就拿去幫婆婆澆花！

如婷見氣氛僵硬，結巴生澀地說：「我先上樓去了！」見爸媽未阻攔，她逃難似地奔向二樓，獨留承軒和婉清在原地力撐場面。

公公來不及阻止家庭慘劇發生，只能盡量收拾善後，他對承軒擺擺手說：「好了！沒事了！你們先上去休息吧！」婉清面容冰封僵硬，不應話也不答聲，她頭也不回地往二樓衝，承軒趕緊尾隨老婆身後上樓。

回到房內，婉清呆坐床邊，一動也不動，推測婆婆是因為上次婉清讓她單獨坐郵輪出遊而故意報仇，果然婆婆不是好惹的！她的回憶像翻騰的浪花洶湧地打上來，婆媳同住的委曲求全和被大姑欺負的忍氣吞聲，皆歷歷在目，淚水潰堤似地一路往下游洩洪。

承軒不知所措地坐在太太身旁，時而拍拍太太的肩膀，時而將太太摟近一些，希望給太太一些安慰。婉清被這一摟一股氣上心頭：「你們家的人憑什麼欺負我？我是你太太耶！不是奴隸！你有幫著我嗎？」

「那妳要我過去和她吵嗎？我可以去和她吵架啊！」承軒被激得語無倫次起來。

「吵又有什麼用！剛剛你就該幫我說話，你卻一句話也說不出來！」婉清激動地發抖，眼裡紛亂的怒火焚燒不停。

突然門外響起敲門聲，承軒像要掌控場面似地上前應門，婉清隱約聽到是公公的聲音。承軒和公公窸窸窣窣一陣，承軒就回頭喚婉清：「爸叫我們下去一下。」

婉清只得強裝平靜地跟著下樓。公公領他們到婆婆房內，婉清老大不甘願地站在房門外，不情願踏進去一步。承軒像保護老婆似地擋在老婆身前，想聽聽媽有何話要說。

三姊如婷陪坐在婆婆身旁，婆婆眼眶泛紅，鼻頭紅腫，想是剛剛哭過，她抽抽噎噎地泣訴：「婉清，剛剛的行為我已經原諒妳了！」婉清呆若木雞，絲毫不想與她起舞。

「這件事情我和如婷說過，一個字，不！半個字都不可以透露給其他兄弟姊妹知道！」公公義正詞嚴地說著，彷彿他是正義的一方，卻還寬宏大量地極力維護犯錯的媳婦……

「這件事情，爸媽顧及妳的顏面，我們會為妳保守這個祕密的！」公公流暢地說著預先設計好的台詞。

「畢竟這件事情傳出去對妳的名聲也不好！」婉清真的真的真的氣炸了！什麼我的名聲？是你們的錯耶！你們怕自己的惡行事蹟敗露，公然在你女兒面前搬弄是非！這豈不是像女生被強暴了，強暴犯還安慰女生：「這件事情我會為妳保守祕密的！」什麼跟什麼啊！你們是加害者，我是受害者，請不要主客易位！

婆婆確定場面在她掌控之下後，安心地展現慈藹模樣：「沒事了！大家都早點休息！」把婉清夫婦請出去後，在關上房門瞬間，婆婆臉上即刻露出得逞的奸笑。

婉清一回到房內，上氣不接下氣地對承軒大吼：「你都看到了！他們是怎麼對待我的！你怎麼就是什麼話都說不出來！你這個沒用的傢伙！我怎麼會嫁給你這種人！」婉清的大吼後來轉為啜泣，她憤恨不平地想著：為什麼壞人總是囂張跋扈，好人總是受盡欺凌？

這股憤怒漸漸轉為埋怨，她覺得有人得為這個局面付最大的責任，那就是夏—承—軒！這整齣悲劇的開端不就是承軒要求婉清和他爸媽同住嗎？說什麼他要盡孝，他父母年邁，沒人照顧，所以婆媳才住在一塊兒。婚後的生活卻是承軒天天埋首於工作之中，連帶老婆去多倫多旅遊都帶著媽媽，這算哪門子的夫妻出遊？

到底是誰在盡孝？不都是這委屈的媳婦嗎？連大姊都不管那兩老打預防針、看病的事情，好像公婆才是婉清的親生爸媽，她想到此處，只覺得世界腦殘了！

她把這股腦兒的不爽與不滿都往承軒身上重重甩去，她要讓承軒知道！她要讓他明白！如果女人是善變的動物，男人就是偽善的動物。

憑什麼都是女人受苦？婆媳同住是因為丈夫的關係，可不是因為媳婦和婆婆是好朋友，才決定住在一起當roommate（室友）。婆媳同住一屋簷下紛爭不斷，為什麼承軒都不會被波及？為什麼他都是最無辜的？他才不是最無辜的，他是最可惡的！他是最偽善的！

婉清顫抖的手指在手機上忙亂地撥號，她泣不成聲、哽咽連連地對遠在台灣的母親詳述這衝突的發生經過。母親聽完這件事後，怒不可遏地狂罵：「妳婆婆知道她兒妳不對，怕妳把話傳出去，卻反過來拗說妳不對，讓妳害怕！」

「現在我要怎麼辦?他們這麼糟糕!我不想待這個家了!」

「他們真的很過分!下次妳公公威脅妳，說什麼怕妳名聲不好，妳就直接說：『我敢做敢當!』」

「公婆又想誆我!年紀大我至少五十歲的老人做出這樣的事情，我要如何打心底尊重他們?」

「妳放心，這件事情媽會替妳處理!」

「妳打算怎麼處理?」

「過幾天是承軒生日，到時候妳就知道了!」

和母親掛上電話後，婉清逕自關在客房內休息，整夜裡哭一會兒、睡一會兒地捱到天明。隔天一早，當婉清坐在落地窗前，哀歎自身這般悲慘灰暗的命運時，接到母親的來電。

「婉清，事情我打點好了!後天是承軒的生日，宣孅阿姨會幫我送個生日蛋糕到妳家，慶賀承軒的生日。」

婉清聽到這風馬牛不相干的事情，忍不住提醒媽媽：「妳這樣做怎麼算修理我婆婆?他們全家欺負我一個，妳幹嘛還要送蛋糕給承軒?」這個攻勢太孱弱、太無力、太雲淡風輕!

「承軒最沒用，一點忙都沒幫到我!我都不想和他講話了，還幫他過什麼生日啊?」婉清拿話筒的手不斷顫抖著，眼前視線因淚水而逐漸模糊起來。

「妳這麼衝動，怎麼處理事情?遇到事情，就只敢躲起來哭，妳怎麼不敢對妳婆婆兇呢?」婉清恨自己沒用，眼下只好先專心聽母親說話。

「媽媽處理事情自有一套！」現在也只有聽媽媽的吩咐了！生平第一次被婆婆當眾辱罵，都急得沒半點主意，這種羞辱的難堪畢生難忘啊！老天爺為何讓我遇到這等倒楣事？就算我不是滿分媳婦，至少我曾盡力為之，難道不能看在我一心向善的念頭上給我一條活路？

我不甘心！我不服！為什麼別人都能遇到好婆婆，我卻不行呢？這是我的業障嗎？

婉清掛上電話後，起身盥洗梳妝以掩蓋過度哭泣而紅腫的雙眼。當她從樓梯下來時，就聽到承軒一家有說有笑地在廚房內共進早餐。

如婷是第一個和她打招呼的人：「妳起來啦！」

婉清一踏入廚房，便用眼神收集軍情，每人手上拿著一塊三明治，圓桌中央的白盤子盤底朝天，空空如也。

婆婆兩個眼珠子咕嚕一轉，虛情假意地解釋：「我們以為妳會到中午才起床，所以三明治沒多做。不過妳要吃的話，冰箱都還有火腿和蛋，馬上一弄就好了。」沒人起身，婆婆依舊黏在座位上不動，婉清立刻明白大家的暗示。她不卑不亢地說：「沒關係，我不餓，我晚點再吃就好了。」說完迅速地躲進側邊的浴室裡。

她一屁股氣呼呼地坐在馬桶蓋上，喉頭發緊哽咽，卻倔強地壓抑想哭的衝動。她強忍淚水，雙手交叉在胸前罵著：「這就是他們沒把我當一家人的明證。」

這就是小媳婦的委屈。

並非小媳婦每每與婆婆交手都會被婆婆飽以老拳或以機關槍掃射，雖然沒有外傷，但內心的屈辱、不爽快、被欺負的感受卻會像心靈創傷般，永恆地留在靈魂深處裡。

婉清像要證明自己有骨氣，不稀罕什麼三明治，她衣著整齊、飢腸轆轆地躺進浴缸內，盯著冰冷剛硬的浴磚放空，手指百無聊賴地撩撥著浴缸旁的浴簾。

廚房內的說笑聲依舊強勢地迴盪在浴室內。

# 第十六章 武林十大利器之首

承軒生日當天，婆婆邀請如婷的同事與朋友一道來家中慶生。婉清愈來愈討厭過生日，尤其是幫別人過生日！在夏家只要別人過生日，她都得下廚張羅，而她生日時往往都沒人記得。

婉清安坐在一張藍色小凳上，手捧沙拉大碗忙拌沙拉醬，她從廚房門口看到三姑正在測試那台卡拉OK伴唱機的音量，一副天真無邪的模樣。婆婆像精通讀心術，一眼就看穿婉清的心事，她白了婉清一眼，又像警告又像自言自語地說：「如婷單身，一個人開伙的分量不好抓，所以她自然廚藝不精。」婉清心如明鏡，紮紮實實地參透婆婆話裡的深意。

當她嫁進夏家的第一天，婆婆就說：「女孩子家本來就該會一點家事，不然以後結婚怎麼辦？」她不甘心地嚥下這口氣，內心沉重反批：「那她女兒怎麼什麼都不會？她都不擔心未來的女婿沒飯吃嗎？」

看到婆婆如此偏袒自己女兒，婉清卻又想起另一件傷心往事。那時候她新婚，妹妹靜姝曾來蒙特婁住上三禮拜，探望姊姊。當時婆婆不斷支使靜姝做家事，婉清很不捨，才正想出言制止，婆婆居然先下手為強：「靜姝啊！妳來我們家可來對了！妳現在幫姊姊做家事，就是很好的觀摩，以後妳婆婆才會覺得妳是個好媳婦，而且妹妹幫姊姊做家事，天經地義。」

婉清氣得不齒地說：「是啊！妹妹幫姊姊應該的，但不用幫姊姊的婆婆做事吧！」婆婆當場狠狠白了婉清一眼。

當晚，靜姝勸姊姊說話不要衝動，婉清一路把在婆家受的苦水都倒個一乾二淨，姊妹倆在床上哭得一把鼻涕、一把眼淚。兩天後，靜姝把機票改日子，提早離開承軒家。

婉清在蒙特婁得忍受大姑鯨吞蠶食般的占便宜，到了溫哥華得替三姑分擔家務，就連大嫂回婆家慶生，生日蛋糕都是婉清做的。

那年夏季，大哥一家回蒙特婁，卻都住在米蘭達娘家，鮮少到婆家走動。婆婆對外一致宣稱：「我不會獨占兒子，兒子想多陪老婆也應該，況且他們還有孩子要照顧……」這麼寬大為懷的話一點都不像婆婆會說的話！更神奇的是，米蘭達好像有順風耳，能從千里之外聽到婆婆的話，當真連著一個多月都沒來探訪公婆呢！

而大哥只待蒙特婁一週後就回加州上班，留下大嫂和一對孩子住在大嫂娘家，那陣子「米蘭達」變成家中的禁忌話題。

婉清有時很想探聽米蘭達那方的動靜，例如什麼時候回來看公婆，但每次婆婆都巧妙地轉移話題，並對婉清曉以大義：「我這個人很開明，不像有些婆婆都偏袒兒子，我很疼媳婦的！米蘭達想多陪她媽媽，我覺得是人之常情……」婆婆從不主動與他們聯絡或提及他們的動態，米蘭達和孩子們也算銷聲匿跡。

直到某個週五下午，婉清法文課放學回到家，遠遠地便瞧見大嫂揹著兒子John站在家門前的草地上來回踱步。人行道上有幾個以彩色粉筆塗鴉出的方格子，大嫂的女兒Lily正在玩跳房子。婉清很納悶：他們為何不進家門呢？

米蘭達表情不自然地解釋，因為屋內太熱，所以帶孩子到外面透透氣。婉清只得以傻笑回應，心想：「今天氣溫只有攝氏二十度，會很熱嗎？妳住的加州不是更熱嗎？」

婉清一打開大門，人還在樓梯底脫鞋，二樓就揚來大姑如倩的聲音：「米蘭達生了兩個孩子後，愈來愈胖，都沒有回復成之前的身材。」

「她們韓國人都是這樣，月子隨便做。那時候我想幫她做月子，她還說什麼韓國人和台灣人的作法不一樣，她媽媽會幫她做！我看她媽也沒幫她做多好吧！」

如倩唯恐天下不亂地問：「她那兩個小孩怎麼養得那麼瘦？」

婆婆對如倩沆瀣一氣地抱怨：「妳哥說，那是外國人帶孩子的方法，比台灣好多囉！」

潛伏在樓梯底下的婉清盡量不打草驚蛇地監聽著，她心寒著：「米蘭達人就在家門外，妳們倆就一唱一和地批評得無法無天！」

婉清步上客廳內，婆婆安坐在沙發上，猶如一尊不動明王，大姑如倩陪坐在沙發邊上看電視。婆婆抬頭叫住婉清：「大嫂今天在我們家吃飯，妳等下幫她煮個麻婆豆腐。」婉清很不甘願，心底偷偷抱怨著：「到底把我當什麼了？」她躲進房內上網，佯裝忘記這回事。婆婆怎肯輕易罷休？她居然衝到婉清房內，對婉清重下聖旨：「妳大嫂想吃麻婆豆腐，妳現在就煮給她吃吧！」

「一定要吃嗎？」婉清木然地凝視婆婆。

「一定要……」婆婆威武不能屈的氣勢雖唬不住婉清，可是婉清不想和婆婆起正面衝突，因為她比誰都清楚，婆婆的那張嘴……「很毒」，絕對會事後在公公或承軒其他兄姊面前毫不內疚地搬弄是非。

婆媳對望三秒鐘，再對峙下去就是和婆婆槓上，場面會變得一發不可收拾。眼下承軒還沒下班，家中沒人能聲援婉清，還是少惹這老太婆為妙。於是婉清忍氣吞聲地下廚做羹湯，婆婆見她熟練地煮完麻婆豆腐後，又欲罷不能地指揮她做出其他菜餚。

謝天謝地，當婉清好不容易把飯菜都做完後，婆婆又說：「現在才下午四點多，翠涵阿姨剛剛在公車站遇到我，知道我今天要幫米蘭達慶生，叫妳現在去她家，她要教妳做生日蛋糕，送給妳大嫂。」

婉清心中怒罵狂吼：「什麼！原來妳叫我做牛做馬，就是因為妳要幫米蘭達慶生，太扯了吧！米蘭達對妳這麼不聞不問，妳幫她過生日！我呢？妳哪次幫我過生日了？」

婆婆見媳婦不肯就範，持續挑釁地盯著婉清，如果婉清手邊有把刀，當下肯定大開殺戒了！

但理智把她拉回現實：「不去的話，阿姨可能懷疑我擺架子。不過翠涵阿姨和米蘭達不熟，怎麼會提出什麼做蛋糕的點子，到底葫蘆裡賣著什麼藥呢？反正問婆婆，絕對問不出什麼真話！我還是先去她家避避風頭，見到她本人再問明事情原委。」

婉清家距離翠涵阿姨家不過兩三條街遠，婉清到達後便佯裝吃醋地撒嬌著：「翠涵阿姨，妳幹嘛說要幫米蘭達做生日蛋糕，還叫我來做，幹嘛對米蘭達這麼好？」

「阿姨這是在幫妳，幫妳做個大人情，人家以後都會記得妳。」

「怎麼說？」

「所以我就說，人生這堂課妳還有很多要學呢！大嫂難得回來一趟，如果妳一點表示都沒有，別人會笑妳禮數不夠，還會說妳做人的火候不夠！妳做了這個蛋糕，以後妳婆婆和米蘭達鬧不和或有不愉快，都不干妳什麼事。如果有是非扯到妳身上，妳還可以撇清，說妳很歡迎大嫂回家，還特地為大嫂做生日蛋糕，誰敢說妳什麼閒話！懂吧？」

婉清這才明白她誤會阿姨的本意了，原來阿姨用心良苦地要幫她解圍，她感激地柔聲回話：「聽妳這樣一說，我就懂了！呵呵。」剛剛一見到阿姨，脫口而出的話語就帶點興師問罪的味道，真夠魯莽！

她口氣漸漸放軟：「妳有所不知，我婆婆和米蘭達關係超差，米蘭達回來看她沒超過三次。我婆婆都在睜眼說瞎話，每次都當眾說大嫂對她多好、和她手牽手逛街，全是假話。我大嫂回家都沒和我婆婆聊天，根本語言不通也無意溝通，心意根本不相通，我婆婆真是昧著良心說話……」

「妳說的這些阿姨都懂，我也是過來人，誰沒當過人家的媳婦呢？婆媳之間，唉！總是這樣的，自古婆媳皆不合，妳沒聽過這句話嗎？」

「我知道，可是妳不了解我婆婆多強勢和囉嗦，我都快被她煩死了！」

「孩子，妳這麼年輕，得往好處想。今天妳沒結婚的話，不也要上班？在職場上被鬥爭，受的氣可能更多。妳就把妳婆婆當主管在服侍，懂嗎？這樣妳就不會那麼痛苦了。如果她真的愛嘮叨，妳就說妳要去圖書館讀法文，她總不可能還追出門繼續念吧？不然妳就關起房門不理她，說妳要睡覺！懂嗎？」

「還有，妳這些抱怨婆婆的話，有對妳老公說嗎？」

「當然有！我要讓他知道他媽媽有多難相處啊！」婉清激昂難當地宣告著。

「傻孩子，他比妳還了解他媽！有哪個孩子不清楚自己母親的個性？」翠涵阿姨覺得這個婉清未免太過天真！

她怕婉清搞不清楚狀況，繼續對她分析：「下次這些話妳可以對阿姨或妳媽媽說，但不要再對妳老公說了，知道嗎？」氣氛瞬間變得肅穆凝重，婉清感染這股氣氛，也慎重其事地認真聽著。

阿姨扭開水龍頭，邊沖刷碗碟，邊說：「見人只能說三分話，這就是人生！只有對自己的孩子可以無話不談，對朋友也不可以什麼都說的！對朋友把話說得太白，萬一關係破了就是破了，可能永遠都修復不了。對丈夫也是這樣，如果關於妳自己私密的事情，假設不講也無傷大雅，那麼不對丈夫說也無所謂，懂嗎？這就是夫妻的相處之道！」婉清聽得一愣一愣的，隱約有點明白，有些地方卻還無法徹底參透。在蒙特婁這異鄉，她只有阿姨能信任，阿姨說的話對她只有益處，沒有壞處。她生硬地點點頭，表示聽進阿姨的話了。

阿姨正拿著毛巾擦拭手上的水珠，她幽幽感歎：「阿姨當初從台灣嫁去香港，受的氣不比妳少！每一次我請朋友來家裡作客，我香港婆婆都故意當大家的面說：『台灣女人來香港都是來撈的！』這種話阿姨都忍下來了！妳婆婆只是在妳面前『讚歎』別人幾句，妳當她在唱歌，根本不要聽進去，不就得了？」

「要是大嫂真好，我婆婆稱讚她，我無話可說。偏偏她從沒有盡過當大嫂和媳婦的責任，都是我這小媳婦做事，她這長媳為這個家貢獻過什麼？我還接送公婆看病、買菜這類打雜的事，還附帶被婆婆和大姑欺壓，有天理嗎？」

「住在一起總有嫌隙！」翠涵阿姨正掀開電鍋的鍋蓋，查看茶葉蛋蒸煮的情形。她以筷子順勢夾起一顆滿覆裂縫的茶葉蛋，詼諧幽默兼而有之地說：「妳看，蛋殼得有縫隙……才會愈煮愈有味道！懂吧？」她噗哧地笑出聲來，被阿姨這雙關語逗得開懷大笑。她在笑聲中，珍重地將阿姨的關心與心裡話全數收入腦海深處。

婉清但願蛋糕明天才做好，這樣她就不用回去見那群人，不用吃什麼勾心鬥角的晚飯，還能在阿姨家過夜敘敘舊呢！

當婉清小心翼翼地將起司蛋糕成品安放在廚房的小桌上時，大嫂悠閒地坐在客廳陪孩子看電視。大姑如倩和婆婆在廚房內做著「油蔥雞」這道菜，如倩拔尖的聲音傳入婉清耳裡：「這道油蔥雞是我公公教我的，關鍵就是油蔥得炸得好吃，味道才會被提出來。」

婉清馬上領悟：「看來這道油蔥雞是她的拿手好菜，等下就盡量不要對這道菜餚發表評論，免生事端。」

當晚的飯局上，婆婆像變色龍，立即偽裝出好婆婆形象，對大家說：「這桌菜很多都是婉清煮的喔！」婉清內心無奈，表情僵硬。婆婆的演技卓越，小媳婦實在難以望其項背。

大姊夫巡視著滿桌的菜，突然對婉清說：「怎麼沒有辣椒醬？」

她慌張反問：「是哪幾道菜需要沾辣椒醬嗎？」

大姊夫教訓婉清：「難道妳不知道米蘭達喜歡吃辣嗎？」婉清頓時醒悟，上回公公生日，大姊夫藉故向我敬酒，實則向婆婆拍馬屁，這次又來這招，想踩低我藉機討好米蘭達嗎？哼！好個陰險小人！

婉清擺臭臉說：「不知道，我和她不熟，不知道她愛吃辣！倒是大姊夫妳認識米蘭達還比較久，你怎麼不提前準備呢？」然後婉清連珠炮似地罵下去：「法律規定只有我谷婉清可以買辣椒醬，你不能買嗎？今天就是沒準備辣椒醬，不然這頓飯不打算吃了嗎？」

大姊夫沒料到婉清這方火力強大，有備而來，攻擊力不可同日而語啊！大姊夫當場啞口無言，只敢惡狠狠地瞪著婉清。婆婆見狀又當起假好人，殷勤地舀了一口麻婆豆腐到米蘭達碗內，熱絡地說：「唉呦，沒辣椒醬，但有婉清煮的麻婆豆腐，你看，米蘭達也愛吃！」聽不懂中文的米蘭達望望婉清，再看看大姊夫，滿臉霧水，搞不清楚大家在生什麼氣，只好做做樣子，先用西班牙文向婆婆道謝。

婉清對大姊夫的憤怒更上一層樓，胸口的怒火足以燎原，心中忍不住大罵：「我與婆婆和大嫂之間的恩怨情仇，你憑什麼管！你一個大我十幾歲的男人家都能當我長輩了！還想打壓我，水準能好到哪去？」

其他人也被婉清激烈的反應嚇到，她在這個家一向是乖巧的小可憐，大姊想罵就罵，大姊夫想整就整，連婆婆都是首次看她當眾發火，於是機警謹慎的婆婆開始收斂起氣燄。承軒當然知道太太這一路走來的心路歷程，他雖然沒幫腔，但早想好若大姊夫再回罵太太，他要為太太說些什麼話。

在這戰爭一觸即發的關頭，演技出神入化的婆婆不疾不徐地舉杯對一眾晚輩說：「我敬大家！」她先假意說些祝福眾人的話，然後話鋒一轉：「大家都很敬重我，稱讚我做人公平公正，甚至有年輕志工搶著認我當乾媽呢！」最絕的是又叫婉清敬大家、說幾句感謝的話，婉清內心無敵火大：「我到底要感謝你們什麼？你們的爸媽、公婆都是我在照顧，我陪他們住，應該你們感謝我吧！」但婉清還是就範了，畢竟在婆婆的淫威下，後生晚輩在飯局上為求自保，可都是「八仙過海，各顯神通」呢！

當起司蛋糕端上桌後，大嫂的女兒Lily垂涎三尺，又跳又叫地對媽媽撒嬌說她最愛起司蛋糕。見這蛋糕悄悄地收服人心，婉清緊蹙的雙眉稍稍放鬆，看來自己多慮了，翠涵阿姨可是蒙特婁出名的蛋糕達人，她教自己做的蛋糕絕對包君滿意。

眾人分食蛋糕後，坐在大姊夫身旁的大姊突然問婉清：「這蛋糕是妳做的嗎？」

「嗯，翠涵阿姨在一旁指導我怎麼做，每個步驟都讓我親自動手嘗試。」

大姊露出得意神色：「難怪！這蛋糕吃起來就比較粗糙，翠涵阿姨的蛋糕應該不只這樣的程度而已！」婉清臉一沉，大姊的嘴裡肯定找不到象牙！為什麼這麼無禮的人都不會踢到鐵板呢？真該有人好好教訓她才是！

大姊轉頭問米蘭達此行還要在蒙特婁待多久，然後她像發現新大陸似地對大夥嚷著：「唉呀！米蘭達明天就回加州了！怎麼這麼快？她怎麼明天要回去，今天才來吃飯？上個月都不來呢？」婉清感動得都快哭了！這類關鍵問題多虧白目的「破冰使者」替大家提問啊！感恩大姊再次在婆婆傷口上灑鹽，再拿刀戳一戳，讓婆婆痛死吧！

只有米蘭達不懂大姊在講什麼，其他人或感激大姊給米蘭達一個大難堪，或氣怒大姊不給婆婆台階下，各式各樣的心思都清楚地寫在每個人臉上。

一幫人在婆婆面前都裝出孝順的模樣！既然住在隔壁巷子的大姊夫這麼孝順，為何不搬回來和丈母娘同住呢？米蘭達既然如此孝順，難得回蒙特婁也不見她常回來看公婆，全都是嘴巴上說說而已吧！根本沒人受得了婆婆！

承軒的生日會在如婷家開席後，婆婆除了例行的敬酒外，還忙著幫婉清夾菜，照例又裝出好婆婆的慈藹狀。婉清不想當她營造家庭和諧氣氛的道具，秉持一派冷淡風。這次她再也不想在意如婷那些同事和朋友怎麼揣想她和婆婆的關係，被人誤以為是惡媳婦也無所謂了！在婆婆這等陰險小人面前，婉清問心無愧，正氣凜然。

正當眾人酒酣耳熱，門鈴突然響起。如婷前去應門，迎回來一個大生日蛋糕，宣孅阿姨尾隨在後。

「唉呦，宣孅，妳怎麼來了？」宣孅阿姨沒有正面回應婆婆的問句，反而對承軒說：「你好福氣喔！你的生日丈母娘都記得一清二楚，喏，你看，這個蛋糕就是你丈母娘特地打越洋電話交代我，要祝你生日快樂。」宣孅阿姨說完有意地對婉清窩心一笑，婉清感到溫馨踏實，好似重新在加拿大落地生根。

婆婆立馬態度一百八十度轉變，不置可否地虛應故事：「先放旁邊吧，我們菜都還沒吃完呢！」婉清見婆婆這冷傲的態度，心裡替母親很不值，更氣承軒一點熱情的回應都沒有。

承軒生愣地對宣孅阿姨說：「謝謝阿姨特地跑一趟，一起坐下來吃飯吧！」

「不用了，我丈夫還在車上等我，我得走了！」宣孅阿姨臨走前，殷切地顧盼婉清：「婉清，阿姨家就在附近，有什麼需要就和阿姨說，明天晚上來阿姨家吃飯喔！」

「好，我一定去。」婉清對宣孅阿姨的熱情回應有部分是想給婆婆一點顏色瞧瞧。

十多個人邊唱歌邊吃飯，時間飛快就過了。婆婆和婉清在收拾滿桌狼藉時，如婷孩子氣地高叫：「大家快來切蛋糕囉！」

蛋糕上已點好一整圈五顏六色的蠟燭，上有糖霜字樣寫著：「生日快樂，丈母娘賀。」

如婷的朋友一道起鬨：「唉呦，承軒，你丈母娘遠在台灣都這麼有心，像我丈人在美國，哪會大費周章地送蛋糕給我慶生！」承軒不好意思地搔搔頭。

婉清此時的心緒早就飄到別處去，她格外留意婆婆看到蛋糕字樣後的反應。

「妳婆婆看到蛋糕有什麼反應？」母親在話筒上催問。

婉清邊回想當晚的情景邊吐露：「她警覺地盯著蛋糕上的賀詞，沒有多說話，表情不大自然！」

婉清試圖在腦海中的資料畫面裡，調閱出當天婆婆臉部表情的特寫，然後把那表情不斷zoom in之後，恍然大悟：「那個表情好像……好像……好像被人暗算了！」

「那就對了！我就是要警惕妳婆婆，就算妳人遠在加拿大，我的眼線都在那，真有什麼事情發生在妳身上，我隨時可以找人過去『處理』，宣嬸阿姨的那番話也是要妳婆婆罩子放亮一點！以後少動妳！」

婉清當下恍然大悟：「原來『生日蛋糕』乃武林十大利器之首！」

姊姊想讓親妹妹難看，在吃生日蛋糕時，當眾點醒妹婿沒送玫瑰花。

女婿想挫挫丈母娘的銳氣，在生日蛋糕上寫個「親愛的老婆，生日快樂！」即可。

小媳婦想對大嫂和婆婆的恩怨置身事外，親手做個生日蛋糕獻給大嫂，明哲保身。

親家想對親家回報一點顏色瞧瞧，藉女婿生日會送上個生日蛋糕，聊表心意。

以柔克剛啊！誰說暗器非得刀聲霍霍、劍影幢幢？好吃又好看的生日蛋糕當真是「暗器之王」啊！原來，媽媽亦是大內高手！

但是涉世未深的婉清依舊有點遲疑擔心：「可是有用嗎？我婆婆會甩我們嗎？」

母親心頭苦笑：「女兒啊女兒，妳也太不懂人情世故，連仗都打完了，還蒙在鼓裡？」

她啼笑皆非，再次點醒婉清：「有用！她表情會不自然，就表示已經收下這警告的訊息了。」

婉清萬分慶幸還有個能幹的媽媽為自己撐腰，但她仍舊氣不過：「真是活該！婆婆要是收斂點，別做得這麼難看，哪會需要媽媽煞費苦心，敬酒不吃，吃罰酒！當別人的女兒好欺負，今天要是大姑如倩被她婆婆欺負，承軒的媽肯定殺過去開罵了！」

婉清拳緊的右手重重地捶了桌面一記，在話筒一端悲從中來哽咽著：「我婆婆就是欺負我隻身在加拿大、娘家在台灣，吃定我無依無靠！」

「好了好了，別哭了，事情算圓滿落幕。媽媽替妳出了一口氣，以後凡事自己小心就是了，知道嗎？」

經歷此番種種磨難後，婉清對婆婆的提防心更重，原來婚姻最難的不是維持夫妻感情的和諧，而是搞定周遭這些討厭鬼！

# 第十七章　婆媳間的微笑

從溫哥華機場準備搭機到美國加州時，一段荒謬的小插曲正上演著。

婆婆拉著婉清又罵又訴苦：「妳看妳看！妳爸爸拿五年前的入境表格給海關，被海關盤問：『你怎麼會有這樣的表格，現在表格都改版了，沒人再用舊款的。』」她睨眼瞧著公公，一副公公把柄落在她手上的得意勁，意猶未盡地說下去：「妳這爸爸就只會給大家惹麻煩！」的確因為那張表格，婉清一行人被盤問一陣。婉清真的感到極度厭煩，不論去哪，公婆凡事都持續騷擾媳婦而不去叨擾在場的親生兒女。

承軒一行人總算風塵僕僕抵達加州，他們的計程車在半山腰的一棟house〈獨棟別墅〉前停下，承軒和婉清七手八腳地把行李搬運到大哥家。進門後，大哥正在客廳內看球賽。婆婆故意在婉清夫婦面前裝作和兩個孫子感情甚篤的模樣，正當她演得起勁時，她赫然發現玩具收納盒裡有一條金鍊子和兩隻金鎖片，她對大媳婦失魂大叫：「Gold! Gold!」

大嫂聽不懂她要解釋什麼，故而望向婉清和承軒求救，承軒向米蘭達解釋：「This is the real gold! You might want to put it in your room, instead of putting it in the toy box.」（英譯：這是真的黃金！妳應該要把它放到房間去，而不是放在玩具盒裡。）

「I don't know about that! I thought that is fake. You know, some kind of toy!」（英譯：我不知道啊！我以為是假的。你知道吧，就是某種玩具罷了！）

婆婆拉著婉清澄清兼訴苦：「妳看妳看！妳二阿姨送給John的彌月禮物，純金打造的金項鍊和金鎖片，她居然把這麼有價值的東西隨便扔在玩具箱裡，這麼不識貨！」

婉清真的厭煩了，每次婆婆和家中任何成員鬧彆扭、起口角、搞不合，都要婉清評評理，可是婉清被婆婆或其他夏家人欺壓時，誰會站在她這邊呢？她不覺得有義務替婆婆出頭。

兩個孫子對婆婆很生疏，沒人叫她一聲「阿嬤」，語言不通的關係嗎？「阿嬤」這生詞的發音對母語為英文的外國人來說，不算難發音吧？不是一堆外國人都會講幾句帶有口音的「你好」、「謝謝」嗎？韓國偶像團體《少女時代》來台灣宣傳專輯，常入境隨俗地以中文打招呼，米蘭達不就是韓國人嗎？

米蘭達已沉默半晌，半句話都沒對婆婆說。滿室都是台灣人，應該少數服從多數啊！為何韓國大嫂不講台灣話或中文呢？她丈夫是台灣人，學幾句中文，如「你好」或「大家好」，有這麼難嗎？婆婆不是都和米蘭達以西班牙文溝通嗎？怎麼不見她們相談甚歡？

婆婆假惺惺的笑靨、米蘭達冷淡的眼神、公公防衛的姿態、大哥疏離的招呼、承軒漠然的隔閡、婉清戒慎的舉止共同交織出加州第一晚詭魅的風景。

那個波折的夜晚，婉清在床上翻來覆去，心緒不寧。

婆婆真的很喜歡米蘭達嗎？

聽說大嫂和婆婆家緣分頗深，娘家先從韓國移民到巴拿馬，做了幾年生意後，就移民加拿大，大嫂和大哥的緣分從大學時代開始。

可是婆婆居然拿著那種照片給我看，對大嫂太不尊重了吧！

那年夏季，為了迎接大哥一家到來，婉清連著兩星期成天打掃。就在他們搭機即將到達蒙特婁的那天清晨，她全身痠痛地賴在床上，想多睡會兒懶覺。窗外和煦的陽光從四樓大片落地窗灑進，婉清貼著窗邊望著這片綠草如茵的暖和景致，經過一夜的霧氣滋潤，綠草上的露珠晶瑩剔透，她淘氣地以手指在玻璃上畫圖。

她梳洗一番後，下樓準備午飯，卻從婆婆半掩的房門縫，瞥見婆婆正坐在赭紅色櫻桃木的地板上整理滿地的照片，大大小小約二十來本的傳統鑲金邊大相簿與一些黑色皮革的相本，如同癱倒的骨牌，緊挨相連。角落一隅是一大落未裝框的照片，婆婆低頭找照片找得出神，婉清輕悄悄地下樓，以免驚擾婆婆。婆婆無意識抬頭見到她，向她招招手，示意她進房。

婆婆拾掇起其中一張照片，像在炫耀又像自我催眠地說起那句老台詞：「妳大嫂最孝順了！雖然沒和我同住，但每次我去加州找他們，她都親暱地牽著我的手，帶我去逛街。」婉清事不關己地點點頭。大嫂就是相片中的韓國女人，有著剛硬線條的下巴、緊抿的薄唇，未施脂粉的臉上擺放著許多壓抑，而她，在壓抑著什麼樣的情緒呢？

婆婆淘寶似地往另一落照片翻找，抽出其中一張照片熱情地介紹：「妳看！我這兩個孫子很可愛！大家都說孫女像我，以後肯定很聰明！」婆婆興奮地說：「米蘭達還說，她小兒子像妳老公。」婉清不知該回什麼話。她望著地上那一落比累積一年份廣告傳單還多的照片，納悶著：「得累積多長時間，才能收集這麼多照片？」看婆婆把這些照片當成寶，她不想招惹是非，便未上前翻看這些照片，卻隱約羨慕起大嫂：「大嫂不和公婆同住，光寄孫子的照片給婆婆就能贏得公婆歡心，真好！」想得出神之際，婉清感慨自己在家中的地位還不如這些相片咧！

婉清見婆婆沒打算讓她離開，只好像個小ㄚ環隨侍在側。婆婆雙手捧起一張滿布積塵的相片，小心翼翼地把灰塵吹開，照片終於見天，居然是大哥和一個陌生女人的合照。

婆婆得意地說：「妳大哥年輕的時候很有女人緣，會打球，會讀書，連蒙特婁的大使都想把女兒嫁給他。」婆婆滿意地指著陌生女人說：「喏，這就是妳大哥以前的女友，很多人都說她很漂亮。」婆婆凝望照片，停下嘴裡的囈語，像陷入某種深思中，惋惜萬分地吐露：「後來妳大哥娶了米蘭達，我也沒意見，唉，孩子長大了，哪裡由得我們作主！」

事有蹊蹺！婆婆口口聲聲說喜歡米蘭達，卻保留大哥和前女友的合照，並且對我這個剛過門的媳婦說起這段往事，難道她不顧忌大嫂的感受嗎？喔，可能大嫂聽不懂中文，婆婆沒有忌諱？婉清將這些疑惑梗在喉頭，原本想對婆婆打破砂鍋問到底，瞬間發現她臉上無奈的表情，還是心軟忍下來。

氣氛詭譎，婉清不想節外生枝，自己在這個家處境堪憂啊！她藉故下樓弄早餐，離開這令人感傷的場景。婉清如釋重負地奔下樓，跑了幾步又轉頭回望婆婆一眼，滿鬢花白的婆婆若有所思地瞧著照片，像個被拋棄的孤單老人，思緒恍若墮入那不可回溯的遠古，一股同情在婉清心中緩緩升起。

吃過早飯後，婆婆接到一通國際電話後便足不出戶。婉清以為她病了，敲了她房門關切，婆婆否認生病，只輕描淡寫地說：「我只是有點累。晚上隨便煮一些東西給大哥他們就可以了！」婉清領了皇太后的懿旨，便火速退下。

坐在床沿邊的婆婆心事重重，滿肚子冤枉氣，忍不住向丈夫大吐苦水：「剛剛你兒子打來，說晚上去他丈母娘家吃飯，這陣子他和米蘭達一塊兒住他丈母娘那裡。」公公苦笑搖搖頭，正開口想講些話時，一瞥見妻子落寞的神情便靜默下來。

夏光任疼惜妻子，不想在她傷口上灑鹽，夫妻倆靜默靠坐，不時地對著天花板歎氣，他望著鏡中妻子若有所思的神情，左思右想後說：「這也不是第一次了！何必這麼介意？叫米蘭達帶孫子回來見妳就好啦！」

「小事情，別放在心上！」夏光任故作開朗狀。

「我怎麼說都是她婆婆，當初他們辦完婚禮的第二天就去住她娘家，從來沒有以媳婦的身分住過我們家，像樣嗎？」

「平時住加州，難得一年回來一次，米蘭達要回娘家，我沒法反對。」婆婆氣得轉身面向公公，半發牢騷半訴苦：「兒子始終是我們的兒子，他不住我們這兒，就住他老婆娘家，這是什麼意思？」

公公深深地哀歎一口氣，兩老低頭，互相安慰，婆婆的心情卻仍無法平靜。窗外一陣大風吹得米白色的歐風百葉窗擺盪不停，她的思緒亦盪啊盪，盪回到十幾年前那場驚天動地、無可挽回的家庭會議。

婆婆永遠無法忘記那年，大兒子承志說要和米蘭達結婚時，她的心是如何地糾結，如何地淌血。當天承志和父親在沙發兩頭靜默端坐，如倩挨在如婷一旁，如藍和媽媽相偎一塊兒，承軒則一人獨坐在長方形飯桌的短邊處。

媽媽雙眼紅腫、沮喪地叫嚷：「現在怎麼辦？就要娶米蘭達了！」如藍輕輕拍了拍她的肩膀柔聲安撫：「別哭了！別哭了！」

承軒無奈地盯著天花板，承志雙手交握，兩眼望著白色地毯發愣。父親雙手交叉胸前，閉目沉思，如藍看著如婷，如婷搖搖頭，欲言又止。

媽媽急於尋找援兵，大聲疾呼：「你們大家說說話啊！」眾人被催促得不安起來，有人扭扭身，有人改變坐姿，依舊無人說話。

大姊如倩首先發難：「承志，你當初和米蘭達剛開始交往，我和如藍都說過，我們不喜歡她。原本以為你們只是男女朋友談談戀愛，現在弄到要結婚的地步，你心知肚明，爸媽不會同意！」

承志長吁了口氣，將頭埋進雙掌間，低晃著頭，不接話。父親終於睜開雙眼，直視承志，懇求地說：「這件事情不能再考慮一下嗎？」承志持續沉默，低頭望著地板發呆。

如婷脆聲道：「你要娶的話，我是沒什麼意見，可是媽很失望傷心，你要怎麼辦？」

媽媽既像自言自語又像發表意見，她無奈地說：「沒事娶一個韓國人幹嘛？語言不通啊！」

承軒望著母親滿臉淚痕，再看看大哥承志固執的神情，好一會兒說不出話，然後傾盡全身力量擠出話語：「哥，一旦你娶了米蘭達，以後爸媽肯定是和我住，不會和你住。」

「你講得太誇張了！我還是會照顧爸爸媽媽，我有說要拋棄他們嗎？」

「你知道媽的個性好強，如果她的媳婦是韓國人，她怎麼和媳婦溝通？媽去住你和米蘭達那，就是一種寄人籬下的感覺，你還不懂嗎？」

二姊如藍見大家說不到什麼重點，開口滑出第一句話：「當初我都和你說過爸媽不會接受一個韓國媳婦，這些你都知道，你為什麼還要一意孤行？」

「不然就別娶，如果我一輩子沒再遇到更好的對象，可別怪我終身不娶喔！」承志語畢，心虛地對著客廳角落的立燈發呆。其他人不敢立即接續大哥的對話，所有子女紛紛轉頭望向母親，把最後的發言權交給她。母親以被情人拋棄的眼神凝視大兒子一陣後，痛楚地搖搖頭，再虛弱地盯著女兒們。

張曼昭知道這回全盤皆輸，多年養育兒女的苦心毀於一旦，什麼都保不住，什麼都留不住了！她想到這些，只但願她沒心沒肝，就不用暗地裡獨嚐這萬般椎心之痛！

那年的家庭會議歷歷在目，兒子的話斬釘截鐵地敲打入心坎裡，想來還會隱隱作痛。她淚眼婆娑地對丈夫哭訴：「我們倆白手起家，辛苦大半輩子，你還差點死在巴拿馬。等日子好過了，大兒子又給我娶個韓國媳婦，命運對我什麼時候公平過？」

夏光任軟言開導老婆：「曼昭，想開點吧！他們都結婚十多年了，妳再不開心也得接受，妳總不可能期待兒子離婚吧？」

張曼昭賭氣地甩開老伴的手，獨對一堵空牆生悶氣。

大哥一家預計抵達的傍晚，夕陽斜照，婉清在廚房內殷勤張羅晚餐，她忙碌的身影在落日餘暉中游移晃動。承軒回到家後協助太太擺放碗筷、整治餐桌，然後夫妻倆一同坐在電視機前看棒球賽實況轉播。

夫妻倆挨餓等到九點鐘，門鈴聲才急急響起。門開後，婉清看清大哥一家人的模樣。照片上那兩張熟悉的孩子臉與本尊沒什麼區別，大嫂明顯比相片裡的樣子還樸素許多。

婉清領一眾人到二樓後，熱情招呼他們吃飯，大哥一臉奇怪地看著婉清：「我們在米蘭達家吃過了，我不是早和媽說過嗎？」婉清滿臉尷尬，轉頭以眼神探詢婆婆。紙包不住火，婆婆一張臭臉沒有想解釋的抱歉，只有倔強的不滿。

婉清的滿腔熱情立刻被澆熄，她生起悶氣來：「婆婆幹嘛欺瞞我和承軒？不來吃飯就不來，有什麼不能說的？那是她兒子，又不是我兒子，我何必一頭熱？」婉清趁公婆帶領大哥和孩子們進客廳時，拉承軒到廚房假裝倒水，她小聲地對承軒興師問罪：「你都聽到了！你媽幹嘛騙我們？」

「你別氣，讓我來處理，妳先別講話。」承軒安撫好妻子後，走入廳內。婉清繼續留在廚房內張羅茶具和茶點，一邊留心著客廳的動靜。

承軒對大嫂米蘭達禮貌微笑後，才用中文問大哥：「哥，你們帶孩子坐飛機很累吧！」

承志邊替孩子安頓座位邊說：「有點累，不過還好。」

「怎麼不見你們的行李呢？」

「我們回來這陣子要住我丈母娘那，剛剛我丈母娘在機場接我們後，就先去她那放行李和吃飯，孩子們洗過澡才來。」

大哥想想不妥，看了父母一眼，又添了句話：「等米蘭達有空，我讓她帶孩子來這住幾天。」

「好啊，難得回來，他們多陪陪爸媽也是應該。」承軒私下觀察父母的反應，母親臉色依舊難看，父親一派若無其事。

「我去看看婉清茶泡好了沒。」承軒回到廚房內，婉清調皮地對丈夫使個眼色，意思在說：「你媽的西洋鏡被拆穿了吧！」承軒對她揮揮手，暗示她可別衝動之下做出什麼糊塗事來得罪人。

婉清端的茶盤一落到桌面，婆婆馬上擺出使喚媳婦的架子，對婉清說：「她們都吃過了，妳就別忙。」這句話讓婉清悲歎：「這樣對我講話是把我當女傭嗎？示意我退下嗎？我要和妳住，米蘭達連住都不用住，難得回來也不住妳這，妳還對我甩架子！看我好欺負喔？」婉清朝承軒方向看去，承軒回以心疼的眼神，婉清接過他眼神裡的訊息，只好繼續忍下這口氣。

婉清挨坐承軒身旁，承軒和兩個姪子姪女玩起來。米蘭達像在迴避婆婆般，眼神不和婆婆有所交集，盡抓著婉清聊天。公公不理會眾人，巧的是也沒人和他攀談，他自得其樂。婆婆擺出高姿態，像尊神聖的佛像坐在大哥旁邊。大哥好似習慣這類型的「沉默互動」，不曾透露半絲不自在。好戲來了，婆婆從貯藏室拿出兩袋衣物，對米蘭達說了兩聲西班牙文，然後就接不下話了。米蘭達沒聽懂她說什麼，疑惑地看著大哥，大哥問媽：「媽，妳這兩袋東西要做什麼？」

米蘭達聽不懂婆婆的西班牙文，婆婆自覺在婉清這小媳婦面前出糗，心中暗罵：「大媳婦已經不用我了，我說什麼都得鎮住小媳婦才行！」

婆婆盡量從容不迫地說：「這兩袋衣服是Diana和寶強小時候穿的衣物，你叫米蘭達揀幾件合適的衣服、褲子，給我兩個孫子穿。」

米蘭達興致缺缺地在兩個袋子內翻攪一陣，抬起頭客套地對婆婆笑笑，將袋子原封不動地退還給婆婆。大哥忙打圓場：「我兩個孩子衣服夠多了，妳以後就不用大費周章地留衣服給他們。」

「將來承軒生了孩子，剛好能留給他的孩子穿。」大哥機警地把燙手山芋扔傳到承軒手中。承軒接收到哥哥的求救訊號，對媽媽陪笑說：「正好，將來我和婉清還能省點孩子的置裝費。」

婆婆不甘心被打垮，故作堅強、若無其事地微笑著，米蘭達亦不甘示弱地微笑著。婉清看著她倆相敬如「冰」的互動，嘴角亦浮起一絲曖昧的微笑，正所謂「談笑間，檣櫓灰飛煙滅」啊！笑著笑著，一婆二媳都精準地掌控軍情，正式交戰第一回合了！家中三個男人仍一無所悉地繼續觀賞球賽。

婆媳間的微笑，暗藏多少玄機和深意啊！

# 第十八章 米蘭達大仙

承軒一夥人寄宿大哥家第二天起，大哥沒有特地為爸媽請假相陪，他照常出門上班。全職家庭主婦的米蘭達對他們一行人視若無睹，只專心照顧孩子與料理家務，公婆也堂而皇之地對米蘭達視而不見。

這是個慘澹的秋季，婉清親眼目睹大嫂和婆婆關係之冷淡後，再次驗證婆婆是說謊界的大內高手，被唬弄的羞辱感排山倒海朝她全身襲來，壓得她像個快爆發的火山，熱岩漿都要衝破腦門而出了！從此她對公婆的笑容不再那麼誠心，小媳婦的殷勤更收斂不少。

「你媽幹嘛說得他們關係很好呢？」婉清在客房內對丈夫興師問罪。

「她愛面子，不瞎掰一下，怎麼有台階下？」丈夫這種百無聊賴的態度讓婉清「搗蛋的樂趣」全失。難道婆婆愛面子，婉清就活該被霸凌嗎？

那陣子婉清暗中觀察大哥和大嫂的一舉一動，心中五味雜陳。她感覺孝順和學歷似乎是「零合關係」，學歷愈高，孝順指數愈低；學歷愈低，就得多孝順一點。像她學歷只有爛台大，所以就要多孝順一點，人家是哈佛的博士就可以少孝順一點。

發現大哥與大嫂不如婆婆說的那般孝順，婉清漸漸不喜歡大嫂，她覺得承受的苦有幾分是代替大嫂受的。雖然理智告訴她：「妳不該這樣想，並非大嫂逼妳和婆婆同住啊！」另一方面，她還是很難撫平看大嫂不順眼的情緒。

婉清到達加州後更加確定婆婆對待兩個媳婦天差地別，深深為自己感到不值！她的情感開始叫屈：「大嫂如果能夠做做媳婦的樣子，婆婆今日也不會變態到硬要欺壓我這小媳婦，以彰顯婆婆的權威，我成了米蘭達的替死鬼，應該她來拉攏安撫我才對！」每次與米蘭達和婆婆獨處時，這兩種矛盾的念頭在婉清心中天人交戰著。

婉清的行徑確實有些失禮，可是她光想到婆婆稱讚米蘭達的嘴臉，就有種淡淡的敵意升上來：我若與米蘭達和睦相處，婆婆的奸計就得逞，我偏不要讓婆婆囂張，我就偏不和米蘭達好，免得助長婆婆的氣燄。

婉清從這陣子和婆婆的相處心得判斷，婆婆深諳栽贓嫁禍之術，故她不願當大嫂與婆婆之間的第三者，更怕當起她們的現場口譯，唯恐婆婆和大嫂若有任何不愉快，婆婆會責怪婉清亂說話，然後順勢把婆媳感情不睦的因素都歸結到婉清身上，因此當這婆媳三人共處一室，除了聽到兩個孫子的嬉鬧聲和電視聲，其餘聲音都聽不到。

有一回午飯，承軒陪父親外出散步，獨留大嫂、婉清及婆婆三個女人在家吃午飯。婆媳三人在飯廳內隔著一張桌子吃飯，吃著吃著，大家都成了聾啞人士，飯廳內一片死寂。

女人是敏感的動物，大嫂更不是省油的燈，婉清確信冷淡的態度已招來大嫂的不解和不滿。米蘭達亦拿出大嫂的架子不甩婉清，光明正大當婉清隱形人。彼此心照不宣，此等刻意的沉默已然埋下日後的妯娌心結。

婉清明白米蘭達在生她的氣，可她並沒有向丈夫細說這層心思，承軒都無力解決婆媳問題，再來個妯娌不睦，恐怕他要陣前叛逃了。至少目前婉清慶幸有個丈夫挺自己，不像大嫂的婆媳關係少了丈夫在中間緩頰，婆媳間的互動一落千丈。不過語言不通的隔閡正巧是米蘭達和婆婆相處的潤滑劑，反正一切誤會都推託成語言不通啊，以致溝通不良！婉清可就沒這麼幸運了！婉清能當婆婆說的中文是火星文，假裝聽不懂嗎？

婉清細膩複雜的心思在腦海中峰迴路轉，她漸漸放慢夾菜的速度，邊用眼神打量大嫂的動靜，邊忖度著是否該和大嫂話家常？

依照大嫂的年齡層推算，和她談韓國的偶像團體少女時代，她未必有興趣。聊江南style呢？她看起來不像會迷這些東西的人。和她聊韓劇《大長今》呢？或是聊師奶殺手裴勇俊？

忽地婉清火惱起來：「為什麼我要牽就她聊韓國的相關話題，怎麼她不和我聊聊台灣的偶像明星呢？莫名其妙！不要牽就她！平時都是我幫『她的婆婆』付錢買菜、帶『她的婆婆』看病兼當翻譯，她既不用孝敬公婆又能大方享受『大嫂的禮遇』，難道得了便宜還想賣乖？」

一婆二媳無語隔桌相對，這情景讓婉清想到電影《色戒》裡頭的特務頭子曾對其他人說過：「他殺了我老婆和兒子，我不也和他隔著一張桌子吃飯！」婉清看這電影時，深深同情這特務頭子得和深仇大恨的宿敵隔著一張桌子吃飯，那是何等令人深惡痛絕及悲慟欲絕的事！

如今她也能辦到呢！她天天和婆婆隔著一張桌子吃飯，這陣子也常常與米蘭達隔著一張桌子吃飯，她日日復一日，歲歲又年年。這種壓抑且凝重的悲痛感原來普遍存在於人類社會當中。如果大家想體會這種痛苦，不用去當特務，來當媳婦就成了。當特務會有生命危險，可能被幹掉，當媳婦還安全一點。

假如現在有人從大嫂廚房的落地窗前走過，目睹這婆媳三人共餐的畫面，可能以為他們是親愛的婆媳吧？眼見不為真啊！表面看來平靜，彼此心眼裡都存在著些什麼吧？

不！彼此之間存在太多纏繞糾結、密麻紛亂的矛盾情感！

婉清也掌握不住自己矛盾的心情，她明知大嫂沒有得罪她，既沒有欺負她，更沒有中傷她，從頭到尾，對小媳婦婉清施暴的是婆婆啊！可是婉清還是忍不住氣大嫂，或許她是羨慕大嫂？因為她想做卻不敢做的事情，大嫂輕而易舉都辦到了！

大嫂不想理公婆就不理，完全不在意親族間的眼光和批評。

大嫂不想帶公婆出遊，就算她丈夫訂好夏威夷的行程，她不去就不去。

大嫂不讓孩子親近公婆，不管老人家思念孫子的煎熬，她敢做敢當。

從這角度來分析，婉清真是太崇拜大嫂了！婉清沉浸在欣羨米蘭達的眼光和想法之中，恍惚間米蘭達的周遭發出大圓滿光明雲、大智慧光明雲、大吉祥雲光等不同祥光，大嫂羽化成仙，搖身一變為「米蘭達大仙」了！

「啊！米蘭達大仙在向我開示了！」婉清即刻虔誠跪求大仙，誠心聆聽大仙的開示。

米蘭達大仙低眉含笑：「妳看妳，一副狗熊樣，家裡人吼一句，便如驚弓之鳥，家裡人罵一句，皮就繃緊了。我和妳同為夏家媳婦，際遇是天壤之別。我不按照好媳婦守則去做，不也悠哉自在？不也榮華富貴？」米蘭達大仙接著開示：「我正眼都不瞧婆婆一眼，她也不敢動我半根寒毛！哇哈哈哈哈……」

婉清覺得米蘭達太神了！她不甩婆婆的跩樣瀟灑自如，她掙脫一切封建制度加諸在媳婦身上的禁錮與藩籬，她昂首闊步走出婆婆權威的陰影，活在燦爛陽光之下。世間多少試圖當好媳婦的女性同胞最後抑鬱而終，其實她們的靈魂深處都羨慕像米蘭達這樣的媳婦。如果歷史上有所謂的抗「日」英雄，米蘭達就是真實存在的抗「婆」英雄，她的所作所為都是在替廣大苦難的媳婦同胞們討回公道。媳婦界需要多吸納她這樣的人才與婆婆抗衡，好挫挫婆婆黨的銳氣！

# 第十九章　台韓大戰

聰明伶俐、機警過人的米蘭達常常藉故出門，留下婉清一夥人守著空屋子。沒有車的他們哪兒也去不了，只能看電視、上網或睡覺，這樣的假期比待在自己家還無聊。

有一次，米蘭達用西班牙語對公婆窸窸窣窣幾句後，婆婆轉身劈頭對婉清說：「米蘭達要去超市和藥房買東西，順便帶我們去逛逛。妳準備準備吧！」婉清覺得這趟外出真是場及時雨，因為她有樣重要的東西非到藥房買不可。

婉清從藥房回來後，待在洗手間許久，期間還一度從門內探出頭，呼喚承軒入內商議，夫妻倆看著驗孕棒的結果，一開始還不敢確信，驗了兩次後才敢確定懷孕。

婉清上回流產，這次想到平坦小腹內已有個可愛的小生命存在，便格外小心翼翼，她問承軒：「現在和你爸媽說嗎？」

「就和他們說啊！這是好事呢！」

雖然承軒做出的判斷往往令人失望，尤其留下很難收拾的下場，不過這次婉清決定信任他的決定，因為懷孕是光明正大的好事，沒必要特意隱瞞。她應和承軒：「好吧！就按你說的去做。」

婆婆得知這消息後，第一反應是當著米蘭達的面，半彎身，用一種愛撫的關愛態度細細摸著婉清的肚皮，眼神放出晶亮的光芒，再一提氣大喊：「William，奶奶在外面等你喔！」

婉清丈二金剛摸不著頭腦，一臉難為情：「媽，現在寶寶才一個多月大，根本還不知道性別，妳怎麼確定這胎是男嬰？」

婆婆挺直腰板，白了婉清一眼，下意識偷瞄米蘭達的表情後，再咬牙切齒地說：「我說他是男的，他—就—是—男—的。聽清楚了嗎？」

「You see! My grandson!」婆婆操著蹩腳的英文硬要和米蘭達交流，平時都沒這麼積極地和米蘭達交流。婆婆表面上是分享喜悅，但婉清知道婆婆在對米蘭達示威了！

婆婆眼神回勾著大哥，再次彎身摸著婉清的肚皮用中文大聲地說：「真好真好！以後看孫子就不用跑到加州，在蒙特婁也有孫子可看，老夏，這是好事！」婉清這下成了婆婆借來氣米蘭達和大哥的道具。

君不見「老」謀深算、「老」奸巨猾，從不見「少」謀深算、「少」奸巨猾，八十多歲的老太太耍陰險的力道，可是比年輕人還來勁呢！

婆媳之戰不曾止息，用餐時刻正巧是米蘭達與婆婆鬥法的黃金時段。米蘭達向來以身為韓國人為榮，覺得韓國的一切都比台灣的好。她每餐都精心準備泡菜和辣蘿蔔招待大家，然而婆婆最忌諱吃辣，大嫂是婆婆的「愛媳」，怎會不知婆婆的口味偏好呢？為何還滿桌的辣食，存心與婆婆作對嗎？

每當婆婆見到滿桌韓國菜，就得意地呼告：「想吃道地的韓國菜，就要來大嫂家！」婆婆真是死到臨頭還嘴硬，不見棺材不掉淚。米蘭達刻意餐餐都有辣食，婆婆半句抱怨都不吭，還頻頻拍大嫂馬屁。婉清在溫哥華的「一碗湯事件」就被婆婆打入萬丈深淵，落得被婆婆當眾辱罵的下場。婉清這下真氣得憋屈了：「擺明只欺負我谷婉清，不敢碰米蘭達半根寒毛。」

看這滿桌的菜色就知道台韓關係不大友好，就像Samsung和HTC的關係一樣。如果友好的話，為什麼大嫂不配合做幾道台灣菜呢？

網路上有很多以英文寫的台灣菜食譜，就像要做義大利麵，一定得先學義大利文嗎？不也很多用中文寫成的義大利麵食譜？看來米蘭達根本無心吧！如果今天我嫁韓國人，我一定會應景地說幾句韓國話或學做韓國泡菜，今日見識到韓國人民風剽悍，台灣人未免太好欺負了！

飯桌上的話題是美國NBA籃球明星，承軒和承志兩兄弟聊得起勁，婉清樂得不用參與話題，也不想熱絡與米蘭達找話聊，兒子和媳婦都無人當公婆的翻譯，兩老敬陪末座，安靜得像不存在現場似的。

雖然婉清賭氣地不扮演好媳婦角色，但一轉念，她逐漸同情起公婆。如果公婆在巴拿馬真的以性命拚搏事業，賺錢供子女讀書，為什麼他們的子女都這麼不體貼呢？承軒孝順但不懂人情世故，更無法理解公婆這種土生土長的台灣人在想什麼，公婆和子女有很深的代溝與文化差異。

婉清沉重起來：「以後我老了依舊住國外，也會和子女這般地隔閡嗎？大哥都不擔心以後他的子女也這樣對他嗎？如此自信年老時不會落入這步田地嗎？為什麼我會有這樣的反思，公婆的子女都沒有呢？」

當晚公婆筷子沒動幾下，佯稱吃飽就下桌了。婆婆居然自告奮勇搶著幫米蘭達洗碗，婉清在一旁看得很不爽，像個悶葫蘆默默生氣著：「婆婆和大嫂何時變得這麼相知相惜了？哼！我看你們兩個能好多久！」

婆婆費了一番勁，把碗碟都洗完後，坐在客廳內看電視。米蘭達一等她洗完，馬上走入廚房內，查看那些洗淨後晾在碗架上的碗盤，用英文向大哥抱怨：你媽都沒把碗洗乾淨，我全部都要重洗。

這樣的婆婆還不夠悲哀嗎？媳婦當她的面用英文罵她，她聽不懂還要強裝好婆婆的模樣，悲涼啊！然而「可憐之人必有可惡之處」！婆婆肯定曾經給米蘭達下馬威過，所以米蘭達這麼憎恨她。

某晚，婉清起身如廁時，驚覺漆黑一片的一樓餐廳內傳來窸窣的人語聲，恐懼細細爬上心頭，她驚懼著：「難道樓下有小偷？」她悄聲躲在樓梯上方，緊張兮兮地窺伺樓下動靜，定眼一瞧居然是公婆正在廚房內煮泡麵，婉清不覺莞爾：「再裝嘛！還說喜歡吃米蘭達的泡菜，根本就吃不慣，還半夜偷偷起來煮泡麵。」

婉清躲在黑暗中窺伺這一切，心中有感而發：怎樣算好媳婦呢？我對婆婆許多不合理的要求都會盡量配合完成，可是我無法排遣對婆婆偏差價值觀的不認同，也無法原諒婆婆對我所做的過分行為，這樣我算好媳婦嗎？

米蘭達始終如一，從頭到尾都不甩婆婆，從不進夏家門盡媳婦的職責，但她的婚姻少了許多婆媳爭戰，間接保全了家戶內的祥和寧靜，這樣算惡媳婦嗎？

當一個孝順的媳婦是人生中最困難的課題。首先，當一個孝順的人就是件不容易的事情，為人媳婦更是件裡外不是人的差事，這兩件很困難的事情加起來就成為「孝順媳婦」這人生任務。可想而知當孝順媳婦根本就是難中之難、難上加難，所以我實在不該以過分悲壯的心情盡孝，我做不好也無須那麼自責！問世上又有幾人做得稱職呢？

我實在是被學校體制給制約了，以前當學生，總期待老師幫我打高分，連當媳婦都期待婆婆幫我打高分，真是可笑的心態與期待！這是我自己在活的真實人生，沒人有資格幫我打分數，況且那些幫我打分數的人，他們的人生表現都未達水準呢！

總算熬到回蒙特婁的前一天，恰巧婆婆這日行程非常忙碌。一早，篤信佛教的婆婆被米蘭達邀請上天主教的教堂參加兩個金孫的「受洗禮」。

婆婆從前一晚就苦勸大哥：「等孩子長大，再讓他們自己選擇宗教信仰，何必這麼小就替他們決定？」

大哥不以為然：「那有什麼關係？現在只是先受洗一次，如果反悔了，等他們十六歲時，不要接受第二次受洗就好啦！」婆婆氣得吹鬍子瞪眼睛。

婉清和承軒作客大哥家，一切都看在眼底，但他們不願介入大哥的家務事，便藉故對婆婆說：「媽，我們要到鬧區逛逛，很遺憾這次無法上教堂觀禮。」由於大哥的反應給婆婆過大的打擊，令她無暇管承軒夫婦，就任他們倆去了。

公婆從教堂回來後，始終面色凝重，婉清夫婦便知風雨欲來了！顧及這是在加州的最後一天，多一事不如少一事，他們識相地不聞不問。無巧不成書，當晚正是「夏家長孫」兼「婆婆金孫」John的生日，承軒夫婦簡略吃過午飯後，就配合大嫂在後院協助布置生日會及準備餐點。

由於公婆吃不慣美式餐點，米蘭達特意準備一桌中式餐點招待公婆。當婉清看到中式餐點的菜色時，就知道米蘭達向婆婆宣戰了，滿桌的菜色只有韓國泡菜配白飯，擺明修理人。等她來台灣，應該也來個滿桌的臭豆腐：炸臭豆腐、麻辣臭豆腐、三杯臭豆腐、清蒸臭豆腐，臭—死—她！

大嫂忙完廚房的雜事後，儼然一副貴夫人姿態，回到二樓幫兩個孩子穿衣打扮。當賓客陸續來到後，婉清和承軒忙當英文招待，大哥則上樓催促老婆孩子下樓。

當John穿著韓服站在樓梯頂端接受賓客們的熱烈鼓掌歡迎時，婉清故意在公婆身旁以中文大叫：「John的爸爸是韓國人嗎？」公公被這一激，氣得說不出話來，當場拂袖而去。

鬥志激昂的婆婆故意用滿懷期待的夢幻口吻說：「我改天也買個台灣服裝給John穿，肯定也好看！」婆婆的虛張聲勢就表示她明確收到婉清的挑釁了，婉清的那聲大喊沒有白做工，生日會就在這種不滿不悅的曖昧氣氛下勉強撐完全場。

大嫂送完客後，婆婆像黏在沙發上的銅像，硬梆梆地不動，只中氣十足地怒吼一聲：「你們全都給我過來坐下！」婉清早嗅到火藥味，她推測婆婆這兩週積累不少米蘭達的鳥氣，戰火一觸即發。

婆婆先對大哥一陣狂罵，不外乎為什麼讓John穿韓服？難道John是韓國人？為什麼讓兩個孫子受洗？難道不知道婆婆是佛教徒嗎？這些事情為什麼都不早點和她商量，還有明知道她不能吃辣，為什麼每餐都只有辣的可吃，是不是要餓死她？到底有沒有把她這個媽放在眼裡？然後又進行哀兵戰策，說她這把年紀了，還能活多久都不知道，還得受兒子媳婦的氣。邊說著，眼淚就像關不緊的水龍頭滴滴答答地流不停。接著倒帶重播，把她小時候悽慘無依、九歲賣肥皂、小學沒畢業的故事再講一遍。

最尷尬的是，她要求大哥得一字不漏地把這些談話內容即時口譯，翻譯給米蘭達聽。於是對話變得走走停停，停停走走，婆婆講幾句，大哥就對米蘭達翻譯幾句，整個辱罵過程變得相當冗長。然而婆婆樂此不疲，她眉飛色舞的神情顯然很享受辱罵媳婦的快感。

她罵到激動處，對著兩個兒子氣急喊叫：「你們要是再這樣欺負我，我就馬上從三樓跳下去，死給你們看！讓外面的人知道你們是有多孝順！」真是出盡絕招！承軒和承志都一臉鳥氣，想發作而不敢發作。婉清見識到重男輕女的婆婆對親生兒子照樣耍狠，其梟雄性格可見一斑。

婆婆罵得不過癮，甚至起身走到米蘭達面前指著她鼻子，氣急敗壞地吼罵：「我是妳的婆婆耶！妳最好給我注意一點！」這句話真讓婉清熟悉到不行，婆婆上次不就在溫哥華如婷家對婉清如此喝斥嗎？這回她故技重施，但大哥並未翻譯這句怒吼，反正米蘭達臉也很臭了。

婆婆罵完米蘭達，突然氣中有悲地對大哥哭喊：「你這個哈佛博士還不是靠我這個沒讀書的養大的，你有什麼了不起？你憑什麼囂張！」大哥的臉色難看得由白轉青，再由青轉黑！

婉清怕被波及，且怕大哥大嫂臉上無光，她拉拉承軒的衣袖小聲地說：「我們回樓上去。」

婆婆聽到她這句話更火大，馬上制止婉清：「誰—都—不—准—走！」

婉清在溫哥華三姑家，才剛被婆婆當眾辱罵，千里迢迢來加州，還得看婆婆上演「全套」的罵媳婦戲碼，招誰惹誰啊！婆婆故弄玄虛地在人前營造她與米蘭達情同母女的假象，現在又當全家的面辱罵米蘭達，是婆婆一手戳破自己的謊言，她前功盡棄了！

「好啦！曼昭，夠了夠了！不要再說了！」公公擋在婆婆身前忙說：「大家都累了一天，快去休息吧！」

眾人被婆婆罵過後，心情都滑落谷底，滿室沉默。大哥承志並未立即回房安慰太太，而是躲進書房內平靜。大學畢業那年的暑假，他也曾受不了母親的強勢作風，與母親起過極大的爭吵。衝突發生後不久，他躲在房內決心尋短時，母親在房門外一把鼻涕、一把眼淚、緊張兮兮地懇求他別做傻事。如果當日他像個男子漢一樣下定決心的話，就不用到今日都還得重溫母親的頑強與霸道。不論讀書、交女友、選科系、選行業，母親都陰魂不散地極盡舞弄之能事。上個女友會分手也是因為母親嫌對方學歷不夠好，後來和有碩士學位的米蘭達交往，母親又嫌棄她是韓國人，緊咬著「語言不通」這點緊迫盯人，甚至為達目的，不擇手段地煽動姊妹和弟弟一起反對。

那年冬天，老婆與孩子們執意不下車，寧可零下三十度的低溫待在車廂內，也不願意進夫家的門與公婆共度聖誕節。僵持了三十分鐘後，突然阿成大叫：「啊！媽不穿大衣就衝到雪裡叫米蘭達下車，快啊！媽只穿一件薄T-shirt，會感冒！」如藍情急之下，半套上雪衣，手抓著媽媽的雪衣就追出去，在滿天飛雪中為媽媽披上雪衣。好一幅孝親圖，好一齣婆媳宮鬥劇！眾人都還搞不清楚在演什麼劇碼，承志早已洞燭機先，看穿媽媽的心眼。

承志眼神落定在窗簾上，不屑地說：「什麼媽媽！我看是戲子還差不多吧！」今日，她又當著弟弟和弟妹的面辱罵自己的老婆。唉！都逃到加州了，母親還是誰都不肯放過，這輩子都逃不出她的魔掌了！

夜燈昏黃的光暈流瀉出死藍的憂鬱，他恍若置身在憂歎的虛浮泡泡裡，惶惶無依，他感到置身幽冥間的冰寒與孤虛。

婉清整理完行李後，即使剛剛跳出個「婆婆抓狂」的大變奏，但這兩週在大哥家打擾，應該私下和大哥話別，於是夫妻倆悄步來到大哥書房內。

「大哥，這幾天謝謝你們的招待！」婉清首先發難。

「不用客氣！你們回去以後要對爸媽好一點！」大約這陣子婉清常與婆婆「過招練功」，內力進步神速，早就練成「火眼金睛」。她聞言，馬上洞察對方的心術，瞬間一眼看清站在眼前的就是個妖孽，完全不是個人。

慍火開始在婉清胸口小火慢燉著，她內心嗤之以鼻：「平時都是我對你爸媽好，你自己什麼都沒做，反過來提醒我要『孝順』一點。你怎麼不反省你和米蘭達？你老婆是怎麼對待婆婆的？旁觀者可都一目了然呢！」

婉清大義凜然，決定「舉例說明之」：「我們和爸媽住都沒有占他們便宜喔！每次出門買菜或買家用品都是我付錢，我從不讓他們付錢。」

「日常用品本來就重，讓老人家提不好。爸媽本來就吃不多，去超市買的大部分都是你們年輕人要吃的菜吧！」婉清沒想到哈佛博士的水準竟和小學沒畢業的婆婆隸屬同個層次！她震驚不已：我和承軒都該做，請問你和米蘭達為什麼都不做？你不是爸媽最引以為傲的兒子嗎？難怪你們都不和他們住，不用住就什麼都不用做，原來這就是你們的思維邏輯。

她終於恍然大悟，先前都錯判形勢、與敵為友。大哥不可靠！根本就是他想把父母往外推，剛剛婆婆罵得真對，真該多罵一點！

她深知大哥在裝蒜，米蘭達才剛被婆婆修理，他不知道他媽媽的「精明苛薄」嗎？於是婉清話中有話：「媽說話都像在設計別人。」

大哥愣了兩秒鐘，欲蓋彌彰地說：「我是不知道別人，但我自己是很能習慣。」很習慣？那你剛剛也被罵得很習慣囉？

承軒嗅到大哥大打太極，不斷避重就輕，開門見山地說：「我上班時都是婉清載爸媽去看病和去慈善機構參加活動，婉清付出很多、很辛苦，連大姊住隔壁兩條街遠都不會來看爸媽。」

大哥逮到機會報仇，見怪不怪地說：「大姊不回來看爸媽是因為她不想看到你！」大哥推了推眼鏡，拿出打擊職場敵手的冷酷態勢，不疾不徐地說：「你上次和她在車上吵架，她說到現在都不想再見到你！」「轟」的一聲，婉清像被雷擊中般，嗡嗡麻麻地久久不能自已，好樣的！這下真相大白了！大哥大姊都暗通款曲，背後批判承軒夫婦。

承軒沒被激怒，仍舊平靜：「好，她不想看到我，所以不來，我無話可說。但她可以帶爸媽出去啊，她什麼時候帶爸媽去買菜、看病或上餐廳吃飯？」

承軒振振有詞：「她都推說要在家顧兒子寶強，不能陪爸媽去看病，不然就是把公車票丟給那兩老，叫他們自己搭車去看病。」

大哥在此時轉移話題：「我可以理解和他們同住壓力很大，這樣住下去會健康嗎？如果你們住得那麼不開心，那就搬啊！你們搬走後，我們自己會分攤責任，也沒人說爸媽就光是你們的責任而已，其他人只是想爸媽有你們張羅，就不好多插手什麼！」聽起來大哥開明講理，婉清卻有種被大哥從背後捅一刀的震驚與憾恨。

承軒和婉清能澄清的，都澄清完畢了，一時間不知道該如何接續話題，他們像小學生傻愣愣站在原地聽大哥說話。

「你們就先搬出去兩年，這樣爸媽可以來我這裡住和陪伴孫子。爸媽年紀雖大，身體卻很好，哪裡需要人照顧？擔心的話，等幾年後他們倆要是生病了，你們再搬回來照顧就好啦！」

婉清不敢相信自己的耳朵，內心嘀咕著：「大哥表面聽起來體貼我們的心情，可我怎麼覺得他在趕我們走呢？同住的時候我該做牛做馬、委曲求全，現在人家嫌我礙眼了，就叫我走，好方便爸媽來加州幫米蘭達照顧孩子。更過分的是，居然叫我等公婆生病的時候，再搬回來當看護。你們也可以搬回去照顧他們啊！難道我就這麼不值？就得被你們這樣來回糟蹋利用？」

後來婉清沒多表態，等大哥講完後，她只淡定地說：「大哥，很謝謝你這兩週的招待，我們明天就回去了，大哥多保重！」退出房門後，婉清像落敗的公雞，一副頹喪樣想著：「果然哈佛就是哈佛，只怪我悟性太差，今時今日才洞察大哥的心思，活該我只有台大的學歷！」

原以為這趟荒腔走板的旅遊就此結束，大家都能停止「繼續忍受對方」這個遊戲，沒想到在加州的機場，婆婆出狀況了！

「婉清，我們待會一到Trudeau（杜魯道）機場，立刻請計程車殺去醫院，先幫媽掛急診！」婉清追問承軒，真相終於大白。原來婆婆在加州大哥家就有尿道感染的症狀，但一直不敢對大哥說，怕在美國沒有醫療保險，看病很貴，只敢私下多喝水，多排尿。終於忍著回到蒙特婁，第一件要務就是趕去看病。

婉清知道原委後，已經對婆婆擠不出一絲多餘的同情心，她只覺得婆婆與大哥這兩者互為業障因果關係吧！老天爺正在算總帳，她當然得置身事外，何苦得罪老天爺？

# 第二十章 託夢

婉清一夥人回到蒙特婁的那一陣子，婉清每日最重要的任務就是上網搜尋合意的房子，她想在孩子出生前盡快搬出去，免得婆媳關係更複雜。

她約房仲陸續看了四五間房子，國外買房的程序不像台灣那麼快速，從約看房（運氣好可能一週）、下斡旋（約需一週）、找代書查清產權（花上兩到三週）、找驗屋師驗房（最快至少一週）到最後交屋，少說要兩個月，偏偏她心中滿意的房子還沒出現，她急得像熱鍋上的螞蟻。

除了暗中找房子，她還思索籌畫坐月子事宜。由於婆婆年壽已高，婉清擔心婆婆體力不濟，無法全程幫她坐完四十天的月子。蒙特婁的月子中心不似台灣的有規模，聽說這裡的月嫂少之又少，好的又更少。公公曾對婉清說：「我們的家規就是絕不請菲傭或外勞，我很不習慣家裡有外人在。」婉清便知月嫂肯定請不回家中，於是她想乾脆回台灣坐月子。

過幾日，承軒在飯桌上對父母提起這件事：「婉清體諒媽年紀大，做月子很耗體力與精神，她不捨得讓媽媽這麼累，打算這胎回台灣生。再說我和婉清婚後定居加拿大後，我都還沒回去探望過丈母娘和丈人，也該回去看看他們。」

婆婆只淡淡地說：「你們自己作主就好！」事情出乎婉清意料的順利，好事發生得太突然，婉清有些不適應呢！

女人的直覺奇準，兩天後公婆就投出一個快速變化球。公公依樣畫葫蘆，同樣在飯局上說：「我昨晚夢見我媽媽……」婉清嘴裡吃著磨菇炒蘆筍，盯著公公心想，這和我們有關係嗎？

「阿嬤託夢，說承軒今年運勢低，不宜回台灣，對他不利。」公公認真地說。

「我怕承軒回台灣，有什麼災劫，不回去比較好。」婆婆煞有介事地補充。

「妳要回娘家，我不能說不好，但是承軒這份工作多好，沒事情就別亂請假！最好妳自己回去就好……」婆婆慈眉善目地勸說著，如果這個畫面被按下暫停鍵，大家會誤以為這是某個佛學電視台的高僧在勸善世人吧！

婉清心頭火上來，老人家就能倚老賣老，做欺負人的事嗎？

「我在加拿大就得和公婆一起住，孝敬你們，承軒也該回去和我爸媽住一下，他好歹也是人家的女婿。」

婆婆狡詐地泛起一笑，不甘示弱：「好啊！反正意思我傳達到了，不做，那是你家的事！」婆婆的這一抹邪笑烙印在婉清腦海裡許久，甚至在腦海裡自動影印起來，她毛骨悚然，不安的預感翻天覆地襲來。

婉清從加州回來後，已經識破婆婆多年來用盡無數的謊言營造家庭和樂的假象，發現真相後的她像個被重塑的泥娃娃，許多不以為然、不屑與不認同的情感都揉和進她的身體與靈魂之中，從那天起她的愛恨情仇都重新有了新的樣貌與格式。

由於看穿婆婆的伎倆與招式，她對公婆開始冷眼旁觀，就在她開始和公婆冷戰後的第五天，房仲通知婉清有間符合她心意的房子。這次她吃了定心丸，不想多所挑剔，只想趕緊找個落腳處重新出發，於是她戴起鑲有粉紅緞帶蝴蝶結的草帽、套上黑色仿芭蕾舞鞋造型的平底涼鞋，像要參加一場華麗的宴會，頂著滿滿的信心與堅決的意志出門去。

當天她回家後便與承軒商計如何向公婆攤牌要搬走的決定，承軒深情款款地挽著婉清的手說：「老婆，我們準備要搬出去了，妳有沒有覺得人生充滿希望？」

「希望？人生有沒有希望不重要，最重要的是，沒有障礙！」婉清光想到公婆、大伯和大姑們，就覺得人生的阻礙太多了！

「妳怎麼這樣說呢？」

「不是嗎？有希望的人生又怎樣？如果你努力很久，卻仍舊無法移開擋在你人生路上的阻礙，縱使前方有許多希望迎接你，那些希望看起來僅是好看的裝飾品而已，你還是有很強烈的無力感，覺得掌控不了自己的人生。」承軒不想火上加油，於是他重開話題，與老婆談論該如何與父母說買房的事情。

夫妻倆謹慎斟酌說詞，並想好冠冕堂皇的理由：置產為了投資。必定要好好分析一下當地的房地產市場，不管用什麼投資觀點分析，最後都要得出「趁年輕買房」是最佳策略的結論。還要搧風點火一番，闡述現在的房價真是低，機會難得，進場時間點再適合不過。如果公婆反對的話，就再祭出「甜言蜜語」這招來哄他們，告訴他們新屋離公婆家很近，以後必能常回來看他們，天天回來吃晚飯都不成問題。

婉清和承軒反覆推敲與公婆應對的可能說詞，及模擬奸巧婆婆會說出何等話術來攻訐他們夫婦，經過一星期的反覆作戰演習，夫婦倆雖無十拿九穩的把握，不過有信心可把場面掌控住，於是他們在晚飯後和公婆會談。

承軒說：「媽，附近有棟房子要賣，很適合投資，我們想買下來以後，就搬進去住。」

婆婆說：「你們要搬我不會反對，不過我要和你們說件事，我們都和你大哥談好，以後這棟房子就是留給你們，大哥不會和你們搶。」婉清和承軒面面相覷。

婉清徹底覺得婆婆和自己是不同世界的人，難道婆婆以為送她一棟房子，她就會心甘情願和他們住嗎？重點是，她已經瞧不起這兩老的人格，根本就不想再與他們有所瓜葛。婆婆聰明過人，難道還不了解婉清的個性與心思嗎？還是婆婆窮途末路，只好祭出銀彈攻勢來拉攏人心呢？

「媽話都說這麼白了，還聽不懂嗎？」公公推波助瀾，希望藉此挽留承軒夫婦。婉清覺得這根本是不痛不癢的招攬話術，就算這房子以後送給大哥，她都不在意，她只想趕快有自己的家，別再和這夥人攪和在一塊兒。

承軒看穿爸媽的心機，他淡定地說：「我們就算搬出去也會回來照顧你們，以後你們要看病、要鏟雪，打通電話我們就來，所以你們也不用擔心沒人照顧你們！」

公公找不到台階下，一時拉不下臉，轉而不領情地說：「你看我們身體這麼好，又不是臥病在床，需要人照顧嗎？」

然後公公中氣十足對承軒倆大吼：「你們要搬就搬！你看我夏光任好手好腳，我自己都能上街買菜、看病、逛街，我不需要靠你們！」公公逞強地拍拍胸膛，暗示兒子媳婦自己身體有多硬朗。

公公回頭大罵承軒：「我都說了，你不姓夏都無所謂，世界上這麼多人姓夏，夏家沒你這個子孫也不會斷後，我才不需要倚靠你！」婉清很不齒公公如此的辱罵，她真想質問公公為什麼不去對大哥兇呢？為什麼不叫大嫂米蘭達陪公公看病呢？有膽罵她和承軒，沒種和大嫂大哥把話說清楚？為什麼不去對大姊嗆呢？人家說，「女人心，海底針」，婉清覺得這句話應該改成「老人心，海底針」！

此時婆婆開口說：「對啦！像你大嫂沒和我住在一起，她也常常打電話關心我，對我很好呢！」

懷孕的婉清特別受不了刺激，聽到婆婆又在睜眼說瞎話，著實受不了，情緒一個激動，忍不住對婆婆反唇相譏：「媽，妳會不會太不公平了？大家都看到在大嫂家，大嫂根本當妳不存在。大嫂回蒙特婁都住她娘家，根本也不甩妳，更不會幫妳做那麼多事情，妳還天天說她多好？」

婆婆不屑地瞪住婉清，婉清目光如炬，毫不迴避婆婆的惡意眼神。公公見狀，想扳回顏面，他扯開如洪鐘般的大嗓門吼叫，把窗戶玻璃都震動了：「好啊！你們要搬，今天搬、明天搬、後天搬，隨時都可以！要滾就快點滾！」

婉清被這一吼，胸中氣血翻湧，傾盡全身力氣、哽咽逞強地對承軒掙出幾個字：「現在我是在被趕嗎？」婉清氣得直往樓梯上衝，承軒情急之下想一把攔住老婆，好穩住場面。婉清氣急敗壞，費力掙脫承軒的阻攔，慌亂中一個踉蹌，「碰」的一大聲，在梯階上跌了一大跤。她氣惱當眾出了醜，賭氣地飛速爬起身，頭也不回地繼續向上衝。

她什麼都不想要了！她只想要拋下這一切，這讓她痛苦的一切！

婉清重重地關上房門後，喑啞地對天呼喊：「報應何在？天理何在？老天爺啊！你再不伸張正義的話，我就要來替天行道了！」

承軒見太太氣得跑掉，他一個火大一腳把旁邊的椅子踹倒，對父母大吼：「這就是你們要的！是不是？是不是！？」

婆婆只是想藉機修理媳婦，沒想到竟開罪兒子，她囁嚅地說：「承軒！事情不是這樣的，你聽媽媽說……」

「妳不用解釋了！你們是怎麼對我老婆，我都看在眼裡，還有什麼好說的！」承軒說完立馬轉身飛衝上樓安慰老婆。

婆婆失落、失望地呆坐在原處，公公則像闖下大禍的孩子，全身顫抖矗立一旁。

「老婆，老婆……」承軒輕叩閣樓的房門，一副深怕觸動老婆傷心情緒的態勢。

婉清幽幽地打開房門，只從門縫裡透出一雙眼，防備地問承軒：「幹嘛？」

「妳讓我進去吧！」

「不要！為什麼要讓你進來？你去找你媽啊！她那麼厲害，什麼都會做，這個家沒她不行，反正我只是廢物，你們都不要來找我！」

「她年紀大了，家裡很多事都得靠妳，大家都知道！」

「誰知道？只有你知道而已吧？連你爸媽都故意不知道！」

「這世界上很多事情都很難說清楚的！我們也很難一一對哥哥姊姊去澄清我們到底付出些什麼、我們對爸媽有多好，所以不要去管這些啦！我們自己過得好就好了！」

「我和你結婚以來，付出那麼多、忍受那麼多，到頭來公婆也不珍惜我，反而還一直維護大嫂米蘭達，憑什麼這麼不公平？」

承軒樂觀地強調：「人生本來就不是公平的嘛！妳難道連這點都不懂嗎？」

婉清冰封的臉龐上吐露一絲不甘願，她淒厲地慘笑，那聲調陰陰吊吊，如同女鬼般淒厲：「人生本來就是不公平的！哈哈哈，是啊！是不公平！可以請老天爺偶爾對別人不公平一下嗎？不要老是對我不公平！」

當晚婉清把自己反鎖在閣樓的房內，任由承軒如何叫喚，她始終不肯出來。她在暗夜中靜候，確認公婆和承軒都已睡下，躡手躡腳地轉開門把，潛入主臥房內。她望著承軒熟睡的臉龐，心中冒起一股聲音：「對，人生是不公平的！我無法改變這個現象，也沒辦法扭轉如此不公平的命運，但有一點我辦得到！我能讓你也嚐嚐『不公平』的滋味！」

「如果你明早起床，發現老婆不見，你就能深切深刻地體會自己如此善良無辜、如此愛護人人，老婆卻離開你那種『不公平』的滋味！」

她折回閣樓裡，扭開角落的巴洛克風格的檯燈，開始收拾簡單行囊。外頭傳來陣陣狗吠聲，她心神不寧，一時間連行李箱的拉鍊都摸不著，摸索一會兒才好不容易地把拉鍊拉上。她愣坐在床邊，雙腳擱放在行李箱上，像在醞釀出走的情緒，又似在哀悼這幾年來的委屈度日。

想到一路走來，離鄉背井、遠嫁他鄉的艱辛曲折，如今落得被趕的下場，當真是落魄潦倒。苦撐小媳婦職位這麼久，最後還是熬不下去，果真是什麼都留不住了，一切都太不值了！

若早知結局如此，遠在婆婆首次當眾辱罵她時，她就該當機立斷，毫不猶豫地離開此地。正當她想得凝重出神之際，猛地抬望鏡子，竟驚瞥到鏡中人已然淚兩行，本該引人悽楚感傷的意象，她的喜怒哀樂卻早已麻痺。

婉清索性關了燈，躺進房內那一片伸手不見五指的黑，她心意已決：「我一向隱忍婆婆，鮮少發威，彼此關係仍舊不好，既然今晚都對槓了，就別想對或錯！做人只管往前看，畢竟眼睛長在前面就是要我們好好往前看。生活的重心應該在未來，而不是回首過往。」

她在暗夜中拎著行李跨出家門，小心翼翼、盡量不發出半點聲響。漫漫人生路，她至少得為自己爭取一次幸福。

# 第二十一章 悸動

婉清跳上往鬧區方向的公車後，計畫到鬧區的銀行先領一大筆現金放在身上。她不想以信用卡消費，因為刷卡的消費紀錄無異於洩漏她的行蹤。她決意要從此消聲匿跡、遠走高飛。

她坐在公車的單人座上，仰望Bonaventure（波拿文德拉）車站的招牌與暗夜裡的璀璨星空，心情格外寂寥。低下視線，眼神掃到公車前方的Robert-Bourassa（羅貝爾 布拉薩）街的上坡路段，有了啟發：從今以後我的人生要往高處走，我要步步高升，要擺脫公婆的陰影！必得在為人母前，把那些來不及在婚前做的瘋狂事一概做完，才不枉此生！

當晚她入住蒙特婁大名鼎鼎的Queen Elizabeth Hotel（伊麗莎白女王酒店），次日清晨她在飯店內用完早餐後，漫步到St.Catherine（聖凱薩琳）街閒逛。當她路過百貨公司Ogilvy時，看著櫥窗內高雅的套裝新品，立刻憶起婆婆曾在此處，買下一套要價加幣七千元的皮草，她便興致高昂，也想留下一點戰利品。

三天後，當婉清把平常想做卻不能放手做的事情都嘗試過後，她感到一陣生平前所未有的空虛，那如同大學畢業典禮前夕，對未來茫然的空虛。當年那可是迎向美好未來、輕飄飄的樂活，如今則是徘徊分岔路前、不知所依的空蕩。她深深重重地躺入飯店客房的床榻裡，盯著天花板發愣，尋思下一步該如何走。

既然都離開那個家，又打算回台灣做月子，乾脆就買張機票直接回台灣。不過在回台灣之前，或許該參加旅行團，好好遊歷加拿大，定居蒙特婁至今，她都沒參加過這裡的旅行團呢！

她上網搜尋旅行社的旅遊方案，在目不暇給的網站上找到許多郵輪旅遊的行程，其中一個旅遊方案是遊希臘愛琴海，她決定報名這團。於是她先搭飛機到義大利羅馬，再由羅馬的港口上船，行程會經希臘愛琴海，十四天後船行折回羅馬，再搭飛機回蒙特婁。

為了慶祝踏出人生海闊天空的第一步，她訂了頭等艙有balcony（陽台）的房間。婉清推開郵輪房間的大片落地窗，踏入陽台內，海風大把大把地迎面而來，混著淡淡的鹹味。她神清氣爽地對著遠方呼喊：「從今以後，我谷婉清的人生，要和這片天空一樣，海闊天空，自由自在，我再也不要活在『好媳婦』的緊箍咒裡了！」

話語像殞落的煙火碎裂捻熄於海平面上，再無聲無息地煙消雲散。婉清深吸一大口氣，雙手扶在陽台的扶欄上，閉眼側身傾聽海洋的聲音。此時風浪趨寧，微風徐徐，心情亦隨之開朗。她拋開人間一切塵俗煩惱，世外桃源不過就是這般景致吧？

或許心境不同，沒人作伴旅遊的第一天，婉清並不寂寞，反而顯得格外逍遙。第二天隔壁房的旅客下船，婉清聽到隔壁傳來動靜，應該是新旅客登船了。

婉清貪戀愛琴海的陽光，陽台的地板是強化透明玻璃，能將腳下的海景一覽無遺，她坐躺其上，只消低頭往下看，簡直就像飄浮在海平面上。船一啟動，她看見底下的海波像投影片一張張快速滑過，自己就像阿拉丁乘坐在魔毯上飛行，恍若仙人一般。

看膩足下深藍海洋後，她起身倚靠在扶欄前，淘氣地朝左右平伸雙臂，迎風佇立，故作浪漫模仿起電影《鐵達尼號》裡Rose和Jack在船頭談情說愛的橋段。風勢強勁，吹得她兩頰微微顫動且雙眼都睜不開了，她索性閉上雙眼，玩興大發地頻頻發出歡呼聲。

就在此時，一股安定的男聲溫柔地傳進她耳中：「婉清？婉清？」

乍聽之下，她以為是風聲呼嘯而過的響音，絲毫不以為意。不多久同樣的聲音再度傳來，她心頭一怔：「是誰？是誰在叫我？那聲音怎麼這麼熟悉？」

她尋聲回望，眼皮緩慢睜開時，恰有道陽光搶入眼中，在隔壁陽台上有個人背光站立，周身發出微微光暈。她怔忡了，那是她埋藏心中多年的回憶，那是她想記住卻不願說起的名字，她恍如隔世，不敢置信：「張—偉？」

「真巧！」那男子一往情深的大眼眸裡流轉著幾萬種錯綜的情感，那是世上最讓人難以抗拒的眼光，他像要把她看穿似地凝視她，像在她神魂裡重新注入生氣，而她卻全身僵硬，動彈不得，僅能以眼神裡的柔情回望他。

她融化在那樣的眼神中，多年前令她心頭小鹿亂撞、魂牽夢縈的眼神，今時今日卻出奇不意地闖入她的生命中，她徹底慌了手腳。

「你怎麼會在這？」婉清微微顫抖囁嚅著。她如在夢中，深怕就此夢醒。

「我來度假。妳呢？」

「我也是。」尾隨生澀問候的是一片靜然，沉默隨侍兩頭，她對他翩然一笑，不經意地撩撥烏黑的長髮。她強裝鎮定，唯恐他察覺她的心事。

「妳還是老樣子！」張偉帶著一抹自信的調皮笑容，讓婉清心中小鹿亂撞。

「有嗎？」婉清像情竇初開的少女，兩頰倏地緋紅。

「妳緊張的時候就愛撥頭髮！」一陣懊惱浮上婉清心頭，不論如何防衛著，都能輕易地被他看穿！但有什麼事情瞞得了萬人迷張偉呢？她緊張得不知該把目光往哪擺，開始有些侷促不安。

他一個人來嗎？應該有人陪吧？她雙手十指緊擰，眼角餘光掃過張偉的無名指，手上並沒戴婚戒，心頭暖暖地升起一股期待，然後她的心情如夢似幻，緊接著她又低頭盯著腳上的金蔥色麵包鞋傻笑，羞怯懊惱自己都結婚了，憑什麼管這些呢？

張偉故作苦情地說：「我啊，真可憐！連度假都只能一個人來，妳呢？想必有人陪吧？」

婉清的心意瞬間被張偉掐個正著，她不禁惱起他來：張偉啊張偉！難道我一輩子都逃脫不出你的手掌心了？

「我喜歡一個人度假。」婉清避重就輕，心虛地吐露出這幾個字眼。

張偉的警敏嗅察到婉清在逃避些什麼，他揚睫與婉清對視，那樣堅定又不退縮的神情，讓婉清羞得嬌嗔起來：「你別看了啦！」

張偉嘴角輕輕牽動，自信從容地說：「妳還是我記憶裡的模樣，都說歲月不饒人，可是歲月獨獨鍾情於妳，對妳特別寬待啊！」那麼明亮的眼睛，那般真摯的語氣，那樣溫和的態度，沐浴在晨光中的張偉恍若救世主降臨人間，周遭的景致轉瞬間都被他染亮，光明而無罣礙。

婉清淘氣地回敬他：「你還是那麼會說話！你也沒變啊！」張偉被婉清這一點醒，意識她在調侃自己，便巧妙轉移話題。

張偉深情無比地問候：「妳這幾年好嗎？」婉清欲言又止，她原想說「很好啊！」但她的談吐瞬間止息。這就是歲月吧！歲月能讓人滄桑，把所有生活裡不管複雜或簡單的情緒都深藏起來，當多年後，被故友或舊識問這麼一句「你好嗎？」時，我們反而都不知所云，無法以最單純的情緒回應如此基本的關懷。

而婉清不能沉默不語，什麼都不說就顯得此地無銀三百兩，她盡量從容鎮定：「我……算不錯吧！你呢？想必事業有成吧？」

「我一天工作十幾個小時，錢賺得不少，事業比其他同學順利。可是我快樂嗎？唉！天曉得！」婉清噗哧地笑出聲，他還是那個做事衝勁十足的張偉，那樣散發男性魅力、令她一往情深的張偉。

大概是害怕揭鍋問底吧，兩個人都不敢問及關鍵問題，只是風馬牛不相及地聊著運動、旅遊、美食等話題。在這天南地北閒扯淡的氛圍下，婉清游刃有餘地展現女性獨有的幽默與智慧，倘若現在分析討論的是婚姻與愛情，她肯定支支吾吾、自動繳械。

他們站在各自的陽台上聊了一下午，婉清難得露出小女人的嫵媚與風情，兩方都捨不得離去，直到張偉開口：「晚上一起吃飯吧！」

沒有拒絕的理由！她暗想：只是一頓飯而已，不是什麼了不得的大事！況且她現在最需要人陪，有個老朋友相伴，何嘗不是件好事？

婉清臆測自己當下的樣子應該很狼狽吧？整個下午在陽台上，被陽光曬得雙頰通紅，滿身是汗。這才尷尬地想起：「剛剛我三八地學電影《鐵達尼號》，在那鬼吼鬼叫的模樣，張偉應該都看到了吧！」想到這，頓時窘態大現，她真想挖個地洞鑽進去！

或許這股難為情的潛意識作祟，代償作用隱隱發功，她便想以最完美的姿態與張偉共度重逢後的第一頓晚餐，她說：「我想先換件衣服，再去吃飯。」

「那好，我們一小時後在妳房門口碰面，好嗎？」

「嗯。」婉清的神情像第一次和追求者約會的小少女，突然覺得人生重新被格式化了，一切都如此嶄新與美好，充滿各式各樣的可能性。

她關上陽台的落地窗，再拉上窗簾後，背靠在窗簾上咯咯傻笑，覺得在天堂內遨遊飛翔，一切美好得不可思議。倏地想到張偉就在隔壁，根本就是在與偶像當鄰居，她擔心張偉把她的一舉一動聽得一清二楚，那該有多尷尬啊！她轉瞬間變得溫柔異常，連旋開浴室水龍頭的開關鈕時，她都輕手輕腳，怕花灑灑下的水聲太大聲，會驚嚇到她的王子。

婉清在這極端夢幻的心情與期待下，從行李箱中，挑選一套水藍色單肩、長擺拖尾晚宴服換上，將長髮挽了一個髮髻，然後開始化妝。化完第一遍覺得太濃了，怕張偉想歪，他萬一以為我是要勾引他，那可怎麼好？

於是她慎重仔細地卸妝，重化了一個淡妝，然後撲上蜜粉定妝，再噴灑上Cloe的香水後，輕柔地套上米色高跟鞋，準備開房門走出去前，還不安地在全身鏡前，攬鏡自照。她想以最完美的姿態出現在張偉面前，但又怕他覺得自己很刻意，這矛盾的意圖讓婉清變得緊張、慌亂，甚至手足無措。

一切就緒後，她柔緩地打開房門，優雅地踏出房門外。張偉已雙手叉在西裝口袋裡，倚在玫瑰碎花的壁紙上怡然地凝視她。深藍色的西裝與領帶襯得張偉英姿颯颯，宛若少女漫畫裡走出來的美男子。婉清怦然心動，若說歲月不曾在婉清身上留下痕跡，那麼歲月在張偉身上留下痕跡，就是為了刻塑出一個更迷人的張偉、提煉出那致命的男人味，原來歲月更偏心張偉。

張偉讓婉清輕柔地挽著他的臂膀，旁邊經過的菲律賓打掃人員以為他們是熱戀中的一對愛侶，還對他們獻上祝福的微笑。

他們一路有說有笑地走到餐廳，然後在餐廳入口處等待侍者帶位。侍者為他們挑選靠落地窗邊的情侶座位，兩人毫無不自在的彆扭，彼此頷首輕笑，眼神都離不開對方，暖膩的甜蜜愛苗在彼此的心田間培養著。

雖然婉清和張偉是頭等艙的旅客，晚餐時段他們並未到頭等艙專屬的餐廳用餐。頭等艙的餐廳接受每位賓客單獨點餐，一般艙等的餐廳為了在用餐短短的三小時內，有效率地及時供應船上這麼多人的吃食，提供的則是自助餐。

婉清原本想和張偉一道去排隊拿餐點，張偉婉拒：「妳待在原位就好，讓我幫妳挑選，考考我的記憶力，看看我有沒有忘記妳愛吃什麼，好嗎？」婉清總是捨不得拒絕張偉的一切要求，有時她懷疑這樣會不會寵壞一個男人呢？無所謂！因為她喜歡讓張偉替她安排許多事情，那是一種被寵愛的感覺。

以前她和張偉一同在大學校園內的自助餐廳用餐時，每次都是張偉排隊拿餐點，婉清負責顧位子。那時候的他們把未來交到彼此手中，可這樣的美好卻輕易地被命運給捏碎了！誰能料到如今重逢，婉清業已嫁做人婦。婉清不禁多心：或許張偉也結婚或者有女友而瞞著我呢？如果是的話，我內心的罪惡感會減輕不少。如果他單身，我這樣算不算欺騙他呢？

當張偉胸有成竹、優雅自若地端回兩盤食物時，婉清得意地笑了。木耳炒銀芽、椒鹽雞、龍蝦、大蒜麵包這些都是婉清最愛吃的，張偉一樣都沒少，一樣都沒忘，婉清徹底沉浸在身為女人的虛榮與驕傲之中。

「妳想喝點酒嗎？」

婉清想起肚裡的孩子，連連搖頭說：「不用了，我喝果汁就好。」

他們先是在一片微笑中靜默用餐，直到張偉主動問起：「這是妳第一次搭郵輪嗎？」

「嗯，你呢？」

「我已經好幾回了！每次只要公司讓我放假，我都是坐郵輪旅遊。因為我討厭坐飛機，坐飛機就讓我想到又在出差了！」婉清和張偉相視而笑，不是因為這番話有趣逗人，而是婉清珍惜享受聆聽張偉說話的片刻，那只屬於他倆的祕密時光。

「只是沒料到這次會遇到妳，」張偉伸出左手握住婉清的右手，握得緊緊的，像是一個不留神，婉清就會從他身旁消失的模樣，呵護地說：「這是命定的安排，妳不覺得嗎？」

「或許吧！」婉清特意裝作不被感動的模樣，她不想就這麼卸下心防，不想在張偉面前露出喜形之色，千萬不能讓男人太放心，不然他就不會在妳身上用心了！

「你是從哪裡飛來羅馬上船的？」

「從加州，我現在定居美國加州，公司常派我去韓國、台灣出差，前幾年歐洲有幾個大客戶，我便常飛歐洲。」

「你的工作聽起來很有趣，大概常常接觸許多不同的人吧？」

「常常去不同的地方，但不見得接觸不同的人。客戶就是客戶，他們怎麼會比妳可愛有趣呢？」張偉慧黠一笑，那感性男人味的笑容就像電影《亂世佳人》裡，白瑞德在樓梯下對郝思嘉充滿遐想且能迷倒天下所有女人的一笑。

「唉呦，我這樣算可愛有趣的話，那萬人迷你就當之無愧了！」不知為什麼，婉清明明很喜歡跟他在一起，卻老喜歡捉弄他，婉清露出勝利的一抹淺笑。

張偉察覺出她笑裡的深意，裝出懵懂無知的少不更事：「萬人迷？從沒人這樣說我呢！我喜歡的女生都不喜歡我，我這樣才叫可憐啊！妳都不同情我嗎？」

「我同情你的話，怕很多女人都把我當仇敵看了！」話剛脫口而出，婉清隨即後悔，深深自責這般不解風情，擔憂這話影響自己在張偉心中的形象，她趕緊端起面前的果汁啜飲一口，稍稍冷靜自己的心花怒放，千萬可別得意忘形就破壞這美好的氣氛。

他倆都恰如其分地扮演各自的角色，張偉是幽默風趣、風度翩翩的追求者，婉清則是欲拒還迎、風情萬種的被追求者。果不其然，氣氛被醞釀得愈來愈好，連身旁不相干的陌生人都直覺認定他們是一對恩愛的情侶。

主餐被撤走後，侍者端上咖啡與紅茶、巧克力蛋糕與草莓千層酥。張偉啜飲燙舌的熱咖啡，婉清聞出擺在面前的，是最上等的大吉嶺紅茶，貪嘴地連喝好幾口。

「晚上睡前不要喝那麼多茶，會影響妳的睡眠品質，唔？」張偉輕握著婉清握住杯把的手，婉清想掙脫他的束縛，張偉卻用更堅定關愛的眼神回視她。

「你為什麼老提這些無聊的瑣事？」婉清不敢正眼注視他，眼神擱向遠方。

「因為我在意妳！」

婉清深知這次她誤觸情網，得趁陷入不深的時候脫身啊！偏偏她像成癮般地眷戀不已，遲遲不肯逃離！

張偉啊張偉，你就是有辦法用最簡單的話語擄獲我的心，我就像孫悟空永遠逃脫不出如來佛的掌心！難道前世欠你嗎？

婉清轉頭看向窗外，月光裡的海洋烏沉沉，那是深不可測的未知所散發出的氣息。婉清終於意識到一切都太遲了！她早該避開張偉，現在她更捨不得離開他了。

張偉緊握婉清的手，終於有機會把心中累積多年的話語一吐為快：「婉清，妳聽我說，當年妳因為靜美誤會我，其實我和她根本沒什麼！」

婉清心頭一懍，迅速把手抽回，她沒料到張偉會往事重提，她不悅地制止：「過去的都過去了！再提她幹嘛？」

張偉只能苦笑，這就是老情人致命的吸引力啊！他能輕而易舉地擄獲妳的心，卻也能在關鍵時刻，給妳致命的一擊！婉清知悉他笑容裡的無奈正在向她討饒。

當侍者將廳內的燈光熄滅，取而代之的是搖曳生輝的點點燭光，跳動的火焰讓她璀璨的晶眸在黑幕中，如貓眼般閃閃發光。張偉無聲地拉起婉清的手，用臉頰細膩地愛撫著婉清手臂的每寸肌膚，最後他倆雙唇交纏，難分難捨。

是夜，婉清獨個兒躺在床上，將睡未睡。「靜美」這個名詞已然鑲嵌入她永世的記憶軸裡，當年婉清還差點就在兩人書包上都寫著BFF：Best Friend Forever了！和張偉因為靜美而分手，她才大徹大悟：我們要特別感激好友，尤其當她出賣我們，因為她讓我們瞬間成長、瞬間堅強，沒有理由再拒絕長大！

這句話就是她與靜美八年友誼的所有總結。人們總愛說，過去的就讓它過去吧！但是，沒有過去的發生，能產生今天的我們嗎？忘掉過去，談何容易？不然，為何有「孟婆湯」的傳說呢？能靠自主的意志來進行「忘卻」這項心理活動的話，人間有情都輕安自在了！

姑且不想靜美，光想到張偉，都讓她擔憂害怕。她只是好期待與他相見，和他共處的時候，捨不得離去。和他分離的時候又不斷回味與他膩在一起的時光，都不知道自己在幹什麼了！

如果我當初沒有誤會張偉而分手，我們兩人今天會是什麼樣的狀態呢？我們或許會結婚，共組家庭，然後一切就像命定的劇情，我會需要和他的父母親或親戚來往相處，會不會最後也落得今天這種離家出走的局面呢？

婉清緊緊摟住枕頭，把枕頭想成是張偉結實的胸膛，在那樣的想望裡，她的心又痛了起來，她任淚水滑落臉龐，恣意流淌在絲綢枕頭套上。

什麼是很愛呢？愛一個人愛到與他結婚，就算很愛嗎？No!多少夫妻最後都成為怨偶啊！這不就證明婚姻不是愛情的認證與保固。

什麼是幸福呢？我和張偉結婚就算幸福嗎？我若再進入另一段婚姻，大概就是過著與承軒這段婚姻大同小異的生活方式吧？會有更好的結局嗎？

同居呢？永遠像對神仙眷侶般地生活，不用管世俗的夫妻名分和責任義務的包袱，我會更輕鬆自在嗎？但是我肚裡已有承軒的孩子，張偉會對孩子視如己出嗎？張偉的媽媽能接受我這樣的媳婦嗎？

我都還沒探問張偉父母的狀況呢！只記得他媽媽是網球教練，身體應該很硬朗吧？如果她還健在，就算不用婆媳同住，還是要與她來往吧？畢竟她是張偉的媽媽，關係再不親密，也不能完全不聞不問，每逢母親節、母親生日、農曆過年還是會有齊聚首的場合吧！也許到時候又有新的婆媳問題……

唉！人生為什麼有這麼多麻煩呢？

要是我找個孤兒談戀愛的話，就不會有與公婆相處的摩擦和不愉快，也不需要與一堆親戚送往迎來或寒暄招呼吧！這世上就能這麼湊巧地、找到與我情投意合的孤兒嗎？真是天馬行空、異想天開的想法啊！

# 第二十二章 相逢恨晚

幾天後，當船停靠在希臘岸邊時，婉清和張偉一同報名郵輪上安排的旅遊行程。兩個人都有意迴避靜美的話題，這是老情人的默契嗎？因為太了解對方，知道如何深愛對方，更知曉如何傷害對方，他們在愛情的迷宮裡動輒得咎，索性退回原點，靜觀其變。

婉清在甲板上排隊下船時，俯瞰這平生遇到最壯觀的場面。岸邊停了長長的、好幾排的遊覽車，約莫有八十幾輛遊覽車，遊客們魚貫下船，等到整批人馬全數上車又花了將近三十分鐘，足見陣仗之浩大。

婉清與張偉並肩坐在遊覽車上，導遊的英文解說並未讓他們分心，他們心無旁騖、專注地依偎在一塊兒。

當他們到達愛琴海邊時，海天一色的好風光，婉清醉心於那一片藍得沁心的海洋，時光像在那剎那間凝止。婉清順勢脫下涼鞋，涼鞋懸掛在手指間，與張偉兩手相攜，一道踩著碎浪，漫步於海灘上。

「妳喜歡這裡嗎？」

「嗯，喜歡！」

張偉鬆開原本與婉清十指相扣的手，雙手扶著婉清的肩頭，誠懇地說：「以後我在這買棟房子，我們就住這吧！」

「你說什麼呢！」婉清嬌羞的面容像一朵出水芙蓉，清新脫俗。

「我們只是來度假的！何必買房子？」

「我們可以一起住啊！那我每天都可以陪妳一起散步看夕陽、看雲彩！」

「是你說的喔！以後可不許說要上班、說要加班，就不陪我喔！」

張偉深情款款地凝望婉清：「好啊！如果和我一起住在這，以後就不許離開我了！」婉清眼底閃過一抹愁思，她若有所思地遠眺前方的山脈，她不想掃張偉的興，隨即換過一張堆滿笑容的臉。

張偉瞧見這曖昧的轉變，心中五味雜陳，胸口湧上千千萬萬種情緒。他緊擁她，像要把兩人的軀體徹底融合在一起般，那樣全心全意、神魂都要傾巢而出的緊擁。

浮遊的白雲像飄在山嵐前的浮水印，若隱若現，一種具有動感的層次性。金蔥色的沙灘燦爛無比，間兒有海鷗忽遠忽近的鳴叫聲傳至耳際，婉清和張偉好似漫步在時光隧道內，與世隔絕，漸漸地，連時間都遺忘了他們。

過了一會兒，導遊在高處向他們揮手，高喊：「要上車囉！」他們甜蜜攜手返回遊覽車內。

大約黃昏時刻，八十幾輛遊覽車又重現岸邊，同行的旅客們紛紛下車，婉清和張偉亦在其中，他們很快便被大批人潮淹沒，被人潮半推半拉、推擠簇擁著回到船艙內。

他們離開人潮眾多的甲板，循序漸進地轉回客房層，這才舒緩地感到清幽氣爽。兩人決定不再人擠人地走回自助餐廳用餐，他們一同在張偉房內點了客房服務。大約玩了一整天，胃口大開，各點了一大盤義大利麵、沙拉與湯，外加一份前菜與一瓶九〇年份的紅酒和蜜桃果汁。

用過餐後，他們倆簡單隨興打扮，相偕到甲板上散步。夜涼如水，繁星簇擁著上弦月在夜幕裡嬉戲。張偉倚靠圍欄，面向大海而立。起風天涼，涼風拂上張偉的臉，心細如髮的他隨即意識到，包裹在單薄休閒運動外套下的婉清微微發顫，他二話不說就脫下黑色毛料外套，讓婉清披上，婉清窩心地將頭靠在他結實的胸膛上。

「我每次搭郵輪，最喜歡的就是這個時刻，在有星星的夜裡看海，星光照在微波粼粼的海面上，萬籟俱寂，大地安寧沉寂。我心裡就湧升一股平安，很放鬆的歸屬感。」

婉清懂得這樣的感受，此刻也是她這幾年求之不得的寧靜。如果時光能永遠停留在這一刻，該有多好！她永遠享受談戀愛的甜蜜，永遠無須擔心柴米油鹽的問題，永遠不會遇到婆媳問題，多好多好啊！

其實張偉這幾天與婉清朝夕相處，已經琢磨出婉清的心事，她心裡還有別人，所以她躊躇不前。張偉曾經錯過一次婉清，他不想再錯過第二次，人生不是經常能偶遇舊情人，如果這麼戲劇化的事情發生，表示上天定有其用意！張偉耐心等待著，他希望婉清可以主動敞開心房，毫無顧忌地說出真實感受，他願意一直等下去。

張偉把婉清拉攏入懷裡，她緊摟著他，他的雙唇埋進她的頸項裡，她雙眼迷濛，身子發軟，雙手緊緊環抱住他厚實的腰背。

夜已深，月光從落地窗半掩的窗簾透出，投射在床上婉清的面容。張偉在月光中褪去婉清的貼身衣物，雙手感受她身軀的美好娉婷，他的舌尖巧妙精準地游移著、十指輕柔地握擁著她的蓓蕾，一路緩移，最終徘徊在那最引人遐想、令人欲罷不能的花心。婉清白嫩的小腿在張偉的肩頭上前後晃動，嬌嗔的女聲隨強弱起伏而抑揚頓挫著，最後男女軀體纏綿繾綣，裸裎相擁而眠。

旭日東升，婉清在晨光中與張偉賴床，他們聽著遠處的汽笛聲、海鷗恣意的鳴叫聲、甲板上其他遊客的說笑聲，感到世界是如此美妙。因為太美好，這對戀人只想躲在彼此的一方小天地內，被恣情的愛意浸濡著、包圍著。

接近晚餐時刻，婉清從床上起身，進入洗手間盥洗。由於郵輪上不成文的規定，在餐廳內用餐得穿著正式的晚宴服，婉清便回房內換上正式的晚宴服。她換穿一套純白色的蕾絲露背、一字肩長禮服，一身素雅，套上Vivian Tam的涼鞋，掛上一對鑽石耳環後，她以電棒捲將黑直長髮捲成波浪大捲，弄出一個飄逸浪漫的造型，戴上蕾絲花頭帶，盛裝打扮的她依約到螺旋狀樓梯與張偉碰面。

當她站在圓弧樓梯頂端時，她有些期待地緩步下樓梯，她輕喚著：「張偉！」張偉閒適優雅地回過頭，他的銀色西裝外套與白襯衫相得益彰地輝映著，合宜的褲型剪裁襯托他身形更加修長，領巾隨興地從襯衫的領口內露出。她走向張偉敞開的胸懷，走向那令人期待的未知。

在那樣的情境下，她只想任性一回！人生就需要這些刻骨銘心，不然如何叫「活過」呢？

當張偉環握住她雙手的那一剎那，有些事情似乎就註定了。

「妳真美！」婉清嫣然一笑，甜蜜地說：「你也很好看！」

張偉欣賞婉清好一會兒，才幽幽地牽著她的手往餐廳走。

他們這次到頭等艙的餐廳內用餐，他們聽從侍者的推薦，在這家紐約老字號的五星級餐館點了最著名的幾道名菜。

現場的爵士樂隊演奏著Billie Holiday（比莉·哈樂黛）的〈The blue moon〉（藍色月亮），有位打扮冶豔神祕的爵士女伶低迴唱著。婉清見張偉比前幾晚沉默，以為他倦了，就熱絡地講了幾個笑話逗他開心。張偉關愛地聽著，珍重地笑著。講到第三個笑話時，他幾乎是開懷大笑。婉清見到他笑逐顏開，心情輕鬆許多。

此時張偉離開座位去洗手間，正要轉身離去，婉清故意對著他的背影發嗔：「要快點回來喔！不然我會太想你喔！」

張偉回身，牽起婉清的手，放至嘴邊輕輕地吻著，然後抬頭促狹一笑：「好的，我會在妳想念我之前就回來的，女王陛下！」

等張偉回座後，正巧樂隊演奏完上一首曲子，間隔了幾秒後，樂音重下，慵懶的音符柔柔綿綿地在舞池內伸著懶腰，恣意妄為。

張偉濃情蜜意：「妳還記得這支舞嗎？」

「記得，這是Diana Krall（黛安娜·克瑞兒）的〈The look of love〉（愛情的模樣）。」那是他們在大一校際舞會裡邂逅的第一支舞。

「我有榮幸請妳跳一支舞嗎？」婉清滿臉幸福地點頭應允。

在舞池中央，他們的身軀貼擁，腳步緩移，像音樂盒裡的共舞佳偶，平順流暢地旋轉於舞池之上。

張偉嗅聞著婉清髮際的芳香，半陶醉半調情地說：「我剛剛特地請樂隊演奏這首歌，就是想考考妳的記性！」婉清聽張偉這麼一說，不自覺地把身體更貼緊張偉，把頸項深深埋靠在他的肩頭上。

爵士女伶低沉的聲線頗有幾分Diana Krall（黛安娜．克瑞兒）的風味，餐廳裡的氣氛漸次浪漫柔軟，空氣中的氛圍愈來愈銷魂。她唱著〈The Look Of Love〉：

The look of love is in your eyes
A look your smile can't disguise
The look of love is saying so much more than just words could ever say

英譯：愛情的模樣在你眼中
那是你的微笑所無法掩飾
愛情的模樣所能表達的多過於言語所述說

這首情歌不啻是張偉最積極的進攻，張偉的心意和情意，婉清知之甚深。如果不是這首歌，少不更事的他們不會墜入情網，他倆的緣分由這首歌開啟。儘管造化弄人，當初的誤解、中間的各自精彩，到如今的再度重逢，意味著些什麼呢？難道張偉還是張偉，我還是我，我們都可以重新開始嗎？真如此簡單明快嗎？

婉清把張偉抱得更緊，像在安慰自己，又像在麻痺自己。其實很多事情都變了！我連懷孕都不敢向他坦承，我隱瞞他許多事情！我絕不能帶著承軒的孩子跟著張偉走，這樣只會愈搞愈亂，對誰都沒有好處。

婉清緊擁張偉，那樣地深情，那樣地不捨，就像在訣別一般，她心揪緊了！她無奈地閉上眼，不願面對這故事的下半段。她預感到張偉要說什麼了，她得在他開口前，制止這一切。

她決絕地說：「我們已經沒有辦法回到以前了！」

在一種近乎驚心的觸動裡，他掃瞄到她雙眸裡的深情與哀切。

「我生平沒有逃避過什麼。如果妳有什麼想對我說的，妳都可以對我說！」他的眼神滿是懇求與憂慮，決絕的哀戚包圍了彼此。她感應到他的心意，她想他知道了！她既心虛又羞愧，只能低下頭，極力避免與張偉眼神接觸。

張偉不等婉清發聲，他團團緊摟著婉清，婉清順勢倒在他懷中掩面哭泣。她曾經深愛的他，他至今都深愛著她，她卻早已琵琶別抱，而且將為人母。

我倆真不該相遇！

我離家出走的那個深夜，不就暗自下定決心要爭取幸福嗎？遇到張偉，算不算遇到幸福呢？如果真和他相守一生，他必定會好好呵護我！可是孩子怎麼辦呢？

張偉安慰婉清：「別哭了！我們先回房，好嗎？」婉清無聲地點頭。

回到張偉房內，兩人相對默默無語，僵持好一陣子。張偉還是心軟了！他挨近婉清，炙熱真切地纏吻著婉清，吻遍了千山萬水，吻盡了悲歡離合！婉清的理智像警報器般在她腦裡震天響著，她像聽到半夜十二點鐘聲響起的仙杜瑞拉，她睜開雙眼，一把推開張偉，逃回自己房內。

婉清狂奔著，張偉緊跟在後，等她回到房裡，她心有餘悸地背貼著門，張偉有節制地敲著門：「婉清，婉清，到底怎麼了？我哪裡做錯了嗎？」

「婉清，或許我太急了，我會再給妳一些時間，好嗎？」男人心碎的低吼讓她心如絞痛，痛得一蹶不振……

她的身子骨像在寒風冰雪中顫抖擺盪，她僵直地像丟了三魂七魄，氣惱自己的身體不聽使喚，她心頭掙扎為難著：「我不想傷害你，張偉！我們不能在一起，我不能帶著別人的孩子跟著你走啊！」

婉清像個玩火焚身的孩子，火勢一發不可收拾。我該怎麼辦？我連對張偉坦承我已婚的身分都不敢，我肚子裡還有承軒的孩子，我該何去何從？我該怎麼面對張偉？我該怎麼面對承軒？

我與張偉，那是妻子的不忠；我再回頭與承軒，那是對愛人的不忠。我已經同時對不起兩個男人，我是個一無可取、最適合下地獄的人！

婉清沉重地闔上眼皮，虛弱地吐出一口氣。她但願一切都能像電腦遊戲一般，可以restart（重新開始）。但人生不是遊戲，很多事情一旦發生就回不了頭！

她趴在舒適的軟床上望著窗外的海景發呆，伸手不見五指的黑，黑得分不清海與天，分不清現實與幻境，就這樣清醒了一整夜，迷糊了一整夜，然後天色漸漸轉灰，再轉藍，直到天邊出現一線曙光。海面上波光粼粼，五彩繽紛的光線交錯灑落在海平面上，此時婉清瞇著惺忪的雙眼，囁嚅著：「天亮了，我該開始或結束呢？」她感到異常疲憊，在晨曦的相伴下，她像個孩子般沉沉睡去。等她再次醒來時，約莫八點鐘了。

她拖拉著腳步，搖搖晃晃移到浴室內，逐一褪下身上的禮服與耳環，當她正欲拆下耳環時，發現左耳的耳環不翼而飛，可能是昨晚急忙跑回房內，不小心落在何處吧！

她幾經梳洗後，換上一件休閒上衣和九分緊身牛仔褲。鏡中的她有幾分憔悴，她不想如此狼狽地見到張偉，但她好想見見張偉，她必須見到張偉！

她走到隔壁張偉的房門前，輕敲房門，門內走出一位菲律賓籍女士，婉清一愣，原來她是船上的工作人員。

張先生呢？女士回答，今早有一批人已經下船，張先生也跟著下船了。

婉清不敢置信，她魯莽地從半開的房門縫隙探進頭，想確定這是不是真的？真的人去樓空了嗎？她感到成片成群的惶恐、害怕、無依、不捨，驚濤駭浪地打上她的身軀。她不顧一切地往甲板上奔衝，此時船還停泊在岸邊，張偉可能剛走不久。

她站在甲板上往岸上看去，東張西望，四下急尋張偉的下落。她垂頭喪氣，如喪家之犬，呆扶著欄杆，覺得幸福離她好遠好遠！

這時候，岸邊突然有一道亮光閃爍，她順那道刺眼的亮光循線望去，竟是張偉，他在岸邊揮晃著婉清失落的那只鑽石耳環。

婉清被他這調皮的行徑逗笑，她以笑容掩飾不捨，他了然於胸地一笑，一切盡在不言中。婉清沒有下船追他，因為知道攔下也是枉然，她不想繼續騙張偉，隱瞞是對他們感情最大的不敬、嘲諷與背叛！

張偉眼睛眨也不眨地望住婉清，他知道婉清有事情瞞著她，而他不想強迫她。

船開了，婉清和張偉都像銅像般地黏立在原處，她持續揮手，直到張偉縮為天際邊的一小個黑點為止，直到看不見張偉為止，婉清仍舊佇立在甲板上。

婉清獨自捱完剩下的旅遊，那段時間內，她失魂落魄地在郵輪上按表操課，雖然表面看來完好無缺，但她內心深處那樣機密的回憶與珍貴的情感已然被連皮帶肉、血淋淋地剮除。等郵輪駛回羅馬後，她從羅馬飛回蒙特婁，再從蒙特婁機場臨櫃買了張單程機票回台灣。

誰說女人離家出走是一時衝動？

如果是一時衝動，為什麼不是「一時衝動，就和老公親熱一番」？

為什麼不是「一時衝動，就和婆婆相談甚歡」？

為什麼不是「一時衝動，就和大姑言歸於好」？

哼！一時衝動？女人離家出走從來不是一時衝動，而是積怨已久，累積許久的鳥氣剛好在那個時間點上爆發出「離家出走」的能量。

婉清從登機處的落地窗望去，一抹雲彩留在天地交接處。婉清慨歎：「天光真美，可惜我要走了！」她想起徐志摩的名言：「我走了，揮一揮衣袖，不帶走一片雲彩！」婉清卻連衣袖都懶得揮，只想盡快離開這個傷心地。她毫不遲疑、頭也不回地登機，飛回故鄉台灣。

# 第二十三章　兵臨城下

話說婉清離家出走後，隔天一早承軒不見婉清蹤影，他急叩她的手機好幾個小時，最後只好想到最壞的可能性：「她真的走了！」承軒沮喪地仰望牆上的大幅婚紗照，哀傷地椎心自問：「婉清，妳會去哪呢？」

承軒下樓準備出門上班時，母親及時攔住他：「婉清呢？明天開始這裡的CLSC（社區服務中心）幫六十五歲以上的老人免費打流感疫苗，你叫婉清明天開車帶我和爸去一趟。」

承軒黑著臉回話：「她走了！」

「走了？她去哪？」承軒不理會母親的追問，一聲不響就甩上家門離去。

「老夏，承軒說婉清走了，她該不會離家出走了吧？」夏光任一臉愁容，勉強擠出一絲苦笑，無奈地搖搖頭，他知道昨晚的爭執闖下大禍，媳婦真的走了。

當天傍晚，婆婆苦思一陣，決定打電話給女兒如倩。

「如倩，妳明天有空帶我和爸去打流感疫苗嗎？」

「我又不會開車，我陪你們去的話，還多花一張公車票，不如我把月票借你們，你們自己去唐人街的華人診所打針，講中文就能溝通……」

婆婆失望地握著話筒，不知該如何拉下臉說服女兒帶他們倆去。如倩深怕媽媽繼續遊說，趕緊補充：「我等下就把車票放在家門口的信箱，你們走過來拿。不說了！我得出門陪寶強去上小提琴課。」如倩不等媽媽應話，風馳電掣地掛上電話。

婆婆對望空氣落寞著，一旁的公公早將對話內容收錄進耳裡，與她一同坐愁興歎。

過一會兒，公公說：「曼昭，今天要是婉清在，她肯定二話不說就答應，不會有這麼多廢話。坦白說，我們的媳婦比女兒孝順多了。」

婆婆回瞪公公一眼：「你不要哪壺不開提哪壺！哼！你別沒出息了，我們身體都這麼硬朗，自己去打疫苗也可以啊！」

「還有，我對那個谷婉清可不薄喔！她對我好也應該，你怎麼不動腦想想，要是你兩腿一伸，你的財產和這房子裡的古董都是留給她，說不準這事情明天就發生，她就享福不盡了！她才三十歲不到耶！我在她這年紀可是做得要死，到底誰比較好命？」公公不想觸怒婆婆，靜默了。

「你要記住！我們這些盤算都不可以讓那個谷婉清知道，最好你也不要告訴承軒，免得承軒洩漏給媳婦知道，萬一她胸有成竹，就不甩我們呢？」公公一向是婆婆的傀儡，他領命，把老婆的話悉數擱在心坎上。

回到台灣三週後，婉清只淡淡地對父母交代，承軒年假無法請太長，等孩子快臨盆時，再飛回台灣陪老婆坐月子。

婉清這次吃了秤砣鐵了心，足足好幾個月都不曾和承軒聯繫。有一天，當好友Emma打電話到家中，與她討論當天的下午茶去哪喝時，樓下大門的電鈴響起。

「Emma，妳先別掛，有人按門鈴，我去看一下。」婉清一看電鈴螢幕，驚嚇得跑回話筒旁，六神無主地說：「怎麼辦？怎麼辦？他們來了！」

「誰來了？」

「我老公和公婆殺上門來了！他們現在就在我家樓下。」

「怎麼會這樣！」Emma不想擾亂婉清的軍心，她鎮定心神，幫婉清壯膽：「妳怕什麼！妳回娘家而已，又不是被捉姦在床，況且這是台灣，妳的地盤耶！給他們一點顏色瞧瞧！我們都挺妳，他們敢太誇張的話，我幫妳修理他們！」

她接著說：「別怕！妳就幫他們開門。妳家是電梯大廈，一樓有管理員，如果妳不幫他們開門，等下妳婆婆去和管理員亂講話，管理員最八卦，會把妳家的事情對鄰居們亂講一通！妳先讓他們上來，看看他們搞什麼鬼，我等三十分鐘後打電話到妳家，妳就接電話假裝有事情要出門，這樣就可以把他們打發了！」

「好，就這麼說定，我去迎戰了！」婉清掛上電話，深吸一口氣，抱著不成功便成仁的壯烈情懷，按下電鈴開關，一樓大門應聲而開。

幾分鐘後，婉清在娘家客廳單打獨鬥，獨撐大局，迎戰婆婆各類陰險的小人攻勢。

「那天一早承軒和我說：『婉清不在了！』我一聽就知道妳是想家，我就安慰承軒：『婉清想家很正常，沒什麼好大驚小怪的！』」婆婆故意頓一頓，偷瞄婉清的反應接著說：「我就打電話給妳媽，妳媽也真好客，很期待我們來呢！」婆婆果然是江湖中人，短短一番話便四兩撥千金地把僵局化解，並且扼要地警告婉清，那些衝動的行為已經把她媽媽給拖下水了。

既然婆婆這麼愛玩謀略，婉清決定奉陪到底！

「這次是爸爸牙齒有個洞要補，回來台灣順便補，承軒很孝順，一聽爸爸要回來弄牙齒，馬上就跟著回來。」哼！死都不肯承認兒子急著找老婆，偏要說兒子孝順，陪爸爸回台灣，並非想接老婆回家。婆婆果然毒辣！

在場所有人都一副船過水無痕的態勢，婆婆開明地說：「我和妳爸都很支持妳回來做月子，畢竟妳媽媽做事情，我很放心。而且在台灣買的中藥材比較新鮮，我們都盼望妳生完孩子後，身體調養得健健康康。以後要和承軒走下半輩子的是妳，妳可要好好保重身體！」高啊高啊！公婆都是高人！整盤對話都沒提到大吵、離家出走的往事，連婉清都恍惚起來，自己到底有沒有離家出走啊？

公公像要拉近與婉清的距離，很開心地對婉清說：「我們來加拿大之前，大姊整理出一批小孩舊衣物，說要給妳的寶寶穿，她還說如果是女兒的話，一定和妳一樣漂亮！」正所謂立場不同，心境就不同，連帶態度也不同。現在婉清不是異鄉裡寄人籬下的小媳婦，在娘家面對這批人物，籠罩在地主隊那氣勢如虹的霸氣裡，便不屑且懶得回應公婆居心叵測的舉止與試探。

婉清下意識瞄過承軒，暗自希望他拿出一點男子氣概，不要再任由婆婆伸出魔掌操弄他倆的婚姻，偏偏承軒只靜靜看著婉清。此時張偉俊俏的臉龐躍然於婉清眼前，婉清忽地心痛，想到自己的生命中也曾有機會抱擁那如天籟般美好的人事物，卻失之交臂，她的心真真正正、永永遠遠地遺落在愛琴海了。

婆婆熱絡地挽起婉清的手，無比溫柔關心地說：「我們等有空再來看妳喔！」

婉清起身送他們出門，承軒穿好鞋後，隨著父母踏出門外，卻還沉不住氣，不放心地回頭問婉清一句：「老婆，那妳什麼時候回家？」婉清真被這傻老公無厘頭的行徑氣翻了！現在就當著公婆的面給出具體承諾的話，豈不是讓婆婆囂張得飛上天了？

她順勢從承軒背後推了他一把，情急之下周星馳電影裡的經典台詞脫口而出：「你趕快回火星吧！地球實在太危險了！」

待他們走後，婉清回到房內，將衣櫃裡張偉遺留下來的黑色外套懸掛在衣櫃門上迴思著。她心緒凝重，想到方才承軒令人失望的應對方式。自從與張偉一別後，她腦海裡常常浮現張偉的身影與舉止，她輕柔地愛撫著毛料外套的質地，將臉龐貼埋在袖套裡，彷彿感受到張偉與她雙手交握的繾綣與纏綿，即使她無法與張偉一同演完下半段的人生故事，也許她和承軒亦回不去了。

公婆和承軒離開婉清家後，婆婆對承軒說：「你今早的飛機剛到台灣，時差都還沒調過來，你先回酒店休息吧！我和你爸想再去逛個街！」

「好，那你們自己小心，我先回去了！」承軒和父母分手後，隨手招了輛計程車就走。婆婆確定承軒的計程車走遠後，隨即回頭對公公說：「老夏，走！我們找親家去！」

三十分鐘後，公婆就抵達鬧區的一座辦公室大樓。原來婆婆昨日便已和親家母約好，今日在她辦公處一樓的咖啡館碰面。

婉清的母親前腳一踏進咖啡館內，婆婆就遠遠地站起身揮手，熱切呼喚：「親家親家！」婉清母親熱絡地點頭微笑。婆婆像遇故知，高興得合不攏嘴，親家長、親家短地替親家點餐，等服務生一走開，婆婆馬上從承軒的工作講起。

「親家，婉清算有旺夫運！嫁給承軒後，承軒事業蒸蒸日上，現在又要迎接小寶貝的誕生，生活算很順利！」

「有人說女人的命其實有兩條，一條是婚前的命，一條是婚後的命。有些女人單身時好命，婚後可能苦命到天差地遠的地步。有些女人可能婚前命格普通，嫁人後卻是飛上枝頭當鳳凰，好命得人人稱羨喔！我們家婉清就是這種命格！妳說是不是？」婉清母親一張臉立刻垮下來，親家意圖不軌啊！

「婉清這次挺著大肚子飛回台灣，我們兩老擔心得都睡不著呢！要是她一個人在旅程裡發生一點意外，我都會心疼死呢！還好老天保佑，她平安回到台灣，我覺得這和我們家善事做很多有關係！」

婉清母親冷冷地道：「應該吧！妳慈善事業做很大啊！」

婆婆當仁不讓地說：「我善事真的做很多，大家都說我是好人！」

婉清母親大致猜到親家會提婉清做月子的事情，她不動聲色地觀察承軒父母的神色，想等他們招數出盡，她再開口。

公公沉不住氣，直搗黃龍：「其實婉清應該在加拿大生孩子，她回來生孩子，承軒二話不說就請了一個月的假期。可是頂多也就一個月，不可能再多。假期拖太久的話，回去和主管也難交代，不是嗎？現在又有一個孩子準備出生，家裡會多很多開銷，有一份穩定的工作很重要啊！」

婉清母親默不作聲，端起面前的咖啡端盤，啜飲一口咖啡，又再放下。

「婉清肚裡也是妳第一個孫子，我們都得更謹慎才是！加拿大畢竟是先進國家，回加拿大生的話，妳和我才都能安心啊！」

「至於做月子的事情妳不用擔心，別人都看我白頭髮很多，以為我老得動不了，其實我一個人可以同時又煮飯、又帶孩子、又整理家裡都不成問題，還是讓婉清回去生孩子吧！做月子的事情包在我身上吧！」

婉清母親最討厭別人拐彎子說話，她不想參與這等無聊的耍心機遊戲，她直截了當地問：「你們到底想說什麼？」

公公不分輕重地說：「我們是想請妳勸勸妳女兒，叫她回加拿大生孩子，不要待在台灣生。」

婉清母親變臉大罵：「勸什麼？我女兒有做錯什麼事情，需要被勸嗎？難道你們對我女兒不滿意嗎？」她憶起女兒嫁到蒙特婁，一路上受盡公婆的欺壓與大姑的霸凌，不捨與心疼如同颱風天的瘋狗浪全面襲捲，令人招架不住。

婆婆連忙滅火：「哪有什麼不滿意？婉清和我一起住，是我最疼愛的媳婦，連大姊和大姊夫都親眼看見我對婉清有多好！」婆婆提氣說話的同時，順道提起桌面下的腳狠狠地偷踹了公公一腳。

「我當初是嫁女兒，不是賣女兒耶！一個女兒嫁那麼遠，都不能回娘家嗎？回娘家坐月子也應該，難道不行嗎？」婉清母親沉默地直視前方吧台上倒掛的玻璃高腳杯，很不想再與兩位親家抬槓下去了。

公公忙著解釋：「親家，我們不是說不讓婉清回台灣，可妳要想到承軒的工作那麼好，他這次回來看婉清已經請了一個月的假期，也不能待太久，不回去上班的話，若是丟了飯婉怎麼辦？」

婉清母親聽得肚裡一把火都燒起來，她氣叫著：「這些都不是重點啦！還有你們想講什麼就直接講，不要繞著彎子說話，我聽不懂啦！」

「唉呦！親家，不要這樣啦！我覺得做人要和和氣氣，我們兩老都很疼婉清的，不信妳可以去蒙特婁的朋友圈打聽，其中一個還是妳的好朋友，不是嗎？我這個人說話最老實的，我怎麼可能無中生有亂說話呢？我要不是太關心婉清，我今天也不敢說出這些惹妳生氣的話。我四個親家裡面，」婆婆狀如親姊妹般地，順勢挽起婉清母親的手，笑眯眯地說：「妳是我最談得來的親家呢。沒關係啦！他們年輕人的事情就讓年輕人去決定！反正我們也不要瞎操心啦！」

婉清母親和親家喝完這讓人心頭苦澀氣惱的咖啡後，雙方都不想多所逗留，便匆匆在咖啡館前的騎樓下告別。

婉清母親心事重重地開車回家，她在等紅燈空檔時自言自語：「哼！什麼是親家？不過就是互相有人質在對方手裡，有這層關係在，親家怎麼可能成為好朋友？要不是婉清落在她手裡，我今天講的話就不只點到為止了！可是這隻老狐狸怎麼就不顧忌承軒在我手裡，竟敢在太歲頭上動土！？想玩我那這麼容易？大家走著瞧！」

公公和婆婆轉入捷運站內後，公公擔憂地問：「親家不答應耶！看起來又很生氣，怎麼辦？」

婆婆露出梟雄君臨天下的霸氣姿態，臨危不亂地說：「你以為我是省油的燈嗎？我一定會讓這件事情成的！大家走著瞧！」

婉清母親在家門玄關處脫鞋時，決定隱瞞婉清公婆今日找她談話的事情，她暗忖：「看來婉清是自己偷跑回來的，肯定和那兩老鬧翻才會出此下策。現在她最需要安心養胎，反正我不會把女兒交到他們手裡，這件事情裝作沒發生就好！」

# 第二十四章 光任家訓

距離婉清預產期只剩兩週不到的時間，承軒陪父親在某家大型教學醫院的牙科檢查牙齒，一得知檢查報告結果後，就打電話告知婉清，父親得了口腔癌的事情。

婉清覺得這太不真實了！太像電視劇裡演的橋段！她著急地握著話筒問：「怎麼會？爸爸除了糖尿病外，其他身體狀況都很好！而且不是嚼檳榔或抽菸的人才會得口腔癌嗎？他從不抽菸，從不嚼檳榔，不是嗎？」

「醫生幫我爸補牙齒時，覺得他口腔的破洞不尋常，建議做切片。後來報告顯示那一區已經癌細胞化，口腔癌有四期，我爸是最後一期。」承軒傷心沮喪地說著，婉清也替他感到惋惜難過。

堅強果敢的婆婆決定讓公公在台灣開刀。一時間，關於公公應該做化療、標靶或電療，子女們意見紛紛。學醫的如藍建議做化療。承軒上網找了許多關於癌症的治療研究，得出結論：八十幾歲的老人家通常頂不住化療的後遺症，這些後遺症包括體力不濟、食欲不振等等。諷刺的是，許多癌症病患不是死於癌症，而是化療的副作用，於是承軒建議做標靶。

此時夏家又引發出另一場紛爭，手足們討論要如何輪流回來照顧年邁的父親。由於兒女都在國外成家立業，他們建議先由已在台灣的承軒照顧，接著如藍會請年假三週回來接手，再換大哥承志回來一個月，然後如婷請假回來三週。唯獨大姊遲遲不給出明確的答覆，大夥都不確定她何時回來接班。

承志只好從加州打給蒙特婁的大姊如倩問：「爸現在準備開刀，雖然大家工作都在國外，不過我們都打算輪流排好假期回去，妳什麼時候有空回去看爸爸呢？」

「我要照顧寶強，走不開。而且我每週都要去幫那個McGill（麥基爾大學）大學的小男生打掃煮飯，如果回台灣一星期就損失一百元加幣的收入，我頂多請假兩星期吧！」承志聽得很火大，依然耐著性子聽下去。

大姊如倩抱著話筒，心疼地望向埋首於線上遊戲的寶強說：「再說，寶強也離不開我，我要走開的話，他會想我！」

「我每週日在中文學校還兼兩堂課，我回去兩週已經損失不少收入，這是極限了！」其實承志老早就從承軒那裡知道當父母生病時，大姊如倩只會丟兩張公車票在自家門口的信箱裡，讓兩老自行取了車票後，搭公車往返診所看病。她任由年邁病重的父母自生自滅，這是「置他人死生於度外」的超脫。

承志聽到她如此不爽快的態度，一股火冒上來，想來個一翻兩瞪眼：「好，能回來兩週也是個幫忙，那妳什麼時候訂機票？」

「我們家這十幾年來都沒什麼存款，就靠你姊夫上班賺錢，又要養兩個孩子。這機票錢可能也是個問題，不然你和如藍幫我出機票？反正你們兩個賺的比較多……」承志聽到這，覺得大姊醜態百出地硬占他人便宜，這是「不計個人毀譽」的淡然。他簡直想當面甩她兩個巴掌，可是想到父親的事情要緊，就不想和她瞎抬槓。

他開門見山地說：「我們每個人都是自己出機票錢，這趟回去看的是妳的親生父親，妳出錢都應該，為什麼妳要叫別人出？這不合理吧！」

「如果沒人幫我出機票錢，這機票錢我就得和你姊夫商量一下！」如倩始終不肯爽快承諾她何時回台灣探望父親。

承軒後來對婉清道出這故事的下半段：大姊夫後來祭出一招，說大姊先回去一週，大姊夫再回去一週，不過這兩張機票希望其他弟妹幫忙攤錢。畢竟大姊夫得放下工作、大姊得放著兒子不顧，飛奔回台看父親，當真是捨命陪君子的仁義之舉，其他人在財務上補貼他們一下也應該。

如藍和如婷得知後，氣得只差沒在臉書上成立一個「hate如倩」group，承軒為免事態擴大，在轉述電話上的對談內容時，盡量不表露自己的感想，他想盡量保持中立，不過他內心深處對大姊這等行徑仍舊很看不慣。

夏家人都因為公公要開刀的事情忙得雞飛狗跳，唯獨大姊如倩置身事外，始終沒有回台探望父母。婉清聽到大姊幫McGill（麥基爾大學）學生打掃公寓，覺得這份工作很耳熟，該不會當初介紹給雪芳阿姨的打掃阿姨就是大姊？她禁不起好奇心的驅使，遂鼓起勇氣問婆婆：「媽，大姊幫McGill（麥基爾大學）學生打掃的工作，是妳介紹的嗎？」

「是啊！妳看，這份工作多好。只要一星期去個三小時，把一星期的飯都煮好，衣服洗好，就有一百元加幣的收入，我當然要介紹給自己的女兒啊！」

「妳為什麼和雪芳阿姨說是妳朋友的小孩要做？為什麼不乾脆說是大姊呢？」

「所以我說妳啊，一點社會經驗都沒有！如果我說是大姊的話，萬一大姊去做，出了什麼問題的話，不就影響我和雪芳阿姨的關係了？」婉清了解始末後，覺得婆婆是聰明反被聰明誤！大姊藉此工作機會，推託不回台灣看父親，當初這麼費盡思量地幫大姊介紹工作，值得嗎？

在公公開刀的前一天，婉清的母親拿了些雞精之類的補品對婉清說：「婉清，我不能不去探望妳公公，再怎麼說他都是我的親家。可是我今晚要出差，後天才會回來，妳先幫我拿這些雞精去看妳公公，不管高不高興都要去。更重要的是，他是妳丈夫的爸爸，這種關鍵時刻，如果不懂得做人，日後都會後患無窮。妳就趁生孩子前，先去醫院走一遭探望，做個交代，免得落人話柄。」婉清很不想單獨赴約，但她也不想為了公公的事情為難母親，畢竟母親前幾次和婆婆交手，過程都不大愉快。

婉清就像童話故事裡的小紅帽一樣，拿著媽媽交代的物品上路，前去看望公公。當她到病房時，只見公公一人便問：「爸，媽和承軒呢？」

「他們兩個今天幫我辦好住院手續後，先回去洗澡和買晚餐，等下再回來。」

婉清挪開公公病床旁躺椅上的睡毯，挪出一小塊空位，慢慢坐下喘口氣。隨著孕肚愈來愈凸出，婉清現在走一小段路，都常氣喘吁吁。她故意放空看著鑲嵌在天花板裡、白澄澄、冷冰冰的日光燈，心裡埋怨著：為何在承軒家，不論風平浪靜或危機四伏，都是我這個小媳婦承擔呢？大嫂永遠都不會被颱風尾掃到，我的八字肯定沒大嫂好。

婉清不好意思東西放下就走，得說些話寒暄一下，於是她隨口抓個話題：「二姊如藍什麼時候到？」

「如藍下星期到，其他人的時間還在協調。」婉清其實真正想問的是：到底大姊會不會來？不過大約可猜到公公肯定顧左右而言他，絕對不會當著媳婦的面坦承女兒不孝的事實。

公公走過的橋比婉清走過的路還多，他從婉清遲疑的態度，一把就抓到婉清的心思，他穩重開口：「人家說，寒窗苦讀十年啊！我說，這苦讀也沒什麼大不了，想想這養兒育女豈止十八年！一手拉拔五個孩子長大的辛苦我都挺過了，什麼苦我沒吃過？」

他打蛇隨棍上：「婉清啊，我活到這把年紀，妳覺得我還怕死嗎？」

婉清侷促地笑笑，繼上回她被公公大罵「今天搬、明天搬、後天搬都可以，要滾就快點滾！」的話之後，今日是首次與公公獨處談話。她心裡依舊替自己抱不平，對公公不是欣賞，只是盡力維持做人最低限度的風度和度量。而她也不想在公公開刀前一天討論生死這種問題，萬一說錯話，公公會說她觸霉頭吧！

或許明日將進手術房，公公今日變得尤其多愁善感，他竟首次對小媳婦訴說起過往的歲月。

「八二三金門砲戰，妳知道吧？我當時就駐守在金門，砲戰開打的時候，我人就在現場。那時候死了那麼多人，我死人都看多了！有一次我最要好的朋友就在我面前，身體被炸成兩半！我當時嚇得人都傻了……」公公望著窗外的藍天，思緒彷彿回到當年的金門。

「我連地雷都踩過！當時我一感覺踩中地雷，馬上就側身往旁邊跳開，雖然命保住了，但整片背都炸傷了。爆炸聲把整個軍營都震醒，當時我直接就昏過去，醒來就躺在醫院裡。一直過了好幾年，我背上的皮膚才好起來。這種死亡就在我眼前的日子，我過多了，我真的還怕死嗎？」婉清愣了愣，倘若公公不曾提起這對話，她永遠無法把眼前囉嗦的老人，與英勇善戰的士兵形象連結起來。

「其實誰來看我，誰沒來看我，我都不在意。她不來看我，我也不會少塊肉；她來看我，也不見得能幫上什麼忙。不來也可以啊！」婉清盡量淡然，好掩飾內心對大姊不以為然的情緒。

公公的視線停留在病房的拉簾，語重心長地說：「如果明天我手術不成功，也是命。我都活八十幾歲了，也活夠了！」婉清尷尬地敬陪一旁，此時此刻「少說話」才是明哲保身之道。

「我這大輩子都是被逼的！在東莞的時候，有一天中學下課，我走在回家路上，整條街鬧哄哄的，有一堆人在喊著：『前面有人在發麵條啊！』我也湊熱鬧跟著去看，然後就有人說在那條船上發麵條，叫我們上船去拿。我那時候就跟著上船，船就開了。我後來才發現這是國民黨要開往台灣的船！我當時才十五歲，懂什麼啊？就這樣來台灣了。」

「等我來了台灣，台灣人又叫我這種外省人「老兵」、「老芋頭」，這又不是我選的路，家也回不去了，我能怎麼辦呢？我剛到台灣時，身上只有五毛錢，還是前幾天媽媽給我的零用錢。我那時候只是小孩子，也不知道從那時候開始，我就得和家人海峽兩隔了！我什麼都沒多想，覺得肚子餓，就拿那五毛錢和路邊的攤販買包花生吃了！我們那年代的人哪有什麼未來可言，眼前都快活不下去了！我哪裡有心思去分別什麼外省人和本省人？」

「一直在認識妳媽之前，我的前半輩子都是在部隊裡過的。後來和妳媽結婚後，一起經營汽車保養廠，妳媽叫我提前退休，幫她顧店，賺的錢還比較多！等我大兒子，就是妳大哥承志小學五年級，就快到兵役年齡的限制，我為了不讓他當兵，四處找關係，託人想辦法移民！」

「當兵也沒那麼不好吧！為什麼你們那麼怕當兵呢？」

「妳不是我那年代的人，妳不懂什麼叫戰爭，什麼叫饑荒。妳知道我們打仗時候，沒東西吃，吃什麼嗎？」

「我親眼看見有些士兵就吃皮帶啊！好歹皮帶是皮做的，還能吃啊！妳就知道我們當時有多苦！我自己當兵，太了解在部隊裡的苦啊！我怎麼捨得讓大兒子受這種苦？」公公講古，這是婉清前所未聞的事，她認真專注得像個在課堂聽講的小學生。

「到了巴拿馬可好了！觀光客生意好做，每天打烊以後，數錢真的是數到手軟。我不騙妳，那時候每天收進來的美金鈔票都是好幾個紙箱裝著，每次數錢都是把好幾箱的鈔票同時往地上一倒，趕緊叫員工和孩子們幫忙數錢。」婉清眼前一亮，寶藏、發財、美夢成真，簡直就是童話故事《金銀島》啊！

「既然在巴拿馬錢好賺，怎麼還想移民加拿大？」婉清談話的興致漸漸高昂，她專注地等待公公的回答。

「也是為了妳大哥承志，他那時候在巴拿馬成績很好，眼看就要考大學的年紀了，我們想給他讀好一點的大學。」

「於是我們開始打聽移民加拿大哪個城市好，帶著五個孩子到海關那裡面試時，海關考慮我們有五個孩子，教育費加起來也不少，就建議我們來蒙特婁，因為這裡讀書便宜。」婉清聽到這，覺得公婆的確重男輕女，去巴拿馬是為了大哥，來加拿大也是為了大哥，可是大哥還想把他們往外推，可見老天爺也知曉婆婆的為人。

「兩岸開放後，你回東莞看過嗎？」

「當然有！」

「我家在東莞是大地主，很有錢，可惜我三歲時，父親就死了。但他不是戰亂而死，是吸毒死的。」婉清想到那年代的人吸毒，應該不是吸安非他命或海洛因吧？於是開口確認：「吸鴉片嗎？」

「對，妳歷史也讀過吧？清末時候，中國人吸鴉片風氣很盛，所以才有鴉片戰爭，有林則徐禁煙。」

「我爸爸是典型的敗家子，清朝末年的人，十幾歲就泡在妓院，還吸鴉片。」婉清幻想著公公的父親是電影《胭脂扣》裡的十二少，大概也曾和妓院裡的某個名妓有過一段風流艷史吧？

公公很認真地講下去：「我父親甚至都忘了成親是哪一天，連成親那天都是我奶奶叫家裡長工到妓院的床上把他拉起來，替他穿好新郎禮服，拖回家中拜堂，妳看多不像樣！和我母親成親後，我父親照樣宿娼，吃住都在妓院裡，偶爾才回家一趟。家裡的地一塊塊被我母親變賣掉，換取生活費把我養大，孤兒寡母，母親又沒有一技之長，結局當然就是坐吃山空，最後家裡什麼田產和現款都沒了！」

「我三歲以前，有三個傭人照顧我，一個奶娘，一個長工，一個老媽子。我母親連我父親死前最後一面都沒見到，是妓院裡的長工來通知我們去妓院收屍。他吸毒過量，死在妓院的床上。所以我這輩子最痛恨的就是吸毒、賭博和玩女人，我從小告誡我的孩子們，我們夏家的家訓就是絕對不碰賭、不碰毒、不碰女人。這些都傷身敗家，妳看我父親不就是最好的例子？死的時候三十歲不到啊！賭博更糟糕！錢再多給你，你三秒鐘一賭，三億都不見了！三億得賺多久啊？這賭博怎麼划算？玩女人也是最傷身，會得性病啊！」

婉清認識公公有五六年光景，第一回聽他講起童年過往。婉清覺得公公和婆婆都是奇人，原來在他們怪異荒誕的行為背後，都有這麼耐人尋味、甚至匪夷所思的身世背景。聽完這席話，婉清好像剛從故宮博物院裡參觀完，突發思古之幽情，緩慢走回至善路上等候公車的古今交錯之感，不知哪一個次元裡的情感比較真實呢？抑或皆曇花一現，不足掛齒呢？

隔天一早，大腹便便的婉清感到昨天才和那樣誠懇真切的公公深談過，對他的關懷又深一重，於是想在手術室外陪婆婆和承軒等候，一起陪伴他們度過公公開刀的歷程。

等候時，婆婆的老毛病又犯了！她嘰嘰喳喳如麻雀般的八卦聲不斷，興致高昂地對坐在蘋果綠座椅上的其他開刀病患家屬品頭論足。

這時候有位中年婦女經過婆婆身邊，簡略地微笑點頭打招呼，婆婆也和善點頭回應。婦人還未走遠，婆婆就像狗仔隊員急急對婉清道：「妳看妳看，剛剛那個太太就是妳爸隔壁病床的，她兒子聽說才十七歲，可是做了化療之後，每天都吃不下東西，瘦成皮包骨。她們說化療會讓你口腔內出現很多破洞，痛得你不想吃飯，完全沒有食欲。偏偏剛做完手術最需要體力，那個小孩子都不吃怎麼有體力恢復呢？連這麼年輕都頂不住化療的副作用，妳爸爸更不可能頂得住了。我剛剛走出病房時，看到那小孩子氣色有夠虛弱慘白！」婉清很不想站在婆婆這邊，她希望婆婆趕快停止批評別人。

婉清注意到那位中年婦人下意識地回過頭來看婆婆一眼，不知道是否因為聽到婆婆的這番話了？婉清真的真的有一股衝動：「好—想—裝—作—不—認—識—婆—婆！」

「幸虧我和妳爸平時省吃儉用，現在要標靶都不擔心錢的問題。」婉清冷淡地「唔」一聲，憋了一口氣，又歎了一口氣，很想置身於這個對話之外。婆婆則表演欲大放，正上演「禍從口出」的成語小故事。

婆婆的音量有些增大：「妳不要以為大家都會選標靶，其實很多癌症病人都捨不得花錢，我剛剛就聽到隔壁病房那個八十幾歲老頭子的太太居然說：『我老公都這麼老了！值得花大錢做標靶嗎？做化療就好了，如果救不活，反正都這麼老了，不要拖累子孫比較要緊。』」婉清用看外星人的奇異眼光打量婆婆，在公公的生死關頭，為什麼婆婆還能有閒情逸致對他人說三道四呢？她不擔心她老公在手術房裡的安危嗎？人類在苦難當前時，有感於自身力量之渺小，不是都會變得惶惶不安，然後再轉為謙遜愛人嗎？

婉清每次去醫院探望公公，一進醫院大門、一路搭電梯上病房時，心情便為低氣壓所籠罩，在醫院真的能近距離了解「生老病死」的樣貌與人生狀態。當電梯門倏然開啟後，她跨出電梯外，就感覺進入異次元般的驚憂與疏離。她緩步在病房外的走廊，與一間間病房擦身而過時，看到這麼多因病受苦受難的家屬和病患，便覺得這世界上有更多有意義、更值得她珍惜的事情等待她去做，批評別人或許是最浪費生命且最無意義的事情，不是嗎？

婉清盯著醫院走廊天花板上一長排的日光燈，無奈地想：「江山易改，本性難移。性格最難改變，果真如此！婆婆無論經歷過巴拿馬的大風大浪或公公大病的生死歷劫，婆婆的個性始終不改。」

過了八小時後，公公才被從恢復室推出來。醫生很耐心地向他們解釋開刀過程，因為不確定公公癌細胞蔓延到什麼區域，所以舌頭是一小塊一小塊地慢慢割除，每割一小塊就拿去化驗，若化驗結果顯示還有癌細胞，醫生就再繼續切一小塊，然後再化驗，重複這樣的動作好幾次，直到最後確定切下來的組織裡沒有癌細胞了，才安心地結束這場冗長的手術。

醫生安慰婆婆：「雖然妳先生被割掉一半以上的舌頭，不過以病人八十幾歲的高齡來說，他術後恢復得算良好……」

接著婉清和婆婆與承軒一同把病床上的公公推回病房，沿路上婉清都看傻眼了！公公整張臉紫青色的，腫得跟豬頭似，這是昨天才和婉清促膝長談的和藹長者嗎？婉清確有股想哭的衝動，可是她注意到婆婆一反常態地靜默下來，且此時眼眶泛紅，連搭扶在病床上的手都微微顫抖著，婉清便告訴自己要堅強冷靜，不能讓淚水在這關頭決堤。

回到病房後，公公尚未徹底轉醒，婆婆像失了三魂七魄般，又像中邪又像恍神地望著白牆發愣。承軒淚流滿面坐在另一端，婉清鼻頭亦一陣酸楚，她抽了兩張面紙，一張留予自己，另一張遞給承軒後，便再無動作，跟著靜陪一旁。

整個空間裡只剩隔壁床做化療後的少年傳來的嗚咽與哭嗚聲。

# 第二十五章　刺客的遺憾

公公開刀完沒多久，婉清順利產下一子。雖然公公還在醫院休養，婆婆在寶寶出生的隔天就來探望孫子。

她一推開病房門，沒和婉清打招呼，就一路搜尋嬰兒的下落。她一瞥見嬰兒床，一個箭步就衝上前端詳這夏家的新成員。然後不等承軒開口，她自動自發到洗手間，以有殺菌成分的洗手乳仔細搓揉出泡沫清洗雙手，再擦乾雙手、套上無塵衣後，迫不及待地轉回到嬰兒推床前，如獲至寶、小心翼翼地抱起寶寶，忙不迭地稱讚：「嘴巴長得真像她爸爸，頭髮這麼多，」再得意地轉頭對承軒說：「她這頭髮多也是像我耶！我小時候頭髮也多。」

婆婆對金孫讚不絕口，婉清冷情地盯著婆婆看，她感覺像個被同學排擠的苦情小女孩般地哀怨著：「為什麼她頭髮像阿嬤、眼睛像阿公、嘴巴像爸爸，連額頭都是像姑姑，就沒半點像我呢？寶寶不是還在我的子宮裡住了四十週嗎？為什麼孩子出生後和我一點關係都沒有？難道我是代理孕母不成？他眼睛像我啊，雙眼皮大眼睛的，妳怎麼不說？」

婆婆的視線從沒離開孫子，一路對婉清視而不見，始終沒問起婉清的身體狀況。婉清心裡頗不是滋味，不過轉念想著：「算了，我現在養好身體最重要，和她計較這些幹嘛呢？孩子始終是叫我媽媽，又不是叫她媽媽！」

她其實也不希罕婆婆的關懷，只是再次驗證婆婆的人格只到某種層次而已。女人的直覺奇準，婉清慶幸當初下定決心回台灣做月子，比較令人安心與放心，不怕婆婆從中搞小動作或刁難給臉色看。

婉清在娘家做完四十天月子後，將孩子託給父親照顧，她和母親就到醫院看望公公，順便幫婆婆和承軒送飯。

公公的半邊臉尚有瘀血，紫青發腫，後頸項留有開刀的疤痕。由於舌頭剛切掉，公公說話口齒不清，他見到訪客都不說話，免得尷尬，他只簡略點點頭、揮揮手與親家母打招呼。

婉清母親說：「親家母，來來來，櫻花蝦炒飯和薑絲鱸魚湯，妳和承軒趕快趁熱吃！」

承軒趕忙道謝：「媽，謝謝妳。太麻煩妳了！」

「不會啦！我們都是一家人，不要這麼說！」

「親家母，很感謝妳喔，不過我等下再吃就好！」

婉清母親說：「不要客氣，真的，趁我們在這陪妳，有什麼事情我們可以替妳做，妳安心吃飯。」

「好，那我先吃了。」婆婆打開筷子包裝後，狼吞虎嚥地吃起來。婉清經歷這幾年與公婆同住的經歷，對他們的性格也略知一二了。

依照公公的個性，他肯定從一早睜開眼，就不停使喚婆婆做東做西。謹慎多疑的公公會要求婆婆必須寸步不離他身旁，深怕落單。若有突發狀況，萬一他孤單地在醫院死去，怎麼辦？於是婆婆當然沒時間去地下美食街買飯吃，肯定一整天挨餓，甚至連在病房內的洗手間上個廁所的空檔都沒有。

公公這種緊迫盯人的方式，不知道婆婆還能撐多久呢？而身為潮州人的婆婆，則是重男輕女到走火入魔的地步，過度溺愛兒子，凡事都捨不得叫兒子做，結局就是萬事都婆婆一肩扛。

承軒舀出一碗鱸魚清湯放在床頭旁的小櫃子上，對父親說：「爸，這湯我先幫你放涼，等下我再餵你喝。」公公點點頭，承軒才端起碗開始吃飯。

婉清母親待親家母吃了一陣飯後，說：「親家母，好險那時候我沒聽妳的意見，我還是讓婉清在台灣生孩子和做月子，現在才有婉清、承軒在台灣照顧你們！」

婉清母親對婆婆動之以情：「妳也總不想耽誤承軒大哥和姊姊們的工作吧？他們不方便老跟公司請假吧？」

婆婆說：「唉呀，哪裡的話！妳看我老公身體多好，八十幾歲的人動完手術，能回復成這樣，可見身體很好，哪裡需要子女隨侍在側？」婆婆爭強好勝的人格從不被外在環境消磨，其根性之強，不可小覷！

婉親母親打量親家母蓬頭垢面的模樣，一頭散髮且臉上充滿驚懼擔憂與疲憊神色，可能已經連著一個多月都沒怎麼闔眼睡個好覺，於是好心建議：「親家母，妳要不要填個巴氏量表，請個看護當妳的替手，妳才有休息喘氣的空間……」

「不用不用，看護怎麼可以信任？不是很多看護會偷打老人嗎？妳沒看到我八十幾歲的人在顧這個老的，都很好……」氣氛陷入一陣僵凝。

婉清母親氣這親家母冥頑不靈，當女兒的面不想話說太重，怕得罪親家母，可能會拖累女兒的婚姻生活。

婉親母親轉頭看著女兒，細細盤算：「妳不請看護的話，那現在台灣只剩我女兒在，妳其他孩子來個幾週就回去，這會兒又鬧空城計，沒人在台灣看著，難道要我女兒又照顧剛出生的兒子，又來醫院顧這個老的嗎？那我女兒太悽慘了吧！」

婉清捉摸到母親的心思，母女倆的眼神交流著：「到底要怎麼勸婆婆她才肯聽呢？」結果還是一陣沉默，因為承軒也在場，母女倆不能當著承軒的面把話說太明，萬一承軒誤會婉清不想照顧公公，夫妻間會留下心結的。

當我們與別人互動時，對方一個眼神或動作，背後或許隱含至少一種或可能上百種的意涵，而我們往往能從中察覺一種或半種意思，這就是一種社會化的過程。

而承軒呢？不知是否受到西方個人主義的影響，他似乎很少關注別人，只專注在自己身上，正所謂「用進廢退」，他察言觀色的能力很薄弱，甚至是萎縮掉了！

唉，承軒沒有幫腔說話，於是話題到此嘎然而止。

婆婆不顧旁人愛不愛聽，又開始自顧自講她自己愛講的。她說：「親家母不用為我擔心，我二女兒在台灣的公婆都常來醫院看我們，都會幫忙買一些人參、雞精、靈芝的補品，連巴西蜂膠都送我一大堆。」

婆婆繼續得意地對婉清炫耀：「連上次妳二姊的公婆來看妳爸，都說妳爸氣色好好！不像剛做過電療！」說曹操，曹操就到，二姊公婆就在此時走進病房內。

婆婆趕忙放下吃了一半的櫻花蝦炒飯，還順帶以兩手手掌順了順髮絲，倉促間，依舊不敢怠慢地簡略整理儀容，她立即起身，只差沒鋪紅地毯迎接了！婆婆佯裝開朗開心地說：「親家，你們來囉！」

「你們來這裡不容易喔！這間醫院離你們家很遠！辛苦你們了！」

當年新婚燕爾的小妻子婉清在大家庭的重重苦難磨練下，已蛻變為心境滄桑的小媳婦。她早不是吳下阿蒙，立即敏銳地察覺婆婆的態度有異，她暗地裡狂烈地替娘家打抱不平。

婆婆明顯對二姊公婆比對自己父母好，難道對待媳婦的父母和對待女兒的公婆，態度就得差這麼多嗎？剛剛她和母親走進病房，還是母親主動噓寒問暖，這會兒倒換成是婆婆主動討好二姊公婆，這種勢利的態度真是刻意把媳婦的父母打壓下去。

老江湖的婆婆也感受到婉清母親不高興這種差別待遇，不過她哪管得了那麼多，媳婦是娶進自家門內，當然不用太刻意討好，但女兒是嫁進別人家，當然得幫女兒多拍親家馬屁，讓女兒日子好過一點啊！

雖然婆婆像個弄臣似地在二姊公婆身旁團團繞，唱作俱佳、極盡一切所能地取悅討好二姊公婆，但二姊公婆的態度始終高傲冷淡。婉清和母親冷眼旁觀，心裡有數，二姊和公婆的關係肯定也不好。

婉清覺得親家真的很難維持良好關係，不管自己的父母或二姊公婆，都無法與婆婆親如一家吧！婉清看看母親臉上有種拿熱臉去貼別人冷屁股的屈辱與懊惱，再看看二姊公婆對婆婆態度的鄙夷與輕視，這就叫「對照組」嗎？

婉清覺得這畫面未免也太有戲了！這群親家就像刺客，而公公就像秦始皇，一眾刺客到秦始皇跟前探病。刺客最大的遺憾不是行刺失敗，行刺失敗表示至少曾經行刺，這刺客好歹在有生之年，有所作為來完整刺客的生命意義，這叫「死而無憾」。

刺客平生最大的遺憾絕對是當他正準備出手刺秦，卻發現秦始皇早已病入膏肓，不久於人世，根本無須刺客出手解決秦始皇，刺客這輩子最重要的使命與填補生命空缺的任務竟被老天爺給代勞了！這雖是造福天下蒼生的美事，但刺客們卻連連搖頭，頻頻憾恨，因為英雄無用武之地啊！況且能讓仇敵死在刺客的刀下，不僅證實刺客本身的實力，更大有洩憤之快感啊！

# 第二十六章　傳家寶

公公出院後，婆婆在醫院附近租了間小套房，打算多觀察一陣公公的病情，確定病情穩定後才返回加拿大。承軒則是兩頭跑，父親要去醫院做檢查時，一定陪同父母去醫院，行有餘力則趕到婉清娘家照顧老婆與兒子。

大約在公婆找到小套房後兩週，承軒得帶婆婆去花蓮醫院檢查眼睛，交代婉清幫忙送午飯和晚飯給公公。他特地交代：「我爸舌頭只剩一半，只能吃軟的、好嚼的東西，太硬的東西就不要買，買了他也咬不動。」

隔天當婉清準備出門送飯給公公時，她心裡依舊不舒坦，為什麼公婆的兒女不孝順，卻是她這小媳婦在收拾爛攤子？

天公不作美，窗外一直下著濛濛細雨，後來又轉為傾盆大雨。就在此時，兒子哭聲漸響，一雙可愛靈眸淚眼汪汪盯著母親。自從兒子出生，每三到四個小時就得餵母奶，她根本沒睡過好覺，身體真有些疲累。

婉清的父母親平日裡得上班，婉清無法把孩子託給父母，只好帶孩子一道出門送飯。她預備在出門前餵完母奶，當她一邊哺餵兒子，一邊看著兒子像小天使的臉龐時，在那一剎那，她好像比較能理解婆婆那堆亂七八糟的內心戲了。

說穿了，大姊始終是她女兒，女兒再不孝，母親都不捨傷害自己的孩子。婉清想著：「如果我兒子對我不孝，我在別人面前仍舊會盡量維持兒子的名聲，不肯在外人面前數落兒子的不是。」大約這層同理心發作，婉清漸漸不那麼氣公婆了。

婉清出門前做足萬全的防雨準備，將未滿兩個月大的兒子層層包裹好，揹在胸前。為了讓兒子防雨兼保暖，她套上一件尺寸較大的外套，順勢以外套包覆住胸前的兒子後，再拉上外套拉鍊。

由於婉清這趟路程至少要連著跑三四個不同的點，加上台北市區路邊不好找停車位，她決定不開車，而是搭計程車。

滂沱大雨，計程車不好招，婉清狼狽地在大路邊揹著孩子招車，娃娃車則暫放在騎樓下，免得被雨淋濕。過了三十分鐘後，終於招到車，要上計程車前，她手忙腳亂先把娃娃車放進後車廂，然後快速收傘，遁入車後座。

她與計程車司機協議：先停在公婆小套房附近的一家小吃便當店前稍候，待她買好軟爛的肉羹飯後，再上車前往公公的小套房。計程車停在公公住處大樓外等候婉清，婉清揹著兒子上七樓送飯給公公後，她再急如星火地下樓，再搭上同一輛計程車前往君品酒店，趕赴好友虹雲的下午茶邀約。

經過這番奔波後，婉清到達酒店時已狼狽不堪，頭髮或多或少都被雨水淋濕，鞋頭前端徹底濕透，一手拖著收疊起來的娃娃車，胸前又揹著一個嬰兒，那件能同時包覆住她和兒子的大衣看起來格外大件，許多賓客都紛紛打量婉清這身打扮，覺得她不像來此處悠閒用餐。

費了一番勁把婉清身上的外衣和隨身物品都卸下後，好友虹雲協助把毯子平鋪在兩張併起來的椅子上，然後把熟睡的嬰兒安放其上，婉清總算卸下一切重擔，放鬆地享用下午茶。

虹雲怕婉清觸景傷情，僅僅輕描淡寫地說：「妳真是不容易！」婉清意會到好友想說什麼，但她不想打開抱怨的話匣子，不想被抱怨的漩渦捲入深海底層而滅頂，她僅回以淡淡一笑。

虹雲看婉清不大傷感，才好把話繼續往下說：「妳老公那些哥哥姊姊怎麼這樣！來顧一下，自己就閃了！」這段話勾起婉清的心酸，想起自己剛做完月子，身體還沒完全恢復，就得冒著雨、帶著孩子、扛著娃娃車，去買飯給公公。她沉下臉，深歎了一口氣，這種想抱怨又不願抱怨的心情，只有遭受真正苦難的人才能理解。

「妳生兒子以前，那些哥哥姊姊都留妳一個大肚婆和妳老公在這裡照顧，然後大家都不來！」「他們說，既然我和老公都要回來生孩子，有我們在，他們其他人就先不用來。」婉清也很想抱怨，事實上，她很應該抱怨，因為他們都很不應該，現在躺在病床上的是他們的親生父親，她只是媳婦，從不被夏家當成親生女兒的人，她都能做到這樣，他們卻什麼都不做！

我不該抱怨嗎？不，任何人都有權利抱怨，只是不想抱怨而已。抱怨就像一個巨大的同心圓，從圓心出發繞圈，會把同心圓愈繞愈多，一旦開始抱怨，似乎就停不了，在抱怨的循環中，不滿的情緒會不斷被加強。

每次抱怨完，舊的哀怨走了，更深的不滿又纏上身，婉清深諳如斯的感受。在回台灣之前，她在加拿大一直飽受此等煎熬，如今，不知道是看開了，還是厭倦了，她有點想停止這個愛抱怨的癮頭。

婉清將奶球倒入咖啡杯內，邊攪動玫瑰雕花杯具裡的咖啡色液體，凝視著奶精在咖啡杯內因攪拌而泛起的陣陣漣漪。

她無奈地對著虹雲笑，半開玩笑地說：「我婆婆還說他們其他人孝順得要死咧！」她不想把氣氛搞得太悲哀，索性開朗平和地把那頓飯吃完。

飯後虹雲陪她在飯店門口等計程車，看著婉清揹著兒子，左手拎著雨傘，右手掛著摺疊式娃娃車，她充滿同情地看著婉清說：「辛苦妳了！」婉清洞悉好友的不捨，她以輕鬆平常的口吻反過來安慰虹雲：「相信老天自有安排，妳看天空！雨過天青！」虹雲露出半笑不笑的淡然，不知該笑好友過於樂觀或麻木？

在公公做完手術後的兩個月內，公公的病情起伏很大，剛開始因為口腔內的傷口使公公食欲不振，婉清母親和二姊如藍的婆婆都輪番奉上雞精、蜂膠、靈芝等補品，經過一幫親家的合力滋補，公公的情況漸漸穩定。

一波未平，一波又起，公公慢慢痊癒中，婆婆卻病倒了。自從婆婆堅持獨力看護公公後，精神和體力都每下愈況，甚至像得到躁鬱症般聒噪不安，可謂身心俱疲。然而公公始終不肯請看護，說怕尷尬，上廁所或洗澡都還任性地要婆婆親力親為，家中子女都勸公公不要這樣固執，公公卻一意孤行。

有一次，婆婆精神壓力大到打給蒙特婁的大女兒如倩訴苦，婆婆在電話上哭哭鬧鬧：「如倩，妳爸爸現在胃口很差，什麼都不肯吃，只喝一些蔬菜泥和水而已，常常都說喉嚨和嘴巴痛，有人勸他喝椰子水可降火氣，他也不聽。今天醫生說他血糖太低，叫他要多補充營養！」

「既然傷口痛，醫生叫他吃止痛藥，就能減緩疼痛，然後才吃得下東西，可是妳爸又不肯吃止痛藥，就耗在這上頭！」

「今天醫生說，妳爸嘴巴那些傷口都化膿了，要勤洗傷口，可是他又不肯乖乖聽我的話洗傷口，不肯吃完東西就刷牙。妳叫如藍打電話到病房來勸爸爸吧！」婆婆像溺水之人好不容易抓到浮板，死命不肯放下話筒。

她深吸一口氣，接續抱怨：「從妳爸爸開刀完到現在我都沒睡好，每天都很緊張，擔心他這個，擔心他那個，那天我去量血壓，我都高血壓了！」

如倩聽完母親這連珠炮似的抱怨與訴苦，她三言兩語簡單地安慰母親後，也沒承諾何時要回台灣看父親。

過幾週後，公公胃口轉好，偏又因為舌頭被割除大半個，味蕾都沒了，吃東西都吃不出味道，當真是「食不知味」！唯獨吃甜食還能嚐到甜頭，便特別愛吃甜的。這下有糖尿病的公公血糖迅速飆升，立刻超越警戒值，但他執拗地不肯吃醫生開的降血糖藥物。

婆婆拿公公沒輒，求助無門，遂再次打電話給女兒如倩哭訴。

「我好擔心妳爸再這樣下去，眼睛都瞎了怎麼辦？以前我舅舅也是糖尿病，他過世前半年性情大變，常常吃甜的，都不聽人勸，最後眼睛都瞎了！」婆婆在電話上開始不停地哭，不停地哭……

「我很擔心妳爸會變這樣啊！我看妳爸就快不行了！手術過後都快兩個月了，現在狀況還是很不穩定啊！」婆婆像被點了哭穴，完全控制不了自己，即使上氣不接下氣，泣不成聲，仍舊持續地哭。

如倩什麼話都沒說，直到母親說：「妳爸醒了！我過去看看他要什麼，就先這樣吧！」母女間的談心對話嘎然而止。

如倩和母親掛上電話後，心中暗自下了個重大決定。她緊握著父母臨去台灣前、託她保管的鎖匙，開了父母家門後，宛若攻破城門的士兵，氣勢如虹地衝上樓，逕自往父母房門外的偏廳闖。她像在拆自家牆壁般地心安理得，行動俐落地隨意往牆上卸釘子、卸掛勾，把一幅幅古董字畫都帶走，連放在公婆房門口的幾隻古董花瓶都被她搜刮搬走。大姊夫的車停在門外，夫妻倆裡應外合，大姊夫站在樓梯下方接應大姊，把花瓶一隻隻運進車內。

那天，當婉清又去幫婆婆送飯時，婆婆剛好接到大姊如倩的來電。原來大姊做了這等石破天驚的事後，還主動告知母親，說是想幫父親好好保存古董，因為這些都是夏家重要的傳家寶。

婆婆哀莫大於心死，癱坐在地，半晌出不了聲，只一個勁地握著話筒流淚，那時，婉清在婆婆眼裡看見人生真正的悲哀。

婉清邊凝視婆婆哭泣的臉龐，憶起大姊慣有的貪得無厭、見錢眼開的貪嗔樣，那樣的嘴臉給了她啟發：這些古董怎麼會是夏家的傳家寶？夏家的傳家之寶就是妳——夏如倩！妳結合妳父母親的缺點於一身，有夏光任的自私和少根筋，有張曼昭的小氣刻薄，妳還將這些特質都發揚光大，妳就是傳家寶的板模啊！只要依照妳的頭型刻畫，那就是夏家的家徽，把這家徽縫在衣服上，就是夏家的隊服。

過了幾天，公公的健康檢查報告出爐，婆婆覺得她又再次「人定勝天」了！她鬥志激昂地從租屋處打電話到婉清娘家找承軒，生機勃勃地打算重振旗鼓：「我告訴你，老天有眼！你爸現在好了，等我回去，我就要把那些東西從你大姊那要回來！」承軒選擇當個乖巧稱職的聽眾，任由媽媽發洩情緒。在承軒身旁的婉清則是一臉淡然，原本以為這事發生，婆婆是最失望痛苦的一個。而今情勢逆轉，公公病況好轉，從鬼門關前走一遭，大姊這下失望死了吧！

承軒沒有落井下石，他沒有藉機對母親搧風點火或加油添醋地數落大姊的行徑。但他並非無感，當父親在台灣開刀時，大姊抵死不回台灣，甚至硬拗其他弟弟妹妹幫她攤機票錢，她才肯飛回台灣照料父親。一得知父親快不行了，第一反應不是飛奔來看父親，而是先去搬值錢的古董，他對這樣的一位親姊姊徹底失望了！大約是這股反感過於強烈，他自那件事後，就不再與大姊聯絡。

由於承軒這層細膩的心態轉變，他不再把父親的病況轉告其他兄姊們，畢竟他有些氣惱他們，想當然耳，之後照顧父親的工作就全落在承軒夫婦身上。

又過了一個月，承軒對婉清說：「我們和我爸媽一起搭機回去吧！我不放心讓開完刀的爸爸被媽媽單獨帶回去，有人在旁邊看著比較好。」

上飛機的前三天，由於承軒回台灣沒帶國際駕照在身上，無法在台灣開車，於是由婉清開車帶公婆去台電、水力公司把帳單結清，順便多預繳幾個月的電話費用，方便公婆之後回台灣複診，尚可通話。

婉清開著娘家的休旅車，一路放他們在台電、水力公司下車，然後車子再開到中華電信終止市內電話服務。婉清停妥車後，下車經過飲料小鋪，買了兩杯台灣著名小吃珍珠奶茶分給婆婆與承軒，她們母子倆一路開心地喝茶欣賞窗外台北市鬧區的街景。最後一站的行程就是陪公婆去郵局解定存，承軒看不懂中文，公公已經口齒不清，婆婆擔心自己年紀大聽不清楚櫃檯小姐的解釋，於是他們商議承軒留在車上顧車，由婉清帶公婆入郵局內辦事。

公公先嘗試主動向承辦小姐說出自己要解定存、把錢領出來，可是沒了一半舌頭，說話含糊不清，重申三次，小姐都聽不懂公公的話。婉清見後面排隊人龍很長，怕耽誤大家的時間，就幫公公說出請求，承辦小姐立刻反問婉清：「請問妳是他的誰？」

婉清如實回答：「我是他媳婦。」

承辦小姐以防衛且不信任的眼光打量婉清後，雙眼正視公公，謹慎地問：「夏先生，她真的是你媳婦嗎？」承辦小姐的聲音雖然不大，但剛剛好，全郵局內的排隊民眾都能聽到。他們有的對婉清報以懷疑的眼光，有的則以圍觀的好奇眼光瞧瞧婉清。婉清氣惱著：拜託！你們該不會以為我是詐騙集團吧？婉清亦不可思議地環顧四周的陌生人，覺得他們愛管閒事的興頭未免太濃了些！

於是在這尷尬的圓形劇場裡，小媳婦的內心戲又上演了：「難怪大家都不想當什麼好媳婦，米蘭達從頭到尾都不做事，根本不會遇到這種被人誤會成詐騙分子的尷尬情形，反而我這個有做事情的，老被誤解！什麼世界啊！」

然而婉清驚奇地發現她的修養變好了，如果換作以前的她肯定氣得跳腳，或不顧形象地翻臉，氣別人用不正確的眼光評估自己，或當眾大力澄清自身的清白。

如今的婉清心態卻不同，這就像佛家說的「這都不是實相」，既然都不是實相，就無須執著於眼前的這一切，就如同我曾經在意的和不在意的，其實都不是真正重要的事情，都不過是我執而已。

婉清用格外自在和坦蕩蕩的神情，反過來巡視郵局內的陌生人們。公婆的五個孩子、兩個媳婦與兩個女婿裡，我這媳婦做的事情最多，我才不怕你們怎麼看呢！而且你們怎麼看，很重要嗎？

婉清在那剎那間大徹大悟：「難道別人看妳是妓女，妳就是妓女嗎？別人看妳是皇后，妳就是皇后嗎？」

別人看的都不準！如果準的話，在郵局內的眾人們怎麼沒看到我這媳婦在蒙特婁的辛勤付出呢？為何都沒看出我是個盡力的媳婦？你們看得準的話，怎麼沒看到我在蒙特婁當受虐兒的那段歷程呢？只有眼見為憑，沒看到的都不當一回事，這算是哪門子的準啊？

公公再次慎重其事地澄清：「是！」

承辦小姐有些不好意思地回話：「小姐，我沒惡意啊！妳也知道現在新聞都常常報導，社會上有很多詐騙集團，我只是想幫夏先生確認一下，沒有什麼特別的意思啦！」承辦小姐幫公公解定存後，婉清攙扶著公公和婆婆一道走出郵局時，局內其他民眾的側目眼光始終緊緊跟隨。

# 第二十七章 重生

婉清一行人回到蒙特婁後，新手媽媽的婉清忙於照顧兒子，手忙腳亂；承軒忙於照料重病的父親，心力交瘁。他們兩人漸漸少了互動與交集，甚至不再談心。

當婉清忙著幫兒子換尿布時，承軒心不在焉地在浴所內刮鬍子或洗臉，夫妻有一搭沒一搭地交流。有時承軒忙著用生理食鹽水與棉花棒替父親沖洗口腔裡的傷口，婉清則在廚房內忙煮飯，婆婆忙著照顧孫子，看起來一家人各司其職，分工得宜，和樂融融。可是她感到夫妻間的情分在消磨殆盡中，尤其張偉的身影比之前更加密集頻繁地出現在她的視線前與腦海裡。

這樣的情形延續一陣子，婉清有時想和承軒談心，他卻只問一句：「兒子今天好嗎？」或者她有著千言萬語想說，最後只迸得出一句：「爸今天狀況怎麼樣？」彼此交代完對方的問題後，便再無言語或眼神交流。

婉清望著公公因病而老態龍鍾的背影，感慨公公真的老了許多！而她與承軒的愛情似乎也真的老了……

「我們離婚吧！」這天，當婉清正輕拍著兒子的胸脯，哄兒子入睡時，她對承軒說出這個請求。她看著兒子漸漸進入夢鄉的甜美，望著兒子胸脯規律起伏，聽著他勻稱的呼吸聲，就像聽著幸福在吟唱。

承軒沒問為什麼，也沒有咄咄逼人地追問或電視劇上看到夫妻吵架的火爆場面。他們兩人在後院深談時，雙方都平和冷靜，沒有惡言相向，然似乎都各懷心事。承軒的反應讓婉清詭異地發現，其實她不大理解承軒，她原以為承軒會激動地求她不要走，但他沒有，難道他早知道她的祕密了？

思及離婚時，婉清便有覺悟，如果繼續住在蒙特婁，就有可能和公婆或大姑在超市裡不期而遇，這裡華人圈太小，台灣同鄉會裡始終是那批相同的台灣人流轉著，流言蜚語絕對會傳遍大街小巷，乾脆離開這個傷心地，搬到溫哥華去。

她搬到溫哥華兩個月後，妹妹靜姝恰巧從台灣被調職到溫哥華，婉清便帶著兒子搬到妹妹的公寓裡同住，互相有個照應。

初初定居溫哥華的時日，婉清認識的朋友不多，社交生活依舊單薄，心情卻漸次平靜下來。有一日，她和妹妹靜姝送兒子到幼兒園後，一塊兒開車到八佰伴超市購物。週間日的超市人潮比週末清疏許多，婉清和靜姝一同推著購物車在超市內逛著，突然聽到女人和男人吵架的互罵聲，音量劈哩啪啦響，吸引超市內的民眾們圍觀。

基於好奇，婉清和妹妹跟著湊熱鬧。婉清一眼就認出吵架的人居然是大姊和大姊夫！

「你說，你怎麼可以丟下Diana和寶強，拋棄我們母子，就跑來溫哥華？我們怎麼辦？」大姊夫臉色烏沉沉，全身的表情和動作只為表達濃烈的不耐煩。

大姊指著大姊夫身旁的女人，潑婦罵街：「就是為了這個女人！妳這個爛貨，破壞別人的婚姻，今天被我逮個正著吧！你們還有什麼話說？」那是個優雅美麗的女人，時尚的髮型、迷濛的桃花眼，天生的美人胚子，一旁的大姊真是相形見拙。

大姊夫一把推倒大姊，兇狠無情地開罵：「妳嘴巴放乾淨一點！我和她在一起又怎樣？妳也不看看妳自己，都不打扮，成天一張黃臉婆的模樣，我看了都煩！妳怎麼不檢討一下妳自己？妳這個樣子，有哪個男人會喜歡妳？」大姊賴在地上大哭起來，還一邊泣訴她的委屈和可憐。婉清看到此處，想起每個人的業障因果不同，大姊有今日，並非無跡可尋吧？

靜姝看了姊姊一眼，對她示意離開，姊妹倆便匆匆把購物車內的商品一一放回架上，悄然離開超市，改到別家超市買東西。

妹妹一發動引擎，坐在副駕駛座的婉清對著窗外的街景，往事一幕幕閃過眼前，好似都是昨日才發生的流水帳。婆婆那麼愛扯謊，那麼愛打腫臉充胖子，硬扯謊說女婿是全天下最貼心的男人，如果她看到今時今日的這一幕，不知作何感想？會否依舊打死不認大姊夫是壞女婿？或者會拉住她那「孝順」的女兒離開現場呢？還是會加入戰局，幫大姊一起辱罵大姊夫呢？

婉清離婚後半年，公公過世。承軒從蒙特婁到溫哥華找她，為了帶兒子回去奔喪。據說婆婆堅持必須讓夏家的孫兒回去，承軒客氣地說：「我媽希望讓孩子多陪她一陣子，我會再把孩子送回來給妳，我不會食言的。」婉清頷首同意。

辦完喪禮後，孩子被多留了一個暑假才由承軒送回溫哥華。過了兩年後，婆婆老人癡呆症惡化，嚴重影響日常生活起居。這消息是承軒來溫哥華探望婉清和孩子的時候，特地讓她知道。

承軒的談吐間不僅透露擔憂之情，且頗有驚懼之色。他眉頭緊蹙，眼神幽怨，抱怨連連。婉清望著如此不開朗的承軒，與當初她認識的承軒著實有天壤之別。他不就像當年的谷婉清嗎？當年承軒還說婉清太敏感、想太多，家庭主婦的婉清是天天被婆婆叨念，承軒不過是每天下班後到睡前三小時的時間被自己母親叨念，他承受的不過是婉清當年千分之一的痛苦，他的情緒就瀕臨崩潰邊緣。

「最近情況更糟糕，我白天上班，不可能看著我媽，她常常出門後就忘記回家的路，迷失在大街上。我在家裡找不到人，趕緊報警，幸虧這幾次都找到人。如果有一天她出門後，我再也找不到她呢？其他哥哥姊姊們正在討論要如何解決這件事情。」

後來其他人因為承軒離婚的前車之鑑，都領略母親破壞子女婚姻的威力，皆不敢把母親接回各自家裡住，怕引起配偶的不滿。單身的如婷則對承軒抱怨：「你們不能把媽媽丟給我喔！雖然我單身，不用擔心老公的不滿，你自己現在不也單身，你都照顧不來，我當然也做不來啦！媽住蒙特婁都三十幾年了，她住溫哥華不見得習慣，還是讓她繼續待在蒙特婁比較好啦！」於是眾人決議把母親送進蒙特婁中華醫院附設的老人院裡。

婉清大約領略事情的來龍去脈後，以沉默回應著。承軒已是她的舊友，舊友抱怨家庭瑣事，交情再好，也不宜出太多主意。承軒抱怨完，像卸下心頭重擔，放鬆許多，才告辭離去。

當承軒和婉清在客廳裡聊起這番話時，在餐廳內做菜的靜姝把這些資訊都收攬進耳裡。等承軒走後，靜姝在飯桌上對婉清說：「姊，剛剛妳和夏先生那番對話，我都聽見了。其實妳該慶幸當初妳早一步和他離婚，不然現在他媽老人癡呆症，他那些號稱孝順的姊姊哥哥肯定會陷妳於不義，要妳全權照顧他媽。」

靜姝喝了口湯說：「我說句直接點的話，妳離婚可能就是妳『劫難已滿』，算是種解脫。反正妳當初那麼盡力還被嫌棄，他們現在亂成一團也是預料中的事。」婉清眼下生活的重心是兒子與溫哥華的新生活，其實她很久沒想起夏家那幫人，要不是承軒來找她，她也不曾想起過承軒。

過幾日，婉清送兒子上學後，她打算繞到附近的商場先買點彩妝和保養品，然後再信步走到餐館與朋友碰面午餐。

走入商場後，人山人海，她漫無目的閒晃。當她正駐足欣賞某家童裝店的男童西褲時，熟悉的旋律從旁邊的書店傳來：「The look of love is in your eyes……」那是Diana Krall（黛安娜・克瑞兒）的〈The look of Love〉（愛情的模樣），許久沒聽這首曲子，一時間記憶的寶盒被打開，婉清著迷似地被吸納進旋律之中。

……The look of love is saying so much more than just words could ever say……I can hardly wait to hold you, feel my arms around you.

張偉俊俏的臉龐由模糊而清晰，由遠而近地浮現在她眼前。她回想起初次與張偉碰面的大學舞會和郵輪上共度的溫存美好，她的心揪緊了！

How long I have waited…… Waited just to love you, now that I have found you……

婉清的心窩漸次緊緊地擰縮，讓她有些喘不過氣來。張偉也在世界的某個角落裡，思念著我嗎？我們用長長的思念繫緊彼此，哪怕對方在世界的任何一個角落！張偉爽朗的笑聲在她耳邊迴盪著……

A look that time can't erase
Be mine tonight, let this be just the start of so many nights like this.

婉清百轉千迴地憶起郵輪上張偉邀她共舞時，舞池的燈光在點點燭火間滑步，她與他旋轉在舞池中央。如果張偉下船離去的前一晚，我再勇敢一點的話，結局會重寫嗎？

Let's take a lover's vow and then seal it with a kiss
Don't ever go……I love you so

曲終人散，婉清悵然所失，惶惶無依，空虛、失落與遺憾包圍了她……

她的呼吸沉重僵硬，身體像瞬間被抽空，恍惚間，有張似曾相似的面孔與她擦身而過，她好奇想多看那張面孔一眼，正當她回頭之際，不知是巧合或命定，那人亦回頭喚她：「婉清？」

她彷彿聞到愛琴海海風的閒適與悠然，那個愛情來臨的午後，她與他凝望許久，婉清眼眶泛淚，柔聲哽咽：「張─偉……」

釀小說117　PG2541

# 玫瑰心結


作　　者　　綺莉思
責任編輯　　石書豪
圖文排版　　黃莉珊
封面設計　　王嵩賀

出版策劃　　釀出版
製作發行　　秀威資訊科技股份有限公司
114 台北市內湖區瑞光路76巷65號1樓
電話：+886-2-2796-3638　傳真：+886-2-2796-1377
服務信箱：service@showwe.com.tw
http://www.showwe.com.tw
郵政劃撥　　19563868　戶名：秀威資訊科技股份有限公司
展售門市　　國家書店【松江門市】
104 台北市中山區松江路209號1樓
電話：+886-2-2518-0207　傳真：+886-2-2518-0778
網路訂購　　秀威網路書店：https://store.showwe.tw
國家網路書店：https://www.govbooks.com.tw
法律顧問　　毛國樑　律師
總 經 銷　　聯合發行股份有限公司
231新北市新店區寶橋路235巷6弄6號4F
電話：+886-2-2917-8022　傳真：+886-2-2915-6275

出版日期　　2021年4月　BOD一版
定　　價　　320元




**Printed in Taiwan**

國家圖書館出版品預行編目

玫瑰心結 / 綺莉思著. -- 一版. -- 臺北市：釀出版, 2021.04
面；　公分. -- (釀小說；117)
BOD版
ISBN 978-986-445-455-6(平裝)

863.57　　110002731

# 讀者回函卡

感謝您購買本書，為提升服務品質，請填妥以下資料，將讀者回函卡直接寄回或傳真本公司，收到您的寶貴意見後，我們會收藏記錄及檢討，謝謝！如您需要了解本公司最新出版書目、購書優惠或企劃活動，歡迎您上網查詢或下載相關資料：http:// www.showwe.com.tw

您購買的書名：________________________________

出生日期：________年________月________日

學歷：□高中（含）以下　□大專　□研究所（含）以上

職業：□製造業　□金融業　□資訊業　□軍警　□傳播業　□自由業
　　　□服務業　□公務員　□教職　□學生　□家管　□其它_____

購書地點：□網路書店　□實體書店　□書展　□郵購　□贈閱　□其他

您從何得知本書的消息？

□網路書店　□實體書店　□網路搜尋　□電子報　□書訊　□雜誌
□傳播媒體　□親友推薦　□網站推薦　□部落格　□其他__________

您對本書的評價：（請填代號　1.非常滿意　2.滿意　3.尚可　4.再改進）

封面設計____　版面編排____　內容____　文／譯筆____　價格____

讀完書後您覺得：

□很有收穫　□有收穫　□收穫不多　□沒收穫

對我們的建議：________________________________

________________________________________

________________________________________

________________________________________

請貼
郵票

11466
台北市內湖區瑞光路 76 巷 65 號 1 樓
**秀威資訊科技股份有限公司** 收
BOD 數位出版事業部

(請沿線對折寄回，謝謝！)

姓　　名：＿＿＿＿＿＿＿＿　年齡：＿＿＿＿　性別：□女　□男

郵遞區號：□□□□□

地　　址：＿＿＿＿＿＿＿＿＿＿＿＿＿＿＿＿

聯絡電話：(日)＿＿＿＿＿＿＿＿(夜)＿＿＿＿＿＿＿＿

E-mail：＿＿＿＿＿＿＿＿＿＿＿＿＿＿＿＿